俺は絶対探偵に向いてない

さくら　剛

俺は絶対探偵に向いてない

目次

1章　俺は絶対就職に向いてない

ニートは悪だ！　とか、ニートはクズだ！　とか、言われるようになって久しい。

ニートへの風当たりが強い時代である。

たしかに、大抵のニートの素行は凶悪だ。

親と同居しながら日がな一日部屋にこもり、昼夜を問わずネットやゲームやDVDという
バーチャルな世界に没頭。いい歳して生活費は年老いた親に工面させ、心がもやもやすれば
Twitterや掲示板で見知らぬ誰かを罵倒《ばとう》してウサを晴らす。

もちろん仕事を探す気はさらさらないし、むしろ開き直って「働いたら負けだ！」などと
主張しやがる。そう、それこそがニート……、すなわち人間のクズである‼

というのが、世間での月並みなニートへの印象である。

が、しかし。

伊藤《いとう》たけしは思っていた。

自分は、そこいらのニートとは違うんだ。自分はただのニートではないんだ！　と。

たけしが派遣社員として勤めていた海苔《のり》工場を退職してから、かれこれ一年近くが経《た》つ。

この一年の間働いたことは一切なく、ほぼ毎日部屋にこもってネットにゲームに精を出し、
生活費も両親に頼る日々である。

たしかに、そこまでは世間一般の量産型ニートと同じである。それは認めよう。

しかしたけしは、「働いたら負けだ」などとは決して思っていなかった。

自分はこの状態をあと5年も10年も続けるつもりはない。少なくとも今後2、3年以内には、次の仕事を探すためのなんらかのアクションを起こせたらいいなと思っている。いや、むしろやり甲斐がある仕事さえ見つかれば、やり甲斐があって残業少なめ月給多め（手取り25万円以上希望）、おまけに18歳から32歳くらいまでの女性社員が多くなおかつ勤務時間中もネットサーフィンし放題な仕事がもし見つかれば、その時には2、3年などとケチなことを言わず僅《わず》か1年以内にも働き始める可能性はあるぞと、力強く思っている。

そこまでの勤労意欲がある自分には、ニートなどという呼び名はまったく不適切なものである。こうして働く気がある時点で、俺はすでにニートなんかじゃないんだよ。俺をそんじょそこらの甘ったれたニートと一緒にするんじゃないよ！

……そんな風に、ニートのたけしは常日頃から思っていた。

伊藤たけし、東京都在住25歳、無職。

職業訓練も受けておらず学校に行っているわけでもない、紛《まご》うことなきニート。なおかつ「自分は他のニートとは違うんだよ！」とくだらないプライドを持っている分扱いが難しい、より厄介なニートである。

ただし、そんなたけしを慕う人間もこの宇宙にはたった1人だけ存在する。それが後輩のヒロシだ。

「俺、正直言って、今の仕事辞めたいんですよ。肉体的にもハードだし、人間関係も良くないんですよ」

「人間関係ねえ。やっぱり人間関係が一番難しいよね。俺が工場辞めたのも人間関係だったからね」

6月上旬、高田馬場《たかだのばば》の水産系極安居酒屋で、たけしは工場時代の後輩であるヒロシと酒を飲んでいた。

基本的には日々家から1歩も出ずに暮らしているたけしであるが、自分はそんじょそこらのニートとは違うんだというプライドを持っているため、月に一度はこうしてヒロシとメシを食うこともある。ちなみに軍資金は、無職になってから毎月3000円ずつ支給されている父親からの小遣いだ。

後輩のヒロシは2歳年下である。千葉の海辺にある海苔工場の生産ラインの中で、たけしは味付け海苔に味を付ける仕事を、ヒロシは味付け海苔の小袋を機械のアームに装着する仕事を主に担当していた。バイトの女子高生を「今度一緒に袖ヶ浦《そでがうら》のダチョウ王国に行きませんか？」とデートに誘ったら猛烈に避けられるようになり、気まずくなって退職したのがたけし。海苔をおかずにするため無断で持ち帰って解雇されたのがヒロシである。

たけしとヒロシはおどおどした性格や「シャツの裾はズボンに挿入すべき」というファッションの方向性、インターネット中毒なところなど共通点が多く、次第にプライベートでも会って傷口を舐《な》め合う、いや、悩みを相談し合う仲になったのだ。

現在ヒロシはアルバイトとして、宅配便会社の倉庫で段ボール箱をひたすらベルトコンベアに乗せ続ける業務に就いている。

「たけし先輩だから言うんですけどー、ぶっちゃけ、俺いじめられてるっぽいんですよ。フォークリフトの人が俺のとこばっかに重い荷物を運んで来るし、それでコンベアに流すのが遅れると俺だけチーフからめちゃくちゃに怒鳴られるし」

「うわー、それ結構しんどいよね。職場のいじめは辛《つら》いと思うわ。部外者の俺がなんとかしてやれることでもないし……」

手入れのされていない乱れ長髪のたけしは、すだちサワーに口をつけながら「それは困ったなあ」という表情を作った。

ちなみに彼は今「部外者の俺がなんとかしてやれることでもないし」と言ったが、実際はたとえたけしがヒロシと同じ職場だったとしても、これはなんともしてやれないことだ。なぜならたけしには、男気も、行動力もない。男気も行動力もリーダーシップも仕事も保有資産もすべてが0の一介のニートがなんとかできることなど、この世にはなにもないのである。せいぜい彼にできるのは、ゲームの世で悪の魔王を倒して街に平和を取り戻すことくらいだ。

「来月のお中元シーズンが終わったら辞めたいと思うんですけど、でも今のバイトも18件目でやっと受かったとこだし、次が見つかるかどうか考えたら恐くて」

ヒロシは軽く頭を下げ「ポテト失礼します」と額で語り、フライドポテトを1本つまみ上げた。

2人のテーブルは閑散としている。かれこれ入店して1時間半になるが、2人とも飲み物は1杯目、お通しも断っているため卓上の料理はフライドポテトひと皿のみ。しかし、これもたけしの月3000円という小遣い、ヒロシの870円という時給を考えたら避けられないエコ活動なのである。

「たけし先輩は、工場辞めてからバイトとかしてないんですよね？」

「うん、俺は働ければなんでもいいってわけじゃないからね。ちゃんと自分に合った仕事を選びたいんだよ。だって、やりたくない仕事をやってる時って、貴重な人生の時間を無駄にしてるって気がしない？」

ヒロシはできた後輩なので、「ニート生活の方が2000倍時間の無駄なんだよっ‼」とは決して言わなかった。

「それは俺も思います。俺も、このままで終わるつもりはないぞっていつも思ってますけどね。でも、倉庫のバイトを辞めたとして、いざ仕事がない状況を想像するとどうしても不安っていうか。たけし先輩は働いてなくて、不安とか全然ないんですか？」

飲み物のおかわりを尋ねてきた店員に「それじゃあお冷やを2つ」と命じてから、先輩は余裕の笑みを浮かべた。

「不安がないってわけじゃないけど、でも、大人になったら全員働かなきゃいけないっていうのも俺はおかしな考え方だと思うんだよね。だって原始時代なんて誰も仕事してなかったんだよ？」

「おお〜〜たしかに！」

「それに、やっぱり妥協はしたくないんだよ。俺たち死ぬまでにあと何回仕事を選ぶチャンスがあるのかって考えたら、適当にバイトなんてするわけにはいかないよ」

日本は言論の自由が認められている国なので、こんな傲慢《ごうまん》な発言をしても特に収容所に送られ強制労働をさせられることもなく、たけしはさらに調子に乗った。

「俺最近、有名人の名言集をよく読むんだけどさ、経営者とか成功者とかさ、一流の人はみんな『やりたいことをやれ！』って言ってるからね。やりたくないことなんて、なにひとつやらなくていいって。そりゃそうだよね。やりたくないことをやってられるほど、人生って長くないもん」

「わかります。それすごくわかります！　いやマジでたけし先輩の言う通りですよ！」

誰かに同意されるということが年に数回しかないたけしなので、後輩に「すごくわかります」と言われたのはなかなかの快感であった。思わず照れ笑いでニヤけてしまったが、届いたばかりのジョッキの氷水をチュチューと飲んでごまかす。

なお、名言集やビジネス書によく登場する、名のある経営者や自由人の「やりたいことだけをやれ！」という珠玉の発言は、本当のところはやりたいことだけをやることが許される100万人に1人の天賦の才能を持つ人間のみに適用される言葉である。一般人が実際に若いうちからやりたいことだけをやっていたら、すぐに仕事も友人も財産もなくなり末はホームレスになるのが関の山であるが、しかし「やりたいことは我慢して地味にコツコツ働きなさい」とビジネス書に書いてもそんな本は誰も買わないので、経営者のみなさんは本音を隠しているのである。「やりたいことをやれ！」と言ってはいるが、やりたいニート生活を存分に送っているたけしをもし経営者の方々が見たら、きっとみなさん激怒するであろう。

「俺さあ、『ニート』っていう言葉が嫌いなんだよね。なんか無職の人間をバカにしてない？　しかも最近は『ひきこもり』と合わせて『ヒキニート』とか言うんだよ。これからがんばって仕事を探そうって時に、ヒキニートなんて呼ばれたらやる気もなくなるよね」

「それ、すごくわかります」

「だから俺、新しく無職の人間の呼び名を考えたんだけどね。『ジョブ・エクスプローラー』ってどうかなと思うんだよ。仕事の探検家っていう意味なんだけど」

「ああ〜いいじゃないですか」

「今度Ｔｗｉｔｔｅｒで広めてみようと思うんだよね。糸井さんにも呼びかけて拡散してもらおうと思って」

「糸井さんって、あのコピーライターの糸井さんですか？　たけし先輩、糸井さん知ってるんですか⁉」

「うん俺あの人、結構前から知ってるよ」

「マ〜ジっすか！　マ〜〜ジっすか！」ヒロシは身を乗り出した。

「ああ、ああ、知ってるって言っても、フォローしてるっていうことだけどさ」

「ああ……」ヒロシは身を引き下げた。

「糸井さん１００万人くらいフォロワーがいるから、拡散してもらえたら『ジョブ・エクスプローラー』が広まると思うんだよ。あの人こういう新しい言葉に敏感だからさ、結構食い付いてくるんじゃないかと思うんだよね」

　日本は言論の自由が認められている国なので、こんな身の程知らずな発言をしても憲兵に捕まって拷問を課せられることもないのだが、しかしたけしの無職なのに自信満々なこの態度はいったいどのような根拠に基づいて出て来ているのかは誰にもわからない。

「そうですよねえ。俺も、できればたけし先輩みたいにじっくり仕事を探したいです。でも、うちは親が厳しいんですよ。生活費を入れなくなったら絶対出て行けって言われますから」

「そうか、ヒロシのところは大変なんだ」

「先輩がうらやましいですよ。ご家族は別になにも言わないんですよね？」

「まあうちは、親が理解してくれてるからね。特に父親とはもう何回も話して、俺が仕事選びには妥協しないってことをわかってもらってるから。早く仕事を探せとか、一度も言われたことないからね。俺が言うのもなんだけど、できた親だと思うよ」

「いいなあ。うちは絶対ムリですよ……」

「一度しっかり話してみたらいいと思うけどなあ。ヒロシの親御さんだって、本気で気持ちを伝えればわかってくれると思うよ。たしかにうちの親は特別物わかりがいいけど、ヒロシのとこだって真剣に相談すれば聞いてもらえるんじゃない？」

「そうですかねえ。うーーん」

そのように「ニートと家族の問題」について2人が熱く議論を交わしていると、年配の店員が「失礼します～」とやって来た。

たけしは「あれっ？　呼んでないですよ？」という顔で見上げたが、店員が愛想笑いを浮かべて「お飲み物のおかわりはいかがでしょうか？」と尋ねたのを受け、な〜んだそんなことか！「じゃあまたお冷やをお願いします」とエコ発言で答えたところで店員の笑みは消えた。

「お客さん、ここ居酒屋なんですよ。料理も酒のおかわりも全然頼まない、水だけで何時間もっていうのはちょっと非常識じゃないですか？　お引き取り願えますかね‼」

高田馬場駅から私鉄で北西へ30分ほど揺られた東京郊外に、たけしの自宅はある。

祖父の代に建てられた木造の一軒家に、たけしは家族と暮らしていた。兄弟は3つ上に銀行員の兄がいるが、結婚したのを機に家を出ており、この家に住んでいるのはたけしと両親だけだ。

「ただいまぁ……」

玄関をくぐると、奥の居間からおかえりーと父親の声が返ってくる。

早々に居酒屋を追い出されたため、まだ時刻は9時前だ。

看護師をしている母親は、最近設立された大学病院に看護師長として抜擢《ばってき》されたため、毎日出勤は朝早く帰宅は夜遅く、時には病院に泊まり込むため顔を合わせることはほとんどない。

普段家にいるのは書道教室の先生をしている父親と、無職たけしの2人だけだ。ただ今日は珍しく、居間を覗《のぞ》くと何ヶ月ぶりかに見る兄の姿があった。

「タケ、おかえり」

「あっ、おお」

一応言葉にならない挨拶《あいさつ》を返してみたものの、正直なところたけしは兄が苦手だった。兄は性格も頭の構造もたけしと正反対で、常に人間界の日なたを歩いて来た人物だ。

幼少の頃、たけしの趣味は「ポッキーのチョコの部分だけ舐め取ってプリッツみたいにすること」だったのに対し、兄の趣味は「地域のスイミングスクールで仲間たちと共に汗を流すこと」だった。六流大学出身のたけしと違い、勉強も得意な兄は進学校から一流大学を経て大手銀行に就職し結婚もして人生が順風満帆。日本の全女性の前に兄とたけしを並べて「無人島で2人っきりになるならどっち？」とアンケートを採ったら、赤子から老婆まで6000万人中6000万人が兄を選ぶに違いない、「勝ち組」という言葉を体現したような人物それが兄だ。

しかし順風満帆な人生を送ってきた人間というのは、時として人の痛みがわからないことがある。自分がなんでもこなせてしまうために、才能のない人間や積極的になれない人間を理解できずに「なんでそんな簡単なこともできないのか？」と時に無神経に考えてしまうのだ。たけしも、兄の相手を思いやらない言葉に何度か傷付けられたことがあった。

「タケ、ちょっと飲まないか？」

「いいよ。ちょっと待って」

家族水入らずで話すよりも早く部屋に戻ってドラゴンクエストXの続きをプレイしたいところであったが、この家のカーストではたけしは最下層に位置する存在だ。上位家族の誘いを拒否することはコンプライアンス上許されていないため、手洗いうがいを済ますと居間に入り、座卓を挟んで父と兄に向かい合った。

伊藤家の居間は床の間もある純和室なのだが、なぜか壁にかかっているのは茶色のへんてこ妖怪が描かれた妙な西洋画だ。サルバドール・ダリの「焼いたベーコンのある自画像」という絵だそうだが、和室には不釣り合いにも程がある。

「銀行の方はどうなの？」

兄が差し出したビール瓶にコップを傾けながら、たけしは聞いた。

「まあおまえに話すようなことは特にないよ」

「ああそう」

兄の答えは愛想がないが、たけしだって兄の仕事になど興味はないからいいのだ。

「タケ、おまえ仕事は探してるのか？」

くっ…………いきなり鬱陶《うっとう》しい質問が来た!! なんだよクソッ！

ニートにとって、「仕事探してるのか？」は一番聞かれたくない質問だ。その他にも「いつから仕事してないの？」「生活費どうしてるの？」「毎日なにやってるの？」「親になにか言われないの？」「将来どうするの？」などが一番聞かれたくない質問（同率一位）だ。ニートは人に質問されることが嫌いなのである。

「ああ、もちろん探してるよ」

もちろんウソである。

「いつから働き始められそうなんだ？ 25にもなってこうやって父さんに養ってもらってることをどう思ってるんだ」

うるさいなあ……と思いつつも、たけしは反論せずに黙って父を見た。

先程後輩ヒロシにも話していた通り、この問題に関しては「次の仕事選びは妥協したくないので気長に待ってもらう」ということで父とは話して解決済みなのだ。

毎晩一緒に夕食を囲み会話も積み重ねており、今では父はたけしの一番の理解者となってくれている。なので兄の問いに対しては、自分が反論するより父から説明してもらうのが波風が立たなくて良いだろう。

　さすが25年間一緒に暮らしているという絆《きずな》は強く、助けを求めるたけしの視線を感じて、父が口を開いた。

「たけし、おまえももう工場を辞めてから一年になるだろう。そろそろ働いてくれんかな」

　ナニ～～～

「同じ年の友達を見てみなさい。みんな働いてるじゃないか。どんな仕事でもいいんだよ。とにかく自分で稼ぐことをしないと」

　たけしは驚くと同時に憤った。

　裏切りだ……、これは裏切りだ‼　なんてことだ。まさか一番の味方だと思っていた父の口から、「働きなさい」という7文字の忌み言葉が出るとは。俺がそれを言われるのが一番嫌だと知ってるはずなのに！　わざわざ息子が嫌がることをするなんて、この人はそれでも人の親なのだろうか？　くそ……、兄に洗脳されたのか……あの兄という皮を被《かぶ》ったエコノミックアニマルに‼

　しかしたけしは思った。この哀れな父を救えるのは、自分だけなんだ。俺たちは親子じゃないか。逃げちゃダメだ！　俺が父さんのマインドコントロールを解いてやんなきゃ！

「父さん、前も話したじゃん！　俺はそういう、どんな仕事でもいいみたいないい加減な考え方は嫌いなんだって！　仕事って、一生に関わることなんだよ？　どんな仕事でもいいとか安易に決めて、後悔するのはイヤなんだって。前に言ったよね？」

「そうだっけなあ」

「正月のあの時だよ！　テレビで離島に住む大家族のドキュメント番組観てたら、就職の場面が出て来たからそこで言ったじゃん！　それで父さん『わかった』って言ったじゃん!!」

「んんん……まあ言ったかもしれないけどさ……」

「ほら覚えてるじゃん!!　ほらね、俺ウソ言ってるわけじゃないでしょ？　父さんだって覚えてるんだからさ。その時ちゃんと納得してくれたじゃん！　俺すごく感謝したんだよ？だって普通の親だったらもっと物わかり悪いもん。友達の家とか見ててもそうだよ。でも父さんは他の家の親と違って、ちゃんと理解してくれたもん。今日だってヒロシと話してて俺、うちの親はちゃんと子どもの考えをわかってくれてるって褒めてたんだよ？　さっき褒めたばっかりなんだから！　ヒロシもすごいって言ってたよ。『たけし先輩の父さんって、子どもの考えを理解してくれててすごいですね』って言ってたもん。理想の親だって言ってたんだよ？　父さんがもうちょっと知名度があったら、絶対ベストファーザー賞獲ってますよって。本当だよ？　こんな時にウソ言ったってしょうがないじゃん！　俺だってさあ、別に仕事探してないわけじゃないんだから！　たしかに時間がかかってるっていうのはあるけど、逆にここまで時間かけたのにいきなり今からなんでもいいって適当に探しちゃったら、じゃあ今までの時間はなんだったのっていうことになるよね？　どんな仕事でもいいんだったら、じゃあこんなに長く時間かけずに最初から適当に仕事見つけて働いてれば良かったじゃんってことになるよね。でもそうじゃなくて、しっかり選ぼうと思ったから時間をかけてきたんじゃん。父さんだって正月にはわかってくれたんだから、俺が一方的におかしいこと言ってるわけじゃないよね？　やっぱり自分の人生なんだから、妥協せずにやりたい仕事をやっていきたいんだって！　そのための時間なんだって‼」

息子に畳みかけられて、父はまた腕を組んで「んんん……」と唸《うな》った。

たけしは必死であった。

本音はただ毎日好きなだけ寝て好きなだけゲームができて、おまけに両親の給料によって生活が保証されている今の暮らしから抜け出したくない、こんなおいしい生活を手放してたまるか！　という思いなのだが、そういう考え方はクズであると自分もよくわかっているため、仕事探しに妥協はしたくないんだという大義名分を作って必死に父親を丸め込もうとしているのだ。

幸いにして父親はシビアな兄と比べると割とのんびりしているところがあり、全力で臨めば懐柔できないこともなさそうなのだが、不幸にして今日はそのシビアな兄が同席しているのであった。

議論を引き取ったのは、やはり不幸にして兄であった。

「タケ……おまえ妥協がどうとか言ってるけど、やりたい仕事はあるのか？」

「そ、そりゃあるよ」

「一年も探してるっていうのはなんの仕事？　将来どういう職業に就きたいと思ってんの？」

そういう具体的な話をされてもたけしは、ニートは困る。だって自分が将来にわたってやって行きたいのは、ニートだからだ。ニート生活よりも面白い仕事があるんだったら、とっくにニートなんて辞めてるんだよ‼　……とは言わない方が良さそうなので、ここは適当な職業を挙げておくことにしよう。

「一応、ゲーム関連の仕事をしたいと思って探してるけど」

「『ゲーム関連』って、具体的に言うとどんなのだ」

なんだよっ、もう具体的に言ったじゃないかよ！　具体的に言った結果が『ゲーム関連』なのに、それ以上細かくなんて言えるわけないだろ！　なにも考えてないんだから‼　……とも、言わない方が良さそうだ。

「『ゲーム関連』っていうのは、ゲームをプログラムしたり、テストしたり、そういう仕事だよ」

「じゃあその仕事に就くためにこの一年でやってきたことは？　今そのためにどんな努力をしてる？」

「……だからっ、えり好みしないで、なるべくいろんな種類のゲームをやるようにしてるよ。好きじゃないゲームだって買って、研究してるんだよ。仕事になったら好きなジャンルのゲームだけ作れるわけじゃないと思うし」

「ははあっ(笑)」

ああ、来た。たけしはわかっていた。兄がわざとらしい声を出して目以外で笑ったら、それは3秒後にぶちキレる合図なのだ。

「おまえなあ…………。仕事をなめてんじゃねーよっっ!!!　なにが研究だ!!　おまえは毎日ただ遊んでるだけじゃねーか!!　おまえいくつだよ!?　いい大人が一年も親に養ってもらって恥ずかしいと思わねーのか!!」

「あ、遊んでるとか言うなよ！　そういうこと言われるとやる気なくなるだろ！」

「やる気あったのおまえ？　もともとやる気なんかねえよなあ？　なにを言ったって言わなくたっておまえは最初からやる気なんて出さねえだろ!!」

「ちょっとなんでそんな言い方するの？　いくら兄弟でも、それは失礼だよ！」

「ふーん。おまえは失礼じゃねーの？　毎日遊んでるだけで親に食わせてもらって小遣いもらって、ただで住ませてもらって、失礼だと思わねーの？」

「住ませてもらってって、自分の家なんだしさ……」

「じゃあおまえ父さんに月いくら渡してる？　おまえの歳で実家に住んでる奴はみんな家に金入れてるよ。税金払って年金も払って、それで自分で生活してるよ。おまえはなんなの？　いまだに親に小遣いもらって、版画だかなんだか知らねえけど、くだらねえ絵ー買わされてローンまで親に押し付けて」

「だから！　前も言ったけどあの絵は買わされたんじゃなくて自分で気に入った奴を買ったんだよ！」

　この純和室に不釣り合いなダリの「焼いたベーコンのある自画像」は、たけしが秋葉原でキャッチセールスに引っかかって買わされた……もとい、たいそう気に入って購入したリトグラフである。

　たけしは家族と後輩ヒロシ以外には強い意志を示せない性格なので、こういう予期せぬ買い物に巻き込まれることがよくある。この絵は展示場の女性スタッフに「この中でどの絵が一番お好きですか？」と質問されてたけしが答えるという、本当は巧妙なセールストークだけど本人は自分の意志で選んだのだと錯覚させられる形で買ったものだ。定価70万円で売られているところを20万円まで値引きしてもらい、20回ローンは毎月父の口座から引き落とされているのだ。

「自分で買ったなら、なんで父さんにローン払わせてんの？」

「だから借りてるだけだって言ってるじゃん！　仕事が決まったら返すよ!!」

「じゃあ仕事はいつ決まんの？　いつ決まるか言えんの？」

　言えません。

「なあおまえの生活はさあ、とても仕事探しに妥協しない人間のものじゃねえよな。一年間ずっとゲームやってた人間が、やりたい仕事に就けると思う？　今やりたい仕事をやってる奴らはなあ、やりたくもない仕事を手を抜かず一生懸命やって、空いた時間に勉強して、ゲームもテレビも欲しい物も食べたい物も我慢して、何年も苦労してやっとやりたいことができてんだよ。おまえみたいにただ一年間楽して生きてた奴が、やりたい仕事なんてできるわけねえだろ。おまえが毎日やってるゲーム１本、パソコン１台作るのにどれだけの人間が働いてると思う？　世の中はなあ、みんなが働いて成り立ってるんだよ！　働かない奴は、働いてる人間の作った物を使う資格はねえんだよ!!　おまえにはゲームやる資格もテレビ見る資格も道を歩く資格もねえんだよ!!」

　たけしは反論できなかった。

　仮になにかを言ったとしても、それがなにも説得力を持たないことはたけし自身もよくわかっていた。たけしにできることは、ただふてくされて俯《うつむ》き、そのままあと10時間くらい粘って兄が出勤のために出て行くのを待つことだけだ。

「まあ、あんまり言いすぎるのもよくない」

割って入ったのは父だった。

険悪な空気を取りなすように、一度兄をなだめてから、父はたけしの方へ向き直った。

「たけしな……、実は、父さんの知り合いが役員をやってる会社があるんだけどな、ちょうどそこで働き手を募集してるんだ。たけしのことを話したら、すぐにでも雇ってくれるってことなんだよ。今これといって目をつけてる仕事がないんなら、そこで働いてみないか？」

「え？　どんなの……？」

「渋谷を拠点でやってる『渋谷東口プロレス』っていう会社があるんだけどな。その東口プロレスで、選手を募集してるんだ。ずっと家にいて体もなまってるだろうし、レスラーなら鍛えられていいんじゃないか？」

………………。

あのお。ちょっと展開にムリがないですか？

たけしは混乱した。我が家での出来事ながら、場の空気が読み切れない。今この場は、果たしてシリアスな状況なのか。それともコメディなのか。自分は兄と父、どっちの空気に乗ってけばいいんだ。どっちにも乗りたくないぞっ!!

「なに言ってんの父さん？　プロレスラーって、そんなの俺にできるわけないじゃん」

「またそうやっておまえはなんでもできないできないって言う」

「できるわけないじゃん!!!　俺の体見ればわかるでしょう!?　運動なんて中学のペタンク同好会以来やってないんだから!!」

「別に猪木みたいな、ああいう過激なプロレスをやれっていうわけじゃないんだ。渋谷東口プロレスっていうのはちょっと変わってるんだよ。ほら、これ見てみろ」

父が取り出したのは、「週刊リング」というプロレス専門誌であった。

「ほらここの、所属選手を見てごらん」

示されたページには『渋谷東口プロレス特集』と見出しがあり、そこに所属レスラーの一覧が、それぞれのキャッチフレーズと共に掲載されていた。

たしかに、いかにもレスラーっぽいレスラーは少しだけで、大半は名前も姿も異色な選手ばかりであった。例えば目の大きい爬虫類《はちゅうるい》のような覆面を被った『遭難した宇宙人・ミラクル宇宙パワーマン』や、全身黒タイツに身を包んだ『自宅から勤務先まで・ストーカー立川《たちかわ》』、ハンサムだが体中包帯だらけの『関節痛のラストサムライ・肘肩腰三《ひじかたこしぞう》』など、一般的なレスラーのイメージとは一線を、いや一線どころでなく千線くらい画した選手が揃《そろ》っている。

「東口プロレスはな、キャラクター重視の団体なんだ。もちろんちゃんと試合はするが、設立以来7年間無事故・無流血で、業界一安全だそうだ。こんな宇宙人やストーカーでもレスラーになってるんだから、たけしだって大丈夫だよ。その役員の知り合いに話したらな、ぜひ『ニート』っていうキャラクターのレスラーを作りたいってことだ」

「あの、父さん、この人たちは別に本当に宇宙人やストーカーなわけじゃないんだって。ストーカーがレスラーになったわけじゃなくて、プロレスラーがストーカーのふりをしてるだけなの！　そういう設定なだけでもともとはちゃんとしたレスラーなんだから、俺とは全然違うんだよ！」

「でもなあ、このストーカー立川のプロフィール、身長165cm、体重52kg、おまえより小柄じゃないか。こんな体でもリングに上がって戦ってるんだぞ？　このラストサムライって人なんて、全身包帯でぐるぐる巻きなのにがんばって試合に出てるんだ」

「いや、だからそれはそういう設定で……」

父は普段はおとなしく無害であるのだが、定期的に何年かに一度、突拍子もないことを言い出すことがある。前回は、野生のハイエナを見にタンザニアに行きたいと言い出した時がそうだった。

そんな時に父をなだめてきたのは、この家で一番の権力を持っている兄であった。幸い、その兄が今もここにいる。ああ、いつもはいて欲しくないけど、今日だけはいてくれて良かった。

一応伊藤家の良識派である兄は、たけしの困惑を見てタイミング良く割り込んで来てくれた。

「タケ、やってみろよ。試験もなしに雇ってくれるなんて、こんなチャンスないぞ？　これを逃したらまたおまえズルズルと何ヶ月も行っちゃうだろ」

「おえええええっ(涙)!!!　兄さんまでなに言ってるの!!　できるわけないじゃん俺がレスラーなんて!!!」

「おまえ俺の話聞いてただろ？　世間の人間はなあ、みんなやりたくない仕事でも一生懸命やってるんだよ!!」

「プロレスラーはやってないと思うよ世間の人たちだって!!　やりたいとかやりたくないのレベルじゃないから!!　そういうことじゃないでしょ!?　人には向き不向きがあるんだから!!」

「じゃあ、おまえに向いてる仕事ってなんだ？　おまえに向いてる仕事があんの？」

「そ、そりゃあ……、あるよ！」

「それなら、すぐに仕事を見つけられるはずだよな？　すぐ採用されるはずだよな？　向いてるんだから。じゃあ今月中に次の仕事を見つけられるな？」

「今月中って、そんな急には無理だよ！」

「じゃあいつなら無理じゃない？　来月か？　来年か？　……おまえはもう、一年間遊んでるんだよ。自分の意思で仕事を探すために一年の猶予があったんだよ。でもなにもしてこなかった。もう締め切りはとっくに過ぎてるんだよ」

兄が目配《めくば》せをすると、父もいつになく厳しい表情で言った。

「たけし。今月いっぱいはなにも言わずに待つから。もし今月のうちに仕事を見つけられたら、父さんが話して入団の話はなかったことにしてもらう。でも、来月になった時点で仕事が決まっていなかったら、渋谷東口プロレスに入りなさい。それもイヤなら……、すぐに家を出てもらうから」

「そっ、そんなぁぁ」

厳しい言葉だった。

到底受け入れられない条件だが、しかし25年間父と共に過ごしてきたたけしには、25年間共に過ごした仲だからこそ、今日の父が本気であることがよくわかった。今日だけは、今の言葉にだけは反論しても無駄だ。そうたけしの直感が悟っていた。

6月5日。伊藤家の男だけの家族会議はこうして終わったのである。

海苔工場を辞めてから一年の無職期間を経て、遂《つい》にたけしが仕事の面接を受けることになったのは6月30日、定められた期限の最終日であった。応募したのは「ソフト開発会社」という専門性が要求されそうな企業であるが、ハローワークの情報によると未経験者の採用も行っているとのことで、たけしもまたハローワーク担当者の口添えを受けて面接にこぎつけたのである。

面接前夜、たけしはベストセラーのマニュアル本『面接はこう受けろ！　20万人を就職させた面接王・アダム松永の最強面接術』を熟読し、来《きた》る本番へのイメージトレーニングに励んでいた。

正直、面接を受けたいのかと聞かれたら、もちろん受けたくない。まだ当面は無職でいたいし、むしろできることなら一生仕事などせず、定期的にその辺の車にソフトに轢《ひ》いてもらって慰謝料等を請求しながら、人生のゲームオーバーのその日まで静かにパソコンの前で暮らしたい。

ただ今回は、状況が厳しすぎる。なにしろ今月中に、すなわち明日の面接で職が決まらなければ、明後日にはいよいよプロレスラーになるか家を出てホームレスになるか、今後どちらとして生きていくか地獄の選択をしなければならないのである。

「たけし、ちょっといいか？」

ドアごしにひと声かかり、たけしが返事をすると父が部屋に入って来た。

見ると、父は文字が書かれた何枚かの長い書き初め用紙を持っている。どうやら得意の書道でなにか書いたようだ。

こんな時にわざわざ見せに来るということは、慣れぬ勉強に励む息子のために応援の格言でも綴《つづ》ってくれたのであろうか？「つまづいたっていいじゃない。ニートだもの」、そんな心安らぐ言葉をかけてくれるというのだろうか？　だとすればひょっとしたら、「今月で仕事を決めなければプロレスラー」という、酷《ひど》い条件を撤回してくれるのではないだろうか？

「ちょっとこれ見てくれないか」

父は書き初め用紙を並べ、たけしに向けて広げて見せた。

「おまえこの中で、どれが一番いいと思う？　父さんが気に入ってるのはこの『世界の巨《きょ》小《しょう》・ニートたけし』なんだけどな。あとこっち、『無職なのに派手な奴・Mr.サタデーニートフィーバー』も結構いいと思うね。『正義の使者・ニート仮面』っていうのもあるけど、これはちょっと捻《ひね》りがないよなあ」

「なにそれ……」

「なにって、おまえのリングネームじゃないか。なにをするにも名前は一番大事だから。お客さんに一発で覚えてもらえる奴を考えないと」

「出てってよっ‼　出てってもう‼　出てってって‼　出てってって‼‼」

「な、なんだよ……」

自分を養ってくれている父をこんなに激しく部屋から追い立てるのは、親不孝なことかもしれない。しかし、息子をプロレスラーにしてその上「ニートたけし」などというリングネームをつけようとする人には、少しくらい不孝をしてもいいとたけしは思った。

くそ、なにがなんでも明日でニート生活から足を洗ってやる‼

意外にも、父親に反して優しい一面を見せたのは兄であった。今たけしが読んでいる面接の参考書は、兄からのプレゼントだ。兄自身この『アダム松永の最強面接術』を読んで銀行員の採用試験に受かったため、その最新改訂版をわざわざ書店で購入し、「がんばれよ」とひと言、たけしに手渡してくれたのだ。

このご時世、再就職が難しいことはたけし自身もよくわかっている。でも、なにがなんでも決めてやる。自分の未来のため、そして、応援してくれている兄のためにも。父には今まで ニート生活を堪能させてくれたことを感謝しているが、さっきので少し感謝の気持ちが薄れた。

面接が行われるのは、渋谷区笹塚《ささづか》にある「フュージョンエンターテイメントシステムズ」という企業だ。

求人内容には、「ソーシャルネットワークゲーム（モバイルコンテンツ）もしくはスマートフォンアプリのプランニング・開発・運用・テスト作業」とあった。おそらく携帯電話やスマートフォン用のゲームのようなものを作るお仕事だろう、というのはたけしにもわかり、それはかろうじてあの家族会議で言い放った「ゲーム関連の仕事がしたい」というでまかせに沿うものとなっている。あの時は売り言葉に買い言葉でデタラメを言っただけだが、もし本当にこの仕事に就くことができたなら、遡《さかのぼ》ってあの発言も真実だったということにできるのだ。

スーツを着ることなど久方ぶりである。ちなみに朝一番で美容院にも行っており、オシャレセットもされて外見だけは一人前《メン》の社会人になっている。

実はもともと、たけしの面にはなかなかイケる要素があったのだ。なにを隠そう小学校の時点では、バレンタインデーに複数のクラスメート女子からチョコレートをもらったこともあるほどだ。ところが中学から高校にかけて主な暮らしの場が現実ではなくテレビゲームのフィールドになり、ゲーム代を捻出するため私服は常にスーパーの2階で調達したバーゲン品、髪はいつも伸び放題にして半年に一度だけ1000円カットで散髪、その結果21世紀のたけしは紛れもなくキモヲタと呼べる外見になってしまったのだ。ただこうしてスーツを着てプロによる顔面への手入れを受けてみると、容姿だけは20世紀当時のイケてる要素が復活の兆しを見せ始めるのであった。

最寄り駅から新宿へ出て京王線に乗り換え、笹塚の駅で下車し甲州街道に沿って10分程歩くと、株式会社フュージョンエンターテイメントシステムズが入っているオフィスビルに着いた。

エレベーターで4階まで移動し、受付で面接に来た旨を伝える。面接会場は会議室とのことだ。隣の控え室に案内いただき着席すると、たけしはもう一度『アダム松永の最強面接術』を心の中で復唱した。

最強面接術には、著者であるアダム松永が考案した、面接官の興味を引くための様々な会話術が掲載されている。想定問答も取り揃えられており、たけしの頭の中ではすでにこれからの面接に向けての綿密な作戦ができあがっていた。

「伊藤さん、お入りください」

……いよいよだ。ソフト開発会社に就職し、今後の人生をクリエイターとして生きていくのか。それともプロレスラーになるのかホームレスになるのか。その運命の鍵を握る面接、伊藤たけし今世紀最大、一世一代の大勝負である。

マニュアルに沿い、ドアを2回ノックしてから「失礼します!!」と普段の100倍ほどの声量で元気よく入室する。

面接官は、30代半ばと思われる男性が1人だけであった。ソフトウェア開発でハードな業務をこなしているからか、こけた頰《ほお》に薄い無精ヒゲが目立つ、不健康そうな人物だ。

たけしも常に薄暗い部屋にこもっているため顔色は青白く、「不健康」という接点で面接官が自分に好印象を持ってくれるのではないかと彼は入室して早々に期待をした。着席を促されると、今度は「よろしくお願いします！」と雄叫《おたけ》んでパイプ椅子に腰を下ろす。

まずは、目線からである。シリーズ累計250万部を売り上げたベストセラー『アダム松永の最強面接術』では、『眼力《めぢから》で面接官に意気込みを伝えろ！』とアイコンタクトの重要性を説いている。

たけしは両の眼《まなこ》を普段の3倍に見開いて、念を込めて面接官の顔を凝視した。自分の熱い想いを、「プロレスラーには絶対なりたくないんだ!! だからとりあえず緊急避難的におたくの会社に入れてくれよ!!」という心のシャウトを、目から目へ伝えた。これは就職試験ではあるが、面接官との男と男の戦いでもある。目を逸《そ》らした方が負けなのだ。涙も沸騰するほどの熱くたぎる眼光で、相手に「こいつはただ者ではないな！」と思わせなければならないのだ。

　あらかじめ提出されていたたけしの履歴書を手元に置き、面接官は質問を開始した。

「ではまず、お名前と年齢、それから職務経歴を教えてくれますか？」

「ハイッ!!　伊藤たけし、25歳です！　一年前までは、千葉の海苔工場で働いておりました。味付け海苔に味を付けたり、ビニールの小袋をセッティングしたり、様々な部門を任されておりました！」

「海苔工場……」たけしの熱い眼光にたじろいで、面接官は一瞬言葉に詰まった。「そうですか。あの、様々な部門を任されていたということですが、それは責任者という立場だったということでしょうか？」

「ハイッ!!　リーダーさんはまた別にいたのですが、海苔に味を付けるパートも、小袋をセッティングするパートも、人員は各1名だけが配置されておりましたので、いわば全員がその工程の責任者であると言えるのです！」

「…………。あ、なるほどですね。えーとそれじゃあ……、なにかその工場での業務の中で、自分が達成したことやアピールできる業績などはありますか？」

「ハイッッ!!　もちろんです！　…………よろしければ、この海苔を食べてみてください！」

鞄《かばん》からたけしが取り出したのは、ビニール小袋に入った5枚入りの味付け海苔であった。面接官に歩み寄り、「失礼します！」と海苔を手渡す。

「なにこれ？　くれるの？」

「ハイ！　ぜひ食べてみてください！」

たけしが椅子に戻って見つめる中、面接官はビニールのギザギザを切り裂いて海苔を1枚取り出し、パリパリと気持ち良い音を響かせてほお張った。

「うん、美味《おい》しいね……」

「ありがとうございます‼　それは、私が働いていた工場で作られました、高級味付け海苔なんです。この、味付け海苔の味……、これこそが自分の仕事の証《あか》しだと思っています！　当時、工場長と従業員で海苔の味の濃さについてミーティングを行ったこともあり、私も意見を述べさせていただきました。その時の私をはじめとした従業員の意見が、この商品の味付けに反映されているのです！」

たけしは熱いシャウトのこもった目で、面接官を見つめた。

この「前職での成功経験」という質問はマニュアル本に掲載されていた頻出問題であり、たけしは準備のためわざわざ新宿の伊勢丹まで出向いて、以前の勤務先で製造されている高級味付け海苔を購入して来たのだ。

このように、質問に対してただ口頭で答えるだけでなくなにか小道具を提示し、面接官の五感に訴えて印象を与える会話術こそが、あのアダム松永の十八番、「ファイブ・センス話法」なのである！

海苔を試食させた効果は抜群だったようで、面接官はたまらず次から次へすべての味付け海苔を平《たい》らげてしまった。……よしよし、これでこの人は俺に対して借りを作ったことになるぞ。というような腹黒いこともたけしは引き続き煮えたぎる眼光を放ちながら考えていた。

「ありがとう、お腹空《なかす》いてたからさ」

「もしまた食べたくなりましたら、いつでも持参しますので言ってください（だから雇ってください）！」

「ははは、ありがとう。……では、今度は全体的なことで聞きますが、伊藤さんは自分の長所とか、セールスポイントはどんなところだと思いますか？」

来たな。この質問も、面接では定番中の定番だ。もちろん完全に想定済みであり、『アダム松永の最強面接術』で予習済みである。

「はい！　それでは、私のセールスポイントをご覧ください。失礼します‼」

たけしは再び勢い良く立ち上がると、会議室の端まで歩き、そこから部屋の中央を向いて直立した。

面接官が当惑した顔で見守る前で、たけしは中腰になると右手を下から上に振り、ボールを投げるジェスチャーをした。そして同時に雄叫んだ。

「ストーーーップ‼　ストップ‼　当たれ‼　当たれ、ナイスヒーーーット‼　集中集中集中！落ち着いて‼　自分を信じて‼　トルァスト・ユアセルフ‼」

…………………。

「失礼します‼」

再び椅子に戻り着席したたけしは、「びっくりしたでしょう？　今から説明しますね(笑)」という満面のドヤ顔を作って語り始めた。

「今のものは、私が中学生時代、ペタンク同好会に所属していた際のかけ声です。ペタンクというスポーツは馴染《なじ》みがないかもしれませんが、もともとフランスの船乗りたちが行っていた遊びで、およそ10m先に置かれた木製の玉に金属の玉を投げて近づける競技です。このペタンク同好会で私は仲間と一緒に練習を重ね、地区大会の『中学生の部』で第2位に入賞することができました！　あの時ペタンク同好会で培った集中力と協調性、それが自分のセールスポイントだと思っています！」

……………この、今たけしが使った会話術、なにを隠そうこれもまさしくアダム松永の十八番、「スペシャル・ボディーアクション話法」である。自分のセールスポイントをやはり言葉だけで伝えるのではなく、大胆に行動で表現する。そのインパクト・効果は計り知れないと、20万人を就職させた面接の鉄人・アダム松永は著書の中で述べているのだった。

またもや狙いは的中し、あまりのインパクトに面接官は狼狽《ろうばい》を隠せない様子だ。

「そうですか……、えーと、ペタンク、ですか。初めて聞いたんですけど、でも地区で2位とはすごいですね。中学校でも同好会は多いんですか？」

「はい！　私の地区では、私の出身校であるはりまヶ丘中学校と、ライバル校であります北部中学校の、2校に同好会がありました！」

「えっ……………。……………………。あそう、まあ、わかりました。えーと、じゃあその他になにかアピールすることはありますか？　どんなことでもいいんだけど」

「はい!!　先程、海苔工場でのミーティングで私の意見が商品の味付けに反映されたという話をいたしましたが、このように、私は必要だと思った時には自分の意見をはっきりと言える、そこが長所だと思っています。それと共通することですが、私はＴｗｉｔｔｅｒを利用しており、そこでも日頃から思ったことや、世間に対して憤りを感じたことなどは、批判を恐れずにコメントするようにしています。それが評価されたのか、今では60人を超えるネットユーザーさんからフォローをしていただいております」

「………………」

面接官の驚きの表情を、たけしは見逃さなかった。これは紛うことなき「若いのになかなかやるじゃないか！」という好意の驚きに違いない。たけしは意気揚々として、次の質問を待った。

「ところで、伊藤さんの前職とうちの会社は全然業種が違うけど、どうしてうちに応募したんですか？　なにか動機があれば聞かせて欲しいんですけど」

「ハイッッ‼　私は以前からずっと、ソーシャルネットワークゲームおよびスマートフォンのアプリケーションのプランニングの仕事に就きたいと思っておりました。もちろん、就職先として真っ先に考えていたのが御社です。しかし……、ある事情があって、大学での就職活動ではフュージョンシステムさまを受けることができなかったのです」

「あ、そうですか」

「…………（たけしの熱い眼力）」

「…………」

「あの、それは、どうしてだと思いますか？」

「さあ」

「…………………。その『ある事情』がいったいなにかということですが、実は、その時の私はまだ、自分が御社に見合う人間だという自信がなかったのです。私のような者が、フュージョンシステムさまのようなソーシャルネットワークゲーム業界を代表する企業さまの一員になれるとは、思っていなかったのです」

「…………」

「しかしそんな私が、あれから4年が経った今、このように中途採用試験という形で御社にチャレンジをさせていただいております。あの時自信がなかった私が、なぜこうして今御社にお伺いしているのか。それには、実は、ある理由があるのです」

「…………」

「…………(たけしの熱い眼力)」

「…………」

「あの、それは、どのような理由だと思われますか？」

「…………」

面接官は、投げ捨てるようなため息をついた。

「うっせえんだよ」

「えっ？」

「うっせえんだよおまえはいちいちさっきからよっ!!!　イライラすんだよ!!!　あとなあ、気持ち悪い目で睨《にら》んで来るんじゃねえよ!!　不気味なんだよおまえはっ!!!」

突然ドスの利いた声になり人相が変わった面接官を見て、たけしの熱かった眼光は冷え、目は点よりも小さな素粒子になった。

「おまえが面接に来た理由？　知るかそんなもん!!　俺がおまえに聞いてるんだろうがっ!!!」

「えええぇ……」

「おまえさあ、なんでもマニュアル通りにしかできねえの？　そうやって会話に含みを持たせて面接官の興味を引くのは、アダム松永の『小出し謎かけ話法』な。その応用で自分から面接官に問いかけるのはアダム松永の『スモールディスカッション話法』な」

「えええええええ……(涙)」

「海苔は美味しかったよ。でもああやって小道具を出すのは、これもアダム松永の『ファイブ・センス話法』な。それから自分の長所を行動で見せるのは『スペシャル・ボディーアクション話法』な。面接官に与える印象は計り知れないって書いてあったんだろ？」

「…………」

もはやたけしの目には、一片の眼力も残ってはいなかった。

「今時、面接受ける奴は誰でもあの本読んでんの。こっちも同じことする受験者ばっかかで飽き飽きしてんの。ていうか質問の答えをいきなり行動で示すって、なんなんだよそのがっつ

きぶり⁉　どん引きなんだよこっちはっ。まあ、たしかに印象は残るよ。悪い印象がなっ‼

……あとな、うちの会社はフュージョンエンターテイメントシステムズな。おまえさっきからフュージョンシステムって言ってるけど、違うからな」

たけしは重体に陥った。

「伊藤くん、大学の時からずっとうちに入りたかったの？　4年も前から？　ありがとうね。うちはまだ創立2年半だけどね‼」

もはやたけしの目は見えず、耳は聞こえない。そしてたけしは考えることをやめた。

「だいたい他の奴もそうだけどよ、今時の奴らはよく自分の長所を聞かれて恥ずかしげもなく『協調性です』とか『笑顔です』とか言えるよな。自分で自分の長所を堂々と喋《しゃべ》る奴なんてろくな人間じゃねえよ‼　そういうとこで謙遜《けんそん》するのが日本人の美徳だろうがよ‼　そんな自意識過剰な奴はうちの会社にはいらねえんだよ‼」

それは八つ当たりである。

「ていうかなんなんだよこの履歴書は。資格が英検3級って、そんなもん中学生でも取れるだろうがよっ！　あと妖怪検定初級と三国志検定1級って、履歴書に書くなこんなもん‼

社会をなめてんのかっ‼」

……………。

なんとか臨死体験から離脱して意識を取り戻したたけしの目に飛び込んで来たのは、目の前の面接官が、履歴書を放り投げるようにたけしへ返してくる光景であった。

「キミ、不採用だから。これで終わります。おつかれさま‼」

……平成25年6月30日、伊藤たけし、笹塚に散る。

後に伊藤家に語り継がれることとなる歴史的恫喝《どうかつ》事件、これが世に言う「笹塚六《ろく》・三〇《さんまる》事件」であった。

ビルを出たたけしの足取りは、猿蟹合戦《さるかに》に参戦中の臼《うす》のように重かった。

喉に潤いを与えるため裏の公園で水を飲んでみたが、これからのことを思うと「この水に毒でも入っていて優しく死ねればいいのにな」などとつい考えてしまう始末であった。

いつしかたけしは、号泣していた。

いったいどこから俺の人生は狂い始めたのだろう？　なにが悪かったのだろう？　なにを間違ってしまったのだろう？

たけしは涙の沼で溺れもがきながら、僅かに残る理性で短い生涯を振り返ってみた。

ひょっとしたら、あそこが転機だったのかもしれない。あの時違う決断をしていれば、こんな人生にはならなかったかもしれない。海苔工場で、あられ部門に転向を勧められたあの時……。

たけしの海苔工場では別ラインで国産米100%の高級あられも作っていたのだが、ある日海苔ラインのリーダーから「あられに人が足りないみたいだから、明日から行ってもらうことはできる？」とオファーを受けたことがある。しかしその時、変化を恐れどんな些細《ささい》なことでも現状維持を望むたけしは、あられへの異動を断ってしまったのである。

もしあの時素直に配属転換に応じていたら、当時のメンバー構成から考えて、自分があられラインのリーダーになっていた可能性は十分ある。そして履歴書の前職の部分に「リーダーとして活動していた」という1行が加わっていたなら、今日の面接の結果もまた違ったものになっていたかもしれない。

……しかし、それはもう過去のことである。過ぎたことを悔いても仕方がない。チャンスの神様とあられには、後ろ髪はないのである。

自分に明日など来るのだろうか？

崩れるように公園のベンチに腰掛け、一度深呼吸をしようとしたのだが号泣していたのでうまく息を吸えなかった。

いったんむせたあとで、たけしは震える手で携帯電話を取り出すと、ゆっくりとボタンを押した。

　コール音が鳴る。

「はい、伊藤です」

　父の声だ。

「もしもし……、父さん？　俺だけど……」

「おお、どうだった？」

「ダメだった……」

「ダメって、もう結果が出たのか!?」

「うん、終わる時に、不採用だって言われた……」

「そうかあ……。まあ、気にするな気にするな。今時、一回の面接で決まる方が珍しいんだから。仕事を探してる奴はみんな同じだぞ。何回も失敗して、時間をかけてやっと見つけられるんだからな」

「うん……」

「今日は疲れただろ？　帰って、ゆっくり休みなさい。交通費の残りでポッキー買って来ていいから。今後のことはそれからな。いいな？　くれぐれも変な気起こすんじゃないぞ？」

「うん。わかった……じゃあ、今から帰るから……」

携帯電話をポケットにしまうと、意外な父の優しさに、たけしの涙は止まっていた。

そうだった。自分には、帰る場所があるんだ。

たけしは今父と話して、初めてわかった。プロレスとか、家を出ろとか、そういう厳しい話はすべて息子を本気にさせるための、父の芝居だったのである。たしかに、たけしは切羽詰まらなければ行動を起こせない性格だ。父はそれをしっかり見抜いていたのだ。さすが父さんだな……。やっぱり、俺のことを一番わかってるんだ。

たけしはつい今までプロレスラーがイヤだと泣いていたことが、自分で可笑《おか》しくなってしまった。まったく、本気で悲しんじゃったじゃないかよ！　酷いなあ父さんも。あははは っ。

さあ……、帰ろうっと！

その看板に気付いたのは、笹塚駅からほんの100m程手前の、小さな雑居ビルの前だった。

全体的にやや灰色にくすんだ外壁のそのビルには、美容院や歯科医院がテナントとして入っているがしかし特にたけしが目を引かれたのは、入り口に設置されている置き看板であった。

そこには大きく「3階：笹野《ささの》探偵事務所」とある。

看板にはプラスチック製の小物入れが取り付けられ、そこに折り畳まれたチラシがキレイに揃っている。１枚を取り出して広げてみると、手書きの書体でこんな文句が並んでいた。

『あなたの不安、悩みを解決します！　ストーカー対策・素行調査・家出人捜索・盗聴器発見など　無料相談受付中☆お客さまの秘密は厳守いたします！　お気軽にお電話ください☆フリーダイヤル０１２０－＊＊７６《タンテイナラ》－５５４７《ココヨネ》』

　そして、広告下のスペースにはこんなことも書かれていた。

『調査員募集中！　20歳以上、普通免許所持の方歓迎　勤務時間：9時～19時（ただし調査状況により変動あり）給与：20万円～　研修期間あり　休日あり　フリードリンク（お茶、ミネラルウォーター）あり　各種保険完備　ご興味のある方は事務所までお越しください』

「探偵かあ……」

　たけしはやや気持ちを込めて、「調査員募集中」の文字を見た。

探偵という響きにはなにかしらの魅力を感じる。なにを隠そうたけしは、幼少の頃より「金田一少年の事件簿」や「名探偵コナン」という探偵マンガの数々を熟読し、雑誌での連載時に行われていた「犯人捜しキャンペーン」にハガキ応募したこともあるほどの探偵好きなのである。しかもキャンペーンに6回応募したうちの2回は犯人を当てていたほどの、群を抜いた推理力を誇っているのだ。

調査員募集中、興味のある方は事務所まで。

「ううん、探偵かあ………」

もし自分が探偵になったら……。

たけしは頭の中で、自分が名探偵となり数々の難事件を解決していくシーンを思い描いてみた。

孤島のペンションで起きた密室殺人事件……夜の公園で発生した猟奇殺人事件……雪山のロッジでのバラバラ殺人事件……新宿歌舞伎町《かぶきちょう》を舞台にした連続強盗暴行監禁めった刺し血まみれ殺人事件………。

おえ〜〜〜〜〜っ。

よく考えたら、自分はゴキブリの死体を見ても号泣するほどの、死体にはめっきり弱い根っからの平和主義者であった。

コナンくんや金田一少年を見ていると、彼らはほぼ一週間に１人のペースで死体を捌《さば》いているではないか。つまり探偵というのは、葬儀社に勤務する人の次くらいに頻繁に死体を扱う職業なのだ。いくら群を抜いた推理力があるとはいえ、到底自分などに務まるものではない。

たけしはひと時の妄想モードを終了すると、駅の改札へ急いだ。

笹塚は都営新宿線の始発駅であるため、ホームにはドアが開け放たれたままの電車が停まっていた。

まだ午後2時をまわったところであり、都心とはいえ平日の日中、しかも始発となれば車両はガラガラである。たけしは誰もいない車両の、長座席の端に座ると大量に持参していた味付け海苔の小袋をひとつ取り出し、腹を落ち着かせるためパリパリとほおばった。

発車ベルが鳴り、ちょうどドアが閉まる瞬間に、1人の女性が駆け込んできた。

自分の真正面に座ったその女性に、たけしは思わず釘付けになった。

これは………。

まさしく………。

美しい。なんてキレイな人なんだ……。

髪は肩より少し長い輝くウェーブセミロング、服装は夏用の半袖テーラードジャケットにデニムという落ち着いたしかし相性の良いコーディネート、そこにさりげなくデザインベルトでラグジュアリー感を演出し、さらに高画質カメラでの接写もなんのそのの曇りない艶《つや》やかな肌。

妹系のきゃぴっとしたかわいさではなく、すました表情と上がり目の目尻からは、少々サディスティックな雰囲気が感じられる。

ああ……、この女性になら、殴られてもいい。むしろぶん殴られて這《は》いつくばっているところを、上から踏みつけて見下ろして欲しい。だって彼女の美しさが100％発揮されるのは、倒れた人間を高い位置からあざ笑う時なのだから。※たけし個人の感想です。

たけしの見立てでは、彼女は年の頃自分より少し上で27歳、身長163㎝、体重49㎏。スリーサイズはB75・W57・H78。足のサイズは24・0㎝といったところだろうか。そのサディスティックさと美貌《びぼう》から、たけしは彼女を「サド美」と名付けた。

電車がホームを出てスピードを上げるにつれ、たけしの気持ちは落ち着くどころかどんどん高まって行く一方であった。

彼女から目を離せない。

もしも、こんな人と知り合いになれたら……。もしも、こんな人と仲良くなれたら……。もしもこんな人と手をつなげたら……。もしもこんな人とキキッ、キッスができたら……。もしもこんな人と（以下略）

しかし、同時にたけしは悲しくもなった。所詮我々は電車で乗り合わせただけの、赤の他人なのだ。そんな赤の他人が、他人から知り合いに、知り合いから友人に、友人から愛人にまで発展することなどあり得るわけがない。ましてや自分はキムタクでもマツジュンでもないのだ。25年間彼女がいない、近隣では「あの人気持ち悪い」と評判の無職のニートなのだ。

そういえば、かつて日本中のダメ男に希望を与え一世を風靡《ふうび》した『電車男』という物語があった。それはまさに、モテないオタクの青年が電車の中で知り合った女性と恋に落ちるストーリーである。車内で酔っ払いに絡まれた女性を、オタク青年『電車男』が助けるところから恋が始まるのだ。

もし、今この電車で同じことが起こったら。

たけしは妄想してみた。どこからか現れた酔っ払いが、目の前の美女に絡む場面を。


ほわんほわんほわ〜ん…………


「ウェ〜い俺は酔っ払いだぞ〜〜。おっ、ネエちゃんかわいい顔してるじゃねえか。おじさんと遊ぼうや」

「きゃっ。なにするんですか！　やめてください！」

「なんだと〜？　あんまり調子に乗るんじゃねえぞネエちゃん〜おい〜ほれほれ〜」

「やっやめて！　どなたか！　どなたか助けてください！」

ジャーーーン‼

「おいそこの酔っ払い！　サド美さんから手を離せ！　イヤがってるじゃないか！」

「なんだ〜このガキィ？　ガキの分際で偉そうに！　痛い目見たいのかこの野郎⁉　てめ〜ぶっ殺してやる‼」

「ハアッ！　な〜め〜は〜め〜、波〜〜っ‼　あたあッ！　あ〜〜たたたたたたたたたたたたたたたたたたたたたたたたたたたたたたたたたたたたたた‼　おわったぁ!!!」

「うわーーーーっ‼　ままま、まいった！　まいりました！　なんでそんなに強いんだ！勘弁してくれよ‼」

「おいおまえ！　サド美に謝れ！　そして、この車両から出て行け‼」

「はい、すみませんでした〜〜」

「（振り返って）大丈夫でしたかお嬢さん？　お怪我はありませんか？」

「あ、ありがとうございます！　なんて素敵な方なんでしょう……ぽっ……」

「いえいえ、当然のことをしたまでですよ」

「あの、よろしければご連絡先を教えてもらってもいいでしょうか……今度お礼をさせてください……ぽっ……♡」

「もちろんですよ！　こちらが僕の住所と電話番号とメールアドレスとＴｗｉｔｔｅｒとフェイスブックとＡｍｅｂａとスカイプとＬＩＮＥのＩＤになります！　結婚を前提にお付き

合いしましょう‼」

「はいっ♡」

「サド美……」

「たけしさん……」


ほわんほわんほわ〜〜ん…………

……………。


夢と希望に満ちた妄想を終えると、冷静になってもう一度正面のサド美を見たたけしは……、しかし、涙を流した。

なぜ泣くのか。それは、彼女が美しいからである。美しいということによって、たけしはサド美に劣等感を激しく刺激されたのである。

たけしは思う。この世には、紛れもなくこのような美人が存在する。そして、このような美人でも男を好きになることはあるし、男と付き合うこともあるし、いずれは結婚して子どもを産むだろう。

でも、その相手は絶対に自分ではないのだ。

男がモテる外見と境遇に生まれるか、モテない外見と境遇に生まれるか、それはただの運でしかない。本人にはなんら責任のない、運命の僅かなボタンの掛け違いに過ぎない。なのにどこかにはこれほどの美女と付き合える宇宙最強の勝ち組の男がおり、片やこの自分はこれまでの25年間もこれからの70年間も永遠に好きな女性と結ばれることはない、宇宙最弱の負け組なのである。自分にできることなど、ただ妄想の中で美女を好きにすることだけだ。

あらためて自分の人生、天命というものを恨み、たけしは溢《あふ》れ出る涙を止めることができなかった。

なお、一方その時噂《うわさ》の美女は、自分の前に座っているヤサ男がなんの脈絡もなく突然号泣し出したため、なにが起こったかわからずただゲテモノを見るように美しい顔をひきつらせるばかりであった。

その時だった。

「ウェ〜い、酔っ払っちゃったな〜〜」

…………たけしは、自分の目を疑った。

夢ではない。隣の車両から突然、おぼつかない足取りでフラフラと、しかし声だけは威勢良くがなり散らしながら酔いどれ中年が登場したのだ。

カップ酒を持ち、赤ら顔でわめきながらこちらにやって来る。

たけしはこの僥倖《ぎょうこう》に、心の中で狂喜した。つい先程自分が思い描いていた妄想の出来事が、まさしく現実となって眼前に迫っているのである。

サド美はすぐに目を伏せた。そう、若い女性にはこの状況は辛いだろう。変な男に絡まれたくない。お願いだからそのまま通り過ぎてください。そう祈る気持ちはよくわかるがしかしたけしは、女性とはまったく逆のことを祈っていた。

やがて2人のすぐそばまで来た酔っ払いは……、たけしの祈りに応えるように、正面の女性に絡み出した。

「ねえおネエさ〜ん。ど〜こいくんですか〜〜?」

よっしゃ〜〜〜〜〜〜〜〜〜っっっっっ!!!

たけしは心の中で渾身《こんしん》のガッツポーズを決めた。これこそがまさに待ち望んでいた状況！　いやよくやってくれた中年！　ありがとう！　サド美さんに絡んでくれてありがとう！

…………、ありがとうございます!!

しかし、面倒に巻き込まれた彼女も意外と気の強さはなかなかのものであった。怯《おび》えた気持ちを隠すかのように、無言で酔いどれを睨み返している。

「なんだよ〜そんな怖い顔するなよ〜〜。悪いかぁ昼間から酒飲んで！　仕方ないだろうがよ。会社がつぶれたんだよバカヤロ〜！　俺はなあ、20年も大工やってきたんだよ。都庁だってスカイツリーだって俺が建てたんだぞぉ！　そんなほっそい腕したネエちゃんに文句言われる筋合いはねえんだよぉ〜〜！」

酔いどれが、サド美の腕を摑《つか》もうとしたその時。

たけしは、25年間抑えていた勇気と行動力をすべて開放した。

「ままま まっ………、待てよ!!　かか彼女、イヤがってるじゃないか!!」

ついにニートは立ち上がったのである。

俺は、負け組じゃない！　ダメ人間なんかじゃないんだ！　ニートだって、勇気を出せば変われるんだ!!　電車男先輩が俺たちに教えてくれたじゃないか!!

「なんだぁ〜〜テメエかっこつけやがって！」

「い、今すぐ彼女から離れろよ！」

「このガキィ〜。やる気かおまえ!?　やんのかオイ？　怪我しても知らねえぞオイ!!」

「ああ、ややってやるよ！　かか、かかって来いよ!!」

「なにぃ〜〜〜〜〜っっ!!」

時速80㎞の最高速で疾走する地下鉄の中。２人の男が、男の意地と意地が、ぶつかり合った。

勝負は一瞬だった。

その一瞬のあとに無惨に床に横たわっているのは…………、そう、東京都出身25歳無職、伊藤たけし（彼女いない歴25年）であった。

結局酔いどれ中年は酔いどれとはいえ、本人曰く20年も大工を続けてきた剛《ごう》の者である。勇気を振り絞ってはいるが、最終スポーツ歴が中学のペタンク同好会という弱《じゃく》の者たけしがかなう相手ではなかった。

いやー、なかなか現実って、理想通りにはいかないものですね。

しかし、たけしを秒殺しただけでは、酔いどれ中年の勢いは収まらなかった。そもそも最初から彼はニートなど眼中にないのだ。たけしに向かって軽くズボンを2回はたくと、再び酔いどれ中年は美女に迫った。

「ネエちゃ〜ん。俺、強いでしょ〜！　よかったら一緒にお酒飲みませんか？　お酒買ってあげるからさあ〜」

困惑した顔で辺りを見回したサド美だが、残念ながら車両内にはたけしの亡骸《なきがら》以外、他の乗客の姿は見当たらなかった。

「なーに黙ってるんだよ！　すましてんじゃねえぞネエちゃん!!　怒るよおじさんは!!　もう怒ったからね!!!」

酔いどれが再びサド美の腕を強引に摑んだ……、次の瞬間。

「うわ～～～～～っっ!!!」

宙に舞ったのは酔っ払いの方であった。

手首をつかまれた瞬間、サド美は鋭い体捌《たいさば》きで中年の脇の下をくぐると、腕を捻って見事に投げ飛ばしたのである。

中年がどすんと投げ出された衝撃で、幸運なことにたけしは意識を回復した。

この世に復帰したたけしの目に飛び込んできたのは、サディスティックなサド美がサディスティックさを存分に発揮し、投げ飛ばした酔いどれをさらに追加で痛めつけている光景であった。

立ち上がって反撃しようとした中年を後ろ手に極《き》めて手摺《す》りに押し付けると、何度も尻に膝蹴りを叩き込みながらサド美が叫ぶ。

「ねえおじさん!!　強いんじゃやなかったの？　どうしたのほら!?　こんなほっそいおネエさんに痛めつけられちゃっていいの強いおじさんが!?　ねえ？　ほらほらほらほらほらほらほらほらほらっ!!!」

「いだいです〜。だすけで〜〜だすけてくださ〜〜い(涙)」

中年男性の本気の悲鳴を聞いて、たけしは思わず駆け寄ってサド美の腕を押さえた。

「やっ、やめてください！　もうそのくらいにしてあげてください！　おじさん死んじゃいます(涙)！　勘弁してあげてください!!」

「チッ………」

ひとつ舌打ちをすると、美女はしぶしぶ中年の手を放し、大きく息を吐きながら元の場所に腰掛けた。

ちょうどタイミング良く電車は次の停車駅に滑り込んだため、中年とたけしは逃げるようにホームへ降りた。サド美はそのまま電車と共に行ってしまったが、２人はしばらくその場から動くことができなかった。

「あ、あの……」先に口を開いたのは酔っ払いであった。「助けていただいてありがとうございました……」

「いえ、そんな、ぜんぜん」

「あの、よろしければ連絡先を教えてもらってもいいでしょうか……今度お礼をさせてください……」

「いっ、いらないですよそんなの!!」

「でも、命を助けていただいたのにお礼をしないわけには……、今度エルメスのワンカップでも送らせてもらいますので……ぽっ……♡」

「結構ですから(涙)!! 僕、急いでるんで失礼します!!」

連絡先をしつこく聞き出そうとする酔いどれ中年を振り切って、たけしはまた次の電車に乗り家路に就いた。

理想は、現実にはならない。少なくとも、自分の場合はそうなのだ。それが自分の人生なのだ。現実というものを深く思い知ったたけしは、再び号泣した。

まだ陽《ひ》は高く、最寄り駅から自宅までの10分の間にもたけしの心身は次第に消耗していった。まとめ買いしたポッキーもあっという間にどろどろになりそうだ。

なにしろ今日は、気力体力共に限界以上振り絞った一日であった。

面接で打ちのめされ、美女を見て自分の生い立ちを呪い、初対面の大工に叩きのめされた。そのダメージはとてつもなく大きくたけしのヒットポイントは残り3であったが、しかし家に帰るのはイヤではなかった。

たけしは先程の電話での、父の優しい声を思い出していた。一時は息子の目を覚ますために「プロレスラーになれ」などと厳しく接していたが、最後には味方になってくれた父。

傷付いた時、頼りになるのはやはりなにをおいても家族なのだ。たとえヒットポイントが残り3になろうとも、自分には、今日も帰る家がある。家族の優しさが、痛んだ心と体を癒《い》やしてくれる。まだまだ自分は幸せなんだ。よし、笑顔で帰ろう！

大きく息を吸うと、たけしは元気良く引き戸を開けた。

「ただいまー！」

「おかえりたけし〜」

父の声はすれども、姿は見えぬ。いつもの和室にいるようだ。

おや、よく見ると、玄関には見慣れぬ革靴が一足ありますね。兄の物ではない。どちらさまだろう？

居間を覗きに行くと、そこでは父が同世代のスーツ姿の男性と、なにやら真剣に話し合っているところであった。どちらさまですかこのおっさんは？

おっさんの方が先に「たけしくん、はじめまして」と挨拶をすると、父がおっさんの紹介をした。

「たけし、この人は荒井さんっていうんだけどな、この前話しただろう、渋谷東口プロレスの専務をやってる人だ。前からおまえのマスクについて相談してて、今日はサンプルを持って来てもらったんだ」

座卓に目をやると、先日父が書いた書き初めが1枚置かれており、「世界の巨小・ニートたけし」という名前の上に赤い○がついている。どうやらリングネームが決定したらしい。

その隣にはレスラー用のマスクが3つ並んでいるのだが、タイガーマスクやミル・マスカラスが着けていたような華やかな物とは違い、どれもひと言で表現すると「不気味」という言葉がよく似合う実に禍々《まがまが》しい代物であった。

その中のひとつ、黄土色の布をベースにそこに長〜く真っ黒な髪の毛（を模した糸）が無造作に張り付いている、陰鬱《いんうつ》なマスクを荒井専務が取り上げた。

「やっぱり俺はこれが一番しっくり来ると思うね。世間一般の『ニート』に対するイメージに一番近いのがこれじゃないかと」

父もその不気味マスクに人差し指を突きつけて納得する。

「たしかにねえ、素人《しろうと》の私から見てもそれはインパクト大きいからね」

「じゃあ、これに決めようか」

「それじゃあ悪いけど、うちのたけしをよろしく頼むな」

「まかせてよ。立派なレスラーになるようにしごいてやるから！」

…………。

ショックで真っ白になったたけしの脳のスクリーンに、突然このような未来の実況中継シーンが上映された。

ほわんほわんほわ〜〜ん…………

「さ〜あ始まりました本日の第1試合、ファン感謝デー特別体重差マッチです！　普段は決して見られない、大きな実力差のあるこの2人の対決！　渋谷東口プロレス・ヘビー級チャンピオンのスタン・ハリセンに対するは、ストロー級ランキング28位、世界の巨小・ニートたけし！　おおっとまずはニートが飛びかかって行く！　チョップ！　逆水平チョップだ！　そして頭突き！　ニート得意の連続頭突きです！　しかし身長差がある！　頭突きはヘソまでしか届きません！　おっとニート、ロープに走った！　次はドロップキックか？　さあニートがトップスピードでハリセンに迫る‼　おお〜〜〜〜〜っと‼　ラリアーーーーーット‼　逆にハリセンが迎撃のイースタン・ラリアーーーーット‼　完璧に決まった‼　ニート、なんと空中で5回転しました‼　立てません‼　……マサさん、ニート大丈夫でしょうか？」

「これは心配ですね。今、ボキッて音がしましたからね」

「おっとここでゴングの要請です！　カンカンカンカーン！　試合時間37秒、イースタン・

ラリアットからのＫＯでスタン・ハリセンの勝利です！　…………おや？　レフェリーが担架を要請していますね。どうしたんでしょう？　ああっ、なんとニートたけし、首が＊＊＊ようです!!　これは心配だ!!　渋谷東口プロレス、旗揚げ以来初めての事故が起きました！　なんということでしょう!!」

ほわんほわんほわんほわ〜〜ん…………

………………。

はっ。

我に返ったたけしは、なにも言わずに家を飛び出した。

ふざけんなよっ。俺がプロレスラーなんかになったら、命がいくつあっても足りないじゃないか!!　いくつあっても足りないというのに俺に命はひとつしかないんだぞ!!　冗談じゃないよっ!!

スーツも脱がず最寄り駅に走ったたけしは、再び電車に飛び乗り、気が付いた時には夕暮れの笹塚に立っていた。

目の前にあるのは、「笹野探偵事務所」の看板である。

たけしはもう躊躇《ちゅうちょ》しなかった。階段で3階へ駆け上がると、目の前にあった呼び鈴を押す。スモークガラスの付いたドアが開いた。

「ようこそいらっしゃいませ」

上品に迎えてくれたのは、チェーン付きで吊り上がった通称「ざますメガネ」をかけた中年女性であった。黒い髪を丸めて頭頂部でまとめており、全体的に「教育ママ」という雰囲気が漂っている。たけしの見立てでは、年の頃30代中盤以降。ただしメガネが著しくおばちゃんの印象を与えており、下手をしたら40代にも見える。

「ご相談ですか？　ご相談だけなら無料ですので、どうぞお入りください」

「ああ、あの、違うんです！　僕、チラシの『調査員募集中』っていうのを見て来たんですけど……」

「あら！　求人の方ね？　所長！　入社希望の方がお見えです！　……どうぞ、おかけになってください」

教育ママは、入り口すぐ脇にある来客スペースへたけしを案内した。

「ここで少しお待ちください。すぐに所長が参りますので」

「は、はい、すみません」

湯飲みに入った日本茶を2つ、テーブルに並べると教育ママは出て行った。

たけしは冷静になるため大きく深呼吸をして、辺りを観察してみた。

来客用といっても、部屋が分かれているわけではなく応接テーブルとソファーをパーテーションで仕切っただけのスペースだ。なぜかテーブルの上に「セサミストリート」に登場するエルモやクッキーモンスターの人形がモジャモジャと並んでいる。

パーテーションの隙間《すきま》から覗いてみると、奥の壁にブラインドの下がった広い窓があり、その前に大きめの事務机がひとつ。そこから少し空間が空いて別の机がいくつかまとまっており、本や書類が無造作に置かれているが人の気配はない。入り口のドア付近、離れ小島のデスクには先程の教育ママが座り、ノートパソコンの前でネイルを塗っている。

と、パーテーションがめくれて、これが所長であろう、頭の薄い初老の男性がニコニコと姿を現した。

「いらっしゃい、所長の笹野です」

たけしは立ち上がり、背筋を伸ばして「はじめまして、伊藤と申します！　よろしくお願いします！」と雄叫んだ。先程の面接で返却され、鞄にそのまま入っていた履歴書をうやうやしく提出する。

「あの、こちらが履歴書になります！　よろしくお願いします！」

「まあまあ座ってよ。キミ、探偵になりたいの？」

「はっ、はいっ」

2回目の面接である。

今回もまた面接官は1人。ただし今度は健康そうで温和そうな所長さんである。日本茶をすすりながら扇子《せんす》で首筋を扇《あお》ぐ姿はとてものんびりとしており、こんな人が毎週のように難事件に挑み死体をさばいていると考えるとなんとも驚きだ。

たけしは熱い気持ちを伝えようと、シャウトのこもった目で所長を睨み答えた。

「わ、私は、以前からずっと探偵の仕事に就きたいと思っておりました！　もちろん、就職先として真っ先に考えていたのが御社です。しかし……、ある事情があって、就職活動では御社を受けることができなかったのです。その、ある事情とはいったいなんなのか……」

「キミねえ、ちょっと落ち着きなさい。三菱商事やＪＴＢに就職するんじゃないんだから」

「は、はい、すみません！」

しかしたけしは探偵事務所の面接を受ける準備はまったくしていなかったので、臨機応変な対応は無理なのだ。

「伊藤くん、なにかキミには得意なことはあるのかな？　特技とかそういうのは」

「は、ハイッ!!」

たけしはアダム松永の十八番、「スペシャル・ボディーアクション話法」を繰り出そうとしたが、来客用スペースは狭すぎてペタンクのジェスチャーはできそうもなかった。よーし、それならば……

「あの、この海苔を食べてみてください！」

たけしは自分が開発に関わった、と勝手に思っている自慢の味付け海苔を鞄から取り出し所長に手渡した。

「なんだ？　くれるのこれ？」

「ハイッ‼」

所長は小袋から海苔を1枚つまみ出すと、パリパリと気持ち良い音を響かせ口に入れた。

「お、美味しいねこれ」

「ありがとうございます‼　私は以前、海苔工場で……」以下、たけしはフュージョンシステムの時と同じ話をした。

「なるほど。なかなか面白い仕事をしてたんだねキミは。これはねえ、たしかに美味しい海苔だ」

「あ、ありがとうございます‼」

「ただねえ、伊藤くん……」

味付け海苔によって乾いた口を、熱いお茶で湿らせながら所長は鋭い視線を向けた。

「一回目の面接とまったく同じことを言うってのは、ちょっと芸がないねえ。今月中に仕事を決めないと、よっぽど困るのかね？」

「えっ」たけしの熱かった眼光は冷え、目は点よりも小さい素粒子になった。「どっ、どどっ、どうして知ってるんですかっ⁉」

「それくらいわかるよ」

所長は履歴書とたけしに交互に目をやり、ニヤッと笑った。

「まず伊藤くんのスーツとネクタイの乱れ具合からして、今日は家から直接ここに来たわけじゃないよな。うちに来る前に、なにか別の予定をこなしていたはずだ。一年も仕事をしていない若者がスーツを着る用事なんて、面接しかないね」

たけしは素粒子の目のままで所長の話を聞いた。

「それから、いくらうちのような小さな事務所とはいえ、働きたいなら普通はまず電話をして来るだろう。それをこうして突然訪ねて来ているということは、突発的な行動で、もともと伊藤くん本人もうちに来ることは想定していなかったんだよ。だとすれば、面接の準備をする時間はない。準備していなければ、先に受けた面接と話すことは同じになるはずだね。しかも一度面接を受けた同じ日に飛び込みで職探しに来るってことは、今日中、つまり今月中に仕事を決めないとよっぽどまずい理由があるからじゃないかな」

たけしは驚愕《きょうがく》した。

これが本物の探偵の推理力なのか。まさしく幼少の頃から読んで来た「金田一少年の事件簿」や「名探偵コナン」の世界ではないか。本来ならば「シャーロック・ホームズの世界ではないか」と言うのが的確かもしれないが、たけしはその世代ではないのでそれはよく知らない。

「す、すみませんでした。実は僕……、今日中に仕事が決まらないと、プロレスラーにされてしまうんです(涙)!!」

もはやこの所長相手にウソ偽りお世辞隠しごとは通用しないと察したたけしは、すべてのストーリーをありのままに、生々しく白状した。

その心からの告白を聞くと、所長は扇子を閉じて目を瞑《つぶ》った。

「まあ、必死なのはよくわかった。ただ、うちで働きたいのがそれだけの理由じゃあな……」

「で、でも、それだけじゃないんです。最初の会社から帰る時、この探偵事務所を見て気になっていたのは本当なんです！　だからチラシも持って帰って、家から面接に来たんです！『あなたの不安、悩みを解決します！』って書いてあるし、きっと僕の仕事探しの悩みも解決してくれると思って！」

「いやそーれはまた違う話じゃないか」

「あの、それに、僕も子どもの頃から金田一くんとかコナンくんのマンガを読んでいて、推理力はあると思うんです！　東野圭吾《ひがしのけいご》さんの『探偵ガリレオ』シリーズもほとんど持っているんです！」

「…………」

「あと、ニンテンドーDSに『逆転裁判』という推理物のゲームがあるんですけど、それもシリーズすべて、一度も攻略本を見ずにクリアできたんです！」

「…………伊藤くんは、DSをやるのかい？」

「はい、も、もしかして所長さんもですか？」

「うん、私は最近『三国志DS』というのに凝っていてな」

「三国志お好きなんですか!? 僕もです！　あのここ、見てください！」たけしは履歴書の資格欄を指さした。「僕、三国志検定1級を持っているんです！」

「ほう、じゃあだいぶ詳しいんだな」

「僕、子どもの頃から横山光輝《よこやまみつてる》さんや吉川英治《よしかわえいじ》さんの三国志を何度も読んでいたから、自然に知識が頭に入っていて。それからもいろんな本を読んでいて、変わり種だと『まじかる無双天使　突き刺せ!!　呂布子《りょふこ》ちゃん』とか『恋姫†無双　～ドキッ☆乙女だらけの三国志演義

〜』なんかも…………」

「よーしわかった！」

たけしの言葉を遮るように、所長は閉じた扇子をテーブルにバシッ！　と置いた。

「伊藤くん。……とりあえず見習いから、やってみるかい？」

「へ……？」

これにはたけしもたまげたし、後ろでこっそり聞き耳を立てていた人もたまげた。静かな事務所に、教育ママの「ええっ⁉　…………あっ、すいません」という声が響いた。

「ほ、本当ですか⁉　や、やります！　ぜひお願いします‼」

所長は、たけしと教育ママを順番に見た。

「ノリ子くんも驚いたようだが……、私の見たところ、伊藤くんにはどうも探偵の素養があるように感じるんでね」

「えっ……僕にですか？　ど、どんなところでしょうか⁉」

「まあ私の勘が当たっているかどうかは、見習い期間のうちにわかるだろう。ともかく、まだ補欠合格だからな。モノにならないと思ったら正式に雇うことはないぞ。研修は楽じゃないから、覚悟しておくように」

「はいっ！　がが、がんばります‼　ぜひ、よろしくお願いします‼」

大逆転劇だった。

平成25年6月30日午後5時45分。奇《く》しくも「笹塚六《ろく》・三〇《さんまる》事件」の直後、伊藤たけしは一年ぶりに新しい仕事を決めたのである。

笹野探偵事務所。ここが、明日からの職場。

いったいどんなハードな研修が、どんなトリックで殺された死体が待っているかはわからないが、まずは長い一日を切り抜けたことにたけしはホッとため息をついた。

こうして、たけしの探偵としての生活は始まったのである。

2章　俺は絶対探偵修行に向いてない

「おはようございます！　ご出勤のところすみません、ちょっとよろしいでしょうか？」

「は、はい、なんでしょうか」

無数の大人たちが行き交う新宿駅前の雑踏《ざっとう》で、たけしは特に選ばれて呼び止められた。

「失礼ですが、今朝ヒゲは剃《そ》って来られましたか？」

その男性の着ている白いウィンドブレーカーには、目玉の付いた風船がカミソリでヒゲを剃っている絵と、「バルウン」というカタカナのロゴがプリントされている。有名なヒゲ剃りメーカーだ。

「も、もちろんですけど。だって、これから初めての出勤だから……」

「今日からお仕事なんですか？　それはおめでとうございます！」

「そんなあははうへっ、ありがとうございます」

歩道には同じような恰好《かっこう》の男女スタッフが散っており、それぞれやはり選ばれた人間を探して声をかけている。ちなみにここで選ばれる基準は、見るからに内気で押しに弱そうな地味な人間、というものだ。選ばれることが一切誇れない選定条件である。

「実は本日ですね、バルウンが新しく発売しました電気シェーバーの特別展示販売を行っているんですよ。新製品をお試しになってみませんか？」

「え、いや、でも、今朝剃ってきたばっかりだから……」

「だからこそ！　当社の製品の性能が実感いただけるんです。お時間取らせませんので、ぜひこちらへ！」

男性は返事を待たずに一方的にスタスタ歩き出した。

こうされると、たけしでなくとも人のよい日本人は勝手に立ち去ることができず、しぶしぶ相手を追ってしまうことになる。

新製品のヒゲ剃りが体験用、観賞用に陳列された路上ブース。そこで手渡された体験用シェーバーで、たけしは促されるまま仕方なく3往復くらい顎《あご》をなぞってみた。

「はい、そのくらいで結構ですよ！　ありがとうございます。それじゃあ、どのくらい剃れたか確認してみましょう」

スタッフはシェーバーを奪い取ると、外刃の部分を取り外し、逆さにして白い板の上にカンカンと打ち付けた。するとあら不思議、握りこぶし大のまりものような、見るもおぞましい大量の黒ヒゲの塊が出て来たではありませんか！

「あらら！　見てください。今朝剃ったばかりと仰《おつしや》っていたのに、なんとこ〜んなに剃り残しが！」

「ちょっと待ってくださいよっ!!!　いくらなんでもこんなに残ってるわけないでしょっ!!　絶対おかしいってこれ!!」

「あ〜っはっはっは！　みなさんそうやって驚かれますよ。当社のシェーバーは、他社の製品の剃り残しも根こそぎ剃ってしまいますからね！」

「いやあの、そういう問題じゃないと思うんですけど。僕、もともとヒゲ全然生えないし、毎日剃ったってこんなに溜まるには半年かかりますよ！」

「そうなんです！　他社の製品の半年分もの作業を一日でこなしてしまう、それが私《わたくし》どもバルウンの新シェーバーなんです！　そんな新シェーバーが、なんと本日だけ定価の70％引き、たったの９８００円でお求めいただけるんですよ！　もうこれを体験したら、今までのシェーバーには戻れませんよね？」

「戻れますっ‼　だってこれ僕のヒゲじゃないと思うし‼　剃り残しっていうレベルじゃないもんこの量！　ＤＮＡ鑑定してくださいよ‼」

黒いまりもを指さし涙目で抵抗してみるが、しかし営業中は人の心を捨てている男性スタッフはまったく動じることはない。

「お客さん、今日から新社会人なんですよね？　新しい仕事を始める時は、心機一転シェーバーを買い換えて臨むものですよ。それが社会人の常識ですよねぇご存じないんですか？」

「そっそ、そうなんですかっ⁉」

「いつまでも古いシェーバーを使い続けて、せっかくの新しい職場に無職の時と同じヒゲのコンディションで通うっていうんですか？　あなたを採用してくれた人に、恩を仇《あだ》で返すっていうんですか⁉」

「そんなつもりはないですけどっ！　でも本当にそんな常識あるんですかっ⁉」

「もちろんですよ。もうズバッと決めちゃいましょう！　思い切って決断ができるのが、一人前の社会人ですよ！」

「うーんでもなぁ……」

「はい！　いいですね。やったー！　お買い上げ、ありがとうございます‼」

　1人が叫ぶと、ブースの周辺にいる全スタッフが足を止め、一斉に「ありがとうございます‼」と声を張りたけしに向かって頭を下げた。

たけしは少し良い気分になり、仕方ないなあと照れ笑いながら代金を支払った。

新しいシェーバーの入った紙袋を提げて、たけしは笹塚駅前、灰色の雑居ビルの前に立った。

　いよいよ初出勤だ。

昨日、帰宅後に顚末《てんまつ》を伝えると、父はニートレスラーのマスクを持って「でもおまえ、せっかくこうしてコスチュームも決まったんじゃないか」と不満げであった。この人は本当に俺の親なんだろうか、という疑いを一瞬持ったが、しかしこの一年面倒を見てくれたことは感謝しているし、今朝家を出る際「なにかあった時のために持って行きなさい」と1万円をポケットにねじ込んでくれたことで、ああやっぱりこの人は俺の親なんだなあと思い直したたけしである。

その1万円は今しがた使ってしまったが、それはともかく一年ぶりの出勤であり、緊張しながら3階に上ると笹野探偵事務所のドアを開けた。

「おはっ、おはようございます‼」

最寄りのデスクでネイルを塗っていた教育ママが、慌てて立ち上がると笑顔を振りまく。

「ようこそいらっしゃいませ。ご相談ですか？　どうぞお入りください」

「ええっあの、違います！　僕です！」

「？？　どちらさまでしょうか…………？」

ガーン。

たしかに、外見は少し変わっている。昨日のスーツ姿から「チェックのシャツ、その裾をズボンに挿入」といういつものファッションに戻っているし、ヘアスタイルも同様に乱れ髪だ。だからって、中身は同じなのに酷いよなあ……。人を中身じゃなくて、外見で判断するからそんな間違いを犯すことになるんですよ！

「あの、伊藤です！　昨日、面接に来た……」

「やっ！　ごっめ〜〜ん！　なんか感じが変わってたから！　所長、伊藤さんが来られましたよ」

来客向け笑顔から同僚向け笑顔になったママが呼びかけると、奥のデスクで茶をお供にニンテンドーＤＳに熱中していた所長が「おお伊藤くんおはよう。そこの空いている机を使いなさい」と招き入れてくれた。

ハイッ‼　とまだまだ面接テンションの返事をして、たけしは中央の島の、一番入り口に近い席に着いた。

緊張しつつ事務所内を見回してみると、事務机にパソコンに書類棚にパーテーションの向こうの応接セットなど、どこのオフィスにでもありそうな備品の他に、ここならではというのはまず壁にかけられた「探偵業届出証明書」であった。証明書には「東京都公安委員会」の文字と共に営業所の名称や所在地の記載があり、届出日付のところは「平成22年2月20日」となっている。意外とこの事務所は設立からさほど期間が経っていないようだ。

探偵というのは、公安委員会にまで届出をしないといけない職業なのだなあ。金田一くんやコナンくんも、ちゃんと地域の公安に届けを出しているのだろうか？

他に目を引くのは、備品棚に並んだ道具類だ。デジカメにデジタルビデオカメラ、三脚に双眼鏡にＩＣレコーダーにスマートフォンと、所長の年齢とはミスマッチなデジタルガジェットが揃っている。そういえば、応接テーブルにモジャモジャと並んでいたセサミストリートのグッズも、所長の印象とはミスマッチだった。

「さて、伊藤くん」

「ハイッッ‼」

DSの画面をパタッと閉じて、所長が業務モードに入る。

「まず所員の紹介をしておこうかな。私は、所長の笹野だ。それから、彼女が経理と事務と受付と、まあいろんなことをやってくれている、藤崎《ふじさき》ノリ子くん」

教育ママがネイルを整えながら「よろしくね！」と笑顔を向けた。たけしも社会人として、精一杯の挨拶を返す。

「よ、よろしくお願いします！　あのよかったらこれ、僕が開発に関わった味付け海苔なんですけど食べてください！　あ、所長もどうぞ！」

面接時に評判の良かった例の海苔を、たけしは今日もポケットにいくつも忍ばせていた。ノリ子は礼を言いながらも頭にハテナマークを浮かべた表情になったが、所長の方はすでに経験済みなので「おおこれこれ、日本茶に合うんだよな」と好意的だ。

早速海苔をつまみながら所長が続ける。

「それから……、伊藤くんの研修を担当してもらう調査員がもうすぐ来ると思うんだけどな、まあ後ほど紹介しよう。そうそう、伊藤くんはスマートフォンは使えるかね？」

「い、いえ！　僕はまだ古いガラパゴス携帯を使っていて……。スマホにしたいとずっと思っているんですけど絵のローンとかいろいろあって……」

「じゃあ使い方を覚えなさい。うちでは所員にスマートフォンを支給して、24時間携帯してもらっているんだ。連絡や情報収集はもちろんだが、撮影機材にもなるし、GPSで常に居場所がわかるようになっている。サボっていても、誘拐されてもすぐにどこにいるかわかるからな」

「スマホをもらえるんですか⁉　僕、前からずっと欲しかったんです！　ありがとうございます‼」

「ただしあんまり変なことには使わんようにな。おかしな請求が来たら、ノリ子くんから雷が落ちるぞ」

「は、はい。気をつけます」

　新品のスマートフォンと、電話番号やメールアドレス&パスワードなどもろもろが書かれた用紙をノリ子から受け取ると、たけしは早速画面をいじり始めた。

　少し触ってみて、これなら有能な自分ならば直感的に操作はマスターできそうだとたけしは感じた。憧れのスマートフォン。ビジネスマンの必須アイテム。これを持つのが夢だったのだ。

たけしが支給品に舞い上がっているところで、事務所のドアが開いて1人の女性がおはようございますっと入って来た。所長の笹野が「おお来た来た」と呟《つぶや》きつつ紹介する。

「伊藤くん、彼女が今日からキミの研修を担当する、恵梨《えり》くんだ。芦田《あしだ》恵梨くん。調査業務については彼女から指導を受けるように」

笹野が説明するより先に、たけしはドアから登場した女性を見て思わず驚愕の雄叫《おたけ》びを挙げていた。

「さっ!! さささっ、サド美さんっっ!!!」

び、びっくりしたっ!!

……まだしっかりとまぶたに焼き付いている、あの電車の中のサディスティックな光景。絡んできた酔っ払い中年を瞬殺し、瞬殺した上でさらに膝蹴りをかまし再び殺そうとしていたサディスティックの中のサディスティック、しかし美しいサド美さん。

まさか、こんなところで再会できるなんて……。嬉しすぎるけど、そういえば「サド美さん」なんて叫んでしまって大丈夫だっただろうか。

サド美はキョトンとしている。

「恵梨くん、彼が今日から働いてもらう、伊藤くんだ」

笹野が口添えると、たけしは全力で挨拶をした。

「おおおっ、おはようございます!!　伊藤たけしです!!　よろしくお願いします!!」

「どうぞよろしく(笑)」

ズガーーーーン!!!

たけしは、サド美あらため先輩調査員恵梨の朝一番爽《さわ》やかな笑顔に轟沈《ごうちん》した。

かわいい……(涙)。

昨日は見せなかった笑顔。外ではあんなに凶暴でつんつんしているのに、仕事中はこんなにも素敵な笑顔になるんだ……。一緒に仕事をすればサド美さんはサディスティックなサド美さんではなく、美しくて優しい先輩・恵梨さんになるんだ……。け、けけけけけけけけけ、けけけけ研修を、ぼぼ僕の研修を担当してもらえるなんて……まさかそんな……おおお……信じられない……嬉しすぎる……嬉しすぎて死んじゃう……(号泣)。

そうだ、とりあえず謝らないと。

「あの、昨日はすみませんでした!　お詫《わ》びっていうんじゃないんですけど、よかったらこの海苔、食べてください!」

恵梨は海苔を受け取ると、またキョトンとした。

笑顔もキョトンも、両方ともかわいすぎる。どういうことなんですか。あなた、かわいいにも程があるんだよっ。

　笹野が謝罪とキョトンのやり取りを見て尋ねる。

「ん？　伊藤くん、恵梨くんに会ったことがあるのか？」

「はい！　昨日の午後、笹塚から同じ電車に乗っていて、それで、あの、ちょっと……」

　そして、５秒間の沈黙が流れた。

　６秒後から８秒後にかけて、恵梨の眉間にはシワが寄り、目は吊り上がってみるみるうちにその表情はキョトンから凶暴へと変化を遂げた。

「あーーーーっ‼　あんた、昨日酔っ払いと一緒にいた気持ち悪い奴じゃん‼」

「ええっ、いや、別に一緒にいたわけじゃないんですけど……」

「新人ってあんただったの⁉　うわ、勘弁してよっ‼」

「えええええ」

　恵梨は海苔を放り捨て、怒り歩きでツカツカと所長デスクに迫ると、気持ち悪い新人を指さしてまくし立てた。

「所長！　なんでこんなの雇ったんですか‼　こいつ、酔っ払いに一撃でやられるような奴なんですよ⁉　カップ酒持ってフラフラなオヤジにのされるような貧弱な奴なんですよ⁉　おまけに電車の中で急に泣き出してわっけわからないし、背も低いし服もダサいし、そんな奴にうちの業務が務まるんですか⁉」

「あ、あのあの、背と服は関係あるんでしょうか……(涙)」

　昨日そんなことがあったというのを初めて聞いた笹野だが、しかしさすが所長であり年長者でもある貫禄《かんろく》、彼は怯《ひる》まなかった。

「恵梨くん、知っての通りうちは常に人員募集しているが、なかなか今は探偵、しかもうちみたいな小さな事務所で働こうという者はいないじゃないか。それに、決して彼に業務が務まらないことはないと思うんだ。むしろこの仕事に向いてると思うがな」

「まさか！　こいつのどこが探偵に向いてるんですか‼」

「ともかくせっかく来てくれたんだし、しばらく様子を見てあげようじゃないか。新しい所員が入らないと、これからもキミが何人分も働くことになってしまうぞ。……まあそんなわけだから、研修はよろしく頼むな」

「…………」

　恵梨のモードは凶暴のままだが、なにしろ笹野は所の長であり、雇い主である。「ハア、わかりました」とため息まじりに答えると、先輩はたけしをキッと睨んだ。

「あんた、中途半端な気持ちじゃ務まらないからね‼　覚悟はしてるんでしょうねっ⁉」

　おおおおお……恐い……でもかわいい……怒り顔かわいい……でも恐い……でもキレイ

だなあ……ああ恐い……こんな人の下で研修ができて嬉しいよお……（涙）。

いろんな感情が渦巻いてまたもや号泣しそうになったたけしだが、これ以上恐い先輩を怒らせないために、ここは涙を堪《こら》えて「はいっ、がんばります‼」と気合いを入れて見せた。

「たけしくん、その所長のお茶碗すごく高いから、気を付けてね！」

とりあえずノリ子から笹野のお茶を淹《い》れるよう命ぜられ、たけしは急須《きゅうす》から緑茶を注《つ》ぐと湯飲みを盆に載せた。なんでも所長用の湯飲みは、「紀代水焼《きよみずやき》」という京都の高級な陶磁器《とうじき》らしい。

これが笹野探偵事務所での、記念すべき初仕事である。小さな仕事もコツコツと、自分らしくやり遂げなければね。

ノリ子と笹野と恵梨が注目する中、たけしは大事な紀代水焼がお盆の上で倒れないように、寄り目になるまでしっかりしっかり凝視しながら歩を進めたら床のＬＡＮケーブルに足を引っかけて転んでお茶はぶちまかれ湯飲みは割れた。

「あづっ（涙）‼　あああづいっっ‼　ああづううっ‼!　ああっすいませんっっ（涙）‼　あづっっ‼!」

「ちょっっとなにやってんのよ‼　ノリ子さんの言ったこと聞いてなかったの⁉　気を付け

ろって言われたでしょうが!!!」

淹れ立てあつあつのお茶をシャツによく染み込ませ転げ回るたけしを、早速恵梨の怒声が襲った。

「お茶すら満足に運べないのあんたは⁉　どこまでダメな奴なのよ!!」

「たけしくん大丈夫？　ほら、これで体拭いて」

「おおおお……すいません……あづい……」

ノリ子に渡されたタオルで体と床と涙を拭き、何度も笹野に頭を下げて謝罪する。さすがの笹野も渋い顔であったが、ここで感情的に部下を怒鳴ったりしないところが、恵梨さんと違って所長の人間のできたところだなあとたけしは思った。

「まあいい、もうお茶はいいから。お茶の上手な運び方はまたノリ子くんに教わりなさい。探偵に大事なのはお茶汲《く》みより調査業務だからな」

笹野はたけしを座らせ、まあまあと恵梨もなだめて席に着かせた。

「恵梨くん、今日は午前中に調査が入ってるんじゃなかったか？」

「はい、渋谷署からの依頼の件です。これから新宿に向かい、対象者を尾行します」

「ちょうどいいじゃないか。……伊藤くん」

「ハイッツ!!」

「しばらくはキミの仕事はティッシュ配りと電話応対だが、今日はちょうど依頼が入っているから、これから恵梨くんに同行して尾行研修をしてもらおう」

「は、はいっ‼」

お茶の香り漂う見習い探偵の身に緊張感がみなぎった。

「探偵の基礎は、尾行に、張り込みに、聞き込み。これが3本柱だから、ぜひ肝に銘じておくように。じゃあ恵梨くん、頼むな」

笹野の言葉を引き継いで、恵梨がデスクの上の封筒から1枚の写真を取り出すと、たけしに向かって投げた。

「伊藤、あんた尾行ってわかる？」

「は、はい」

自分の名前を呼んでもらえて、たけしは感激した。

「所長も言ったけど、尾行は調査業務に絶対に欠かせない技術だから。これができなかったら探偵は無理。いきなりだけど、今日は現場で覚えてもらうわよ」

写真には、30代前半と思われるサングラスをかけた男が1人写っていた。カメラ目線でないことからして、隠し撮りされたもののようだ。

「今進めてる調査は渋谷警察署からの依頼で、依頼内容はある暴力団員について調べること。

調査対象者はそいつ。一年くらい前から渋谷署のガサ入れ日等の内部情報があちこちに漏れているらしく、その出所を探ったらトガシ……、その男にたどり着いたらしい。ただ、そいつがそもそもどこから情報を手に入れているのかがわからない。署の内通者と接触する可能性があるから、トガシを尾行して接触者を特定すること。それが私たちの仕事ね」

いきなりハードな単語をいくつも並べられたので、たけしはついて行けなかった。

「あの、僕、まだ今日から研修が始まったばかりで、あんまりそういう難しいことはわからないんですけど……」

しかし恵梨の目が怒りで徐々に細くなっていくのを見て、たけしは慌てて追加した。

「でもおおむねわかりました！　あの、今日はこれから恵梨さんがこの人を尾行するんですよね。僕もそれについて行って、尾行の勉強をさせてもらえばいいんですよね。置いて行かれないように、がんばります！」

「違うわよ」

「ああすいません(涙)」

「伊藤が尾行するの。やるのは、あんた」

「…………ムリです」

「ムリじゃない。やるの」

「ちょちょっと待ってくださいよ‼　そんなのやり方も全然わからないし、今まで一度もやったことがないし、僕なんかにできるわけないですよ‼」

「やり方は教えるから大丈夫。一度もやったことがないなら、一度目を今日やれ。わかった？」

「でもいきなり暴力団なんて無茶すぎませんかっ⁉　研修一日目なのに！　一日目からこんな恐い人の尾行なんて厳しすぎますよっ！　気付かれたらなにされるかわかんないじゃないですかっ‼」

たけしは涙目で抗議した。写真の調査対象者は柔道選手のようなごっつい体格で坊主頭、サングラスに無精ヒゲの強面《こわもて》という、「ヤクザの外見」の条件をすべて備えた鬼気迫る姿の男である。この外見なら過去に人間の5人や6人は殺していても不思議ではないし、ましてたけしの息の根を止めることなど、この鬼にとっては金棒の錆《さび》を払う程度のたやすきことであろう。

「だからいいんだよ伊藤くん」

恵梨が駄々こねる新人にぶち切れて凶暴モード2・0に進化する前に、フォローを差し挟んだのは笹野だった。

「研修だからって我々の仲間や、簡単な対象者の尾行をしてもそれは訓練にならんのだよ。

絶対に気付かれるわけにはいかない相手だからこそ、キミも本気で取り組むようになる。むしろ失尾《しつび》……、尾行に失敗するのは、調査員が『簡単な相手だ』と油断をした時なんだよ」

「そんな〜〜〜」

「わかったら出かけるよ！　早く準備！」

全然わかっていないのにスパルタ先輩に強引に連れ出されながら、たけしは「これからこの仕事を続けていけるのだろうか」というよりも、「今夜五体満足で家に帰ることはできるのだろうか」と、ものすごく近い将来が不安になった。

「探偵」すなわち「調査員」である恵梨やたけしの側に対して、調査をされる側の人物は「対象者」、もしくは「ターゲット」と呼ばれる。

今回のターゲットであるトガシは、これまでの恵梨による調査であるひとつの行動パターンが判明していた。それは、毎朝決まった時間に新宿の喫茶店で遅い朝食を摂るということだ。

電車で新宿に向かった恵梨とたけしは、該当の喫茶店の入口が見通せる路地の少し離れた位置にポジションを取った。

腕時計と店に交互に目をやりながら恵梨が聞く。

「伊藤、面取りはわかる？」

「はっ、はい。わかります！　すごくたまにですけど、夕ごはんの用意を手伝うことがあるので」

「なにそれ」

「あの、じゃがいもとかを切る時に角を取ることじゃないんでしょうか」

「それ、面取りって言うの？」

「は、はい。そうすると、煮ている時に形が崩れなくなるから……」

「そうなんだ。……でも、こんなとこで料理の話したってしょうがないでしょっ！　うちらが言う面取りっていうのは、対象者の顔を確認することよ」

「すいませんっ」

もちろん業務初日のたけしが探偵用語の「面取り」を知るわけがないのだが、ともあれこちらの場合の面取りは、調査において例えば大勢の人物がいる中で、誰が対象者であるのかを特定する作業のことである。

「行って来て」

「か、顔を見に行くんですか？　ぼ、僕が？」

「店の中に対象者がいるかどうか。対象者がいたら、どんな恰好をしているか。それを確認して来るの」

「あのもしできたら、最初は恵梨さんに見本を見せてもらって……それでやり方を勉強して、次からは僕が………あっ、いえ、ウソです！　すいません(涙)」

「私はもう何度も尾行してるから、なるべく顔を合わせることは避けたいの。だからあんたに行ってもらうしかないの！」

「はっはい。ででも、どうやって……。外から覗いていたら怪しまれないでしょうか。あっ、お客さんとして入るんですか？」

「それでもいいけど、相手の顔を確認する度にいちいちコーヒー飲むのも大変でしょ。待ち合わせのふりをして入るのよ」

「なるほど！」

「ただし、ジロジロ見ちゃって怪しまれたら終わりだからね」

おおっ、終わり……恐ろしい……(涙)。

もちろん言われるまでもなく、暴力団員の顔をジロジロ見られるような度胸などたけしにはない。そもそも暴力団員に近付く度胸もない。むしろできることなら尾行など放り出してこの場から逃げ出したい。でもそれと同じくらい恐いのが、恵梨と無職である。モノにならないと思われたら、採用中止↓無職↓レスラーｏｒホームレスという、これもまた想像するだけで恐くてたまらない事態が待っているのだ。

行くしかない……。

覚悟を決めて、たけしは店に突入した。

入店するなり落ち着きなく辺りを見回していると「いらっしゃいませ」と店員のおねえさんがやって来たが、「あっ、すいません、待ち合わせなんです！」と答えると、あっさりと店内を自由にご覧になる許可を与えてくれた。

ほほう、なるほど…………。

右を見て左を見てぐるっと店内を一周すると、先程のおねえさんに会釈《えしゃく》をして店を出る。

「いいいっ、いましたいました!!」

生まれて初めてまじまじと生ヤクザを見たため、若干たけしの足は震えている。

「コーヒーを飲みながらクラブハウスサンドイッチを食べていましたああ。あとデザート盛り合わせも頼んでいましたあああ恐い」

「チッ。朝からたんまり食いやがって……。気付かれなかったでしょうね!?」

「はい。あの人なんか雑誌読んでましたから……ＡＫＢの水着グラビアを見てました……」

「最悪な野郎ね本当に……」

恵梨は軽蔑《けいべつ》の気持ちをありありと表情に出したが、さすがに隠密《おんみつ》行動中でもあるし、それ以上暴れることはなかった。

「とりあえず、出て来るまでここで待つよ」

「はいっ!!」

そのままトガシが店を出るまで、たけしは尾行のレクチャーを受けながら待機することになった。

なにしろ初めてといえど対象者が対象者だけに、失敗は命取りになる可能性がある。ここはしっかり先輩の話を聞いておかなければ。

「尾行のやり方、だいたい想像はつく？」

「はい、テレビではたまに見ますけど、やっぱり電柱とか、郵便ポストの陰に隠れながら追いかければいいんでしょうか」

「そんなことしてたら相手だけじゃなく周りの全員から怪しまれるでしょ！　いい？　尾行で大事なことは、街に溶け込んで、ただの通行人になりきること。ただの通行人は電柱になんて隠れながら歩かない！」

「つ、通行人ですね……」

たけしはポケットからメモ帳を取り出し、「尾行の時はただの通行人になりきる」としたためた。さらに、それから恵梨のレクチャーに沿って「対象者との距離は、人気《ひとけ》がないところでは20～50m、人の多い雑踏では1～5m、満員電車などの人混《ひとご》みでは0m（くっつくらい)」とも書いた。

「ほら、これ」恵梨は手の平に収まるサイズのＩＣレコーダーを取り出した。「使い方わかる？　この赤いボタンを押すだけ」

「わかりますけど、でもこれ、尾行の時に必要なんですか？」

「尾行っていうのは、ただ追いかければいいってわけじゃないの。対象者がどこでなにをしたか、いつどんな人間と会ったか、行動を記録しながらついて行くのよ。まあ、今日はとりあえず見失わないことだけに集中すればいいけどね」

「はいっ。でもなにかあったら、メモに残すようにします！」

メモ帳を示したたけしを恵梨が制した。

「メモするんじゃなくて、ＩＣレコーダーに自分の声で吹き込むの」

「あっそうか。その方が早いですもんね」

「早いし、対象者から目を離さずにできるってこと。いちいち手帳を開いてたらすぐに見失う」

たけしはＩＣレコーダーのスイッチを入れ、「メモを残す時はＩＣレコーダーに吹き込む。その方が早くて相手を見失わない」と吹き込んだ。

「今は尾行中じゃないからいいけどね」

「はいっっ！」

「尾行中はＩＣレコーダーに吹き込むけど、尾行中じゃない時は手帳にメモしてもいい」とたけしはＩＣレコーダーに吹き込んだ。

「それよりあんたさあ」ややくだけた口調になって、恵梨が聞く。「所長があんたのこと探偵に向いてるって言ってたけど、なんで？」

「それは……、僕もよくわからないんですけど、多分、僕が推理力があるからじゃないかと思うんです」

「どういうことっ？」

「面接の時に、『逆転裁判』シリーズを攻略本なしでクリアした話をしたので、それかなと思って」

「なんなのそれ？」

　たけしは恵梨の質問を受けて、水を得た魚、ゲームを得たたけしになった。今度は、僕が先輩にレクチャーしてあげる番ですね。任せてください！

「あ、ご存じなかったですか？　『逆転裁判』シリーズっていうのは、カプコンがゲームボーイアドバンス、後にニンテンドーＤＳ用に発売したゲームソフトなんです。弁護士になって被告の冤罪《えんざい》を晴らしていくんですけど、霊媒師で妹系キャラの『まよいちゃん』とか『はみちゃん』なんかと力を合わせて、裁判で悪徳検事と戦うんですよ。でも裁判って言っても、敵対するボディコン女検事がムチで叩いてきたりして、やっぱりゲームだから設定がぶっ飛んでるんですけどね（笑）」

恵梨は台所でゴキブリを同時に5匹くらい見たような、寒々しく歪《ゆが》んだ表情になった。

「うっわ、なんかすっごい気持ち悪いんだけど!!」

「えっ（涙）」

「……だいたいさあ、探偵に推理力が必要なんて話聞いたことないっての」

「そ、そんなことないですよ！　だって、所長の推理力はすごいじゃないですか！　面接に行った時、僕がその日にどんなことをしてたか全部的中されましたよ！」

「あれは単に所長の趣味よ。あの人は推理小説マニアだから。でも現実の探偵に必要なのは推理力よりも、体力と度胸と忍耐力よ」

「で、でも、それって探偵のタイプにもよると思うんです。『安楽椅子探偵』っていって、ほとんど部屋の中にいて、推理力だけで事件を解決する探偵だっているじゃないですか。ドラマだと『ＭＲ．ＢＲＡＩＮ』の木村拓哉《きむらたくや》とか、『ガリレオ』の福山雅治《ふくやままさはる》なんかもそのタイプだと思うんです」

「ごめん、ちょっと話すの疲れたから黙っててくれる？」

「なんでですかっ(涙)!!　だって推理力がなければトリックを見破ることもできないじゃないですか！　きっと所長だってそれで僕を……」

「しっ、黙れ!!　……来たよ！　伊藤、行け!!」

「はははっはは、はい!!」

さすが無駄話をしながらも恵梨は見逃さなかった。

対象者だ。雑誌を小脇に挟み、ズボンのポケットに両手を突っ込んでふてぶてしく歩いて行く。サングラスに坊主頭の不穏な姿形はまさしく写真の通りである。

たけしは根性を振り絞り、「ただの通行人、ただの通行人……」と恵梨の訓示を念仏のように唱えながら、対象者――トガシの尾行を開始した。

やや遠めに距離を取ってたけしがトガシの後ろを歩き、またその少し後方から恵梨が２人を追う。

初めて尾行をしてみてのたけしの感想は、正直に言ってしまうと「尾行ってなんかそんなに難しくないなあ」であった。

新宿のような都心部では、３６０度どこを見回しても常に人が溢れている。これだけの人、しかも老若男女雑多な特徴を持つ人間に交じっていれば、誰がただの通行人で誰がただの通行人でないのかを見分けることなど不可能だ。警戒なんて、されるわけがない。この街は、どんな奇異な恰好をしていたとしても、それがただの通行人として認識される街なのだ。

探偵なんて、意外と簡単なものかもしれないな。

いや、むしろ「仕事」というものが、どれも所詮こんなものなのではないだろうか？　仕事なんて、いざやってみれば誰にでもできることなのだ。だって現実に、この社会にいるほとんどの大人が仕事をしているじゃないか。そんなに誰にでもできるものだとしたら、仕事なんていうのはなんら難しいことじゃないんだよ。それなのに世間の人間は、俺たちニートを仕事をしていないっていうだけでバカにしやがって。あんたらが、いったいニートと比べてどんなすごいことをしているって言うんだよ？　仕事なんていう誰にでもできることをしてるからって、偉いのかよあんたらはっ！　調子に乗ってんじゃねーよ!!　バカヤロー!!

…………あっ。

少し考えごとをしすぎたようだ。

新宿駅の西口から南口へ向かう歩行者専用のモザイク通りでたけしは、幼女を撥《は》ねた。アイスクリームショップから飛び出してきた女の子と、出会い頭に衝突してしまったのだ。買ったばかりのチョコレートソフトクリームが地面に逆さまに突き刺さったのを見て、幼女は全身をわななかせ、豊島区まで響き渡る最大級の大声で泣き叫んだ。

ぎょえええええええええええん!!　ぎょえええええええええええん!!　ぎょえええええええええええええんっ(号泣)!!!

「ごっ、ごめん！　ごめんね！　で、でもキミが急に飛び出して来るからさ……」

「ぎょえええええええええええん!!!　ぎょええええええええええええんっ!!!」

20m先を歩いていたトガシもその声に振り返ったが、ただの子ども同士の揉《も》めごとだと判断したようで、そのまま肩で風を切り行ってしまった。

ま、まずい、このままじゃ対象者を見失っちゃう！

「そ、そうだ、新しいのを買って来てあげるからさ！　ね、ちょっとだけ待っててね！」

たけしはアイスクリームショップに駆け込んだ。

幸い、ヒゲそりを買ったお釣りがまだ残っていた。がま口から２００円を取り出し、ソフトクリームを買うと急いで路地に戻る。

「はい、どうぞ。本当にごめんね。この新しいソフトクリームを食べて、元気出してね！　よかったらこの海苔もどうぞ。美味しいよ！」

腰をかがめて視線を女児の位置まで落とし、慣れない微笑み顔でソフトクリームと海苔を差し出す。女児は泣き止み、ソフトクリームだけを受け取るとまじまじとその渦巻くスイーツを眺めたが、3秒後にたけしの顔面めがけてソフトクリームを全力で投げ付けると、ますます号泣した。

「ぎょええええええええん!!! ぎょえええええええええんっ(号泣)!!!」

「づめだっ!! おぶっつめだいっっ(涙)!! な、なにするのっ!! ひどひどいじゃないかっ!!」

尻餅をつき、顔面を覆うミルキーなクリームを素手でぬぐって口に入れながら幼女と揉めていると、小走りに2人の元へやって来たのは恵梨であった。

「ごめんね〜おじょうちゃん! ほら、おねえさんが新しいのを買って来たよ〜♪ チョコレートのが欲しかったんだよね?」

恵梨が幼女に渡したのは、大好きなチョコレートソフトクリームだ。ウソのように、モザイク通りは例年の静けさを取り戻す。

そうなのだ。女児は京王百貨店でお買い物中のママに200円をもらって大好物のチョコレートソフトクリームを買いに来たのに、それをダサい男に撥ね飛ばされてなおかつ芸のない普通のソフトクリームを押し付けられたので、つい我を忘れて豊島区まで轟《とどろ》く暴れ幼女となってしまったのだ。

「チョコレート美味しいよね♪ おねえちゃんも大好きなの。…………伊藤! 早く行け!!」

しまった！

先輩の抜群の笑顔に見とれて子どもをうらやんでいる場合じゃなかった！

たけしはハンカチで顔面をぬぐいながら、南口への坂道を駆け上がった。

幸い、尾行の復帰までさほど時間はかからなかった。なにしろごっつい体型のトガシは駅前の人混みの中でもひときわ目立ち、極悪なオーラをまとっていることもあり発見は容易であった。

しばらくはハンカチで顔を拭きながら、おじさんが持つマンガ喫茶や消費者金融の看板に激突しつつも、なんとか20分以上にわたり歌舞伎町まで対象者を追い続けた。

しかし問題はそこからであった。トガシは歌舞伎町を抜けどんどん北に進んでいく。繁華街が終わると、なんといっても通行人の姿がぐんと減る。こうなってくると、確実に尾行は目立つのだ。

たけしの緊張感は、尋常ならざるレベルにまで高まってきた。

おそらく、これからトガシは内通者と接触を図るのであろう。しかし、本当にそんな場面に自分が出くわしてしまっていいのだろうか。もしも悪い奴と悪い奴が面会して悪い奴の数が2倍になっている時に尾行に気付かれたら、自分はどうなってしまうんだろう。ぬおお、ぬおおおお。

トガシがT字路を曲がったため、たけしは角に向けて走った。これも恵梨のレクチャーを受けてのことだ。尾行中に相手が道を曲がって見えなくなった場合は、対象者をいち早く視界に戻すため、曲がり角までダッシュするというのが鉄則なのだ。

愚直に走って角を曲がったたけしが見たものは、ほんの5m先で、こちらを向いて仁王立ちしているトガシの姿であった。

えっ…………………………………………………………

……………………………………………………

たけしの胸の鼓動は止まった。

……い、いや、動揺しちゃダメだ！　ここでうろたえるのが一番いけないんだ！　こっここは、なんとか自然な演技で誤魔化《ごまか》さなきゃ！　通行人のふりをしてっ！

……………………。

ムリ。研修一日目の僕には、そんな演技力も対応力も応用力もありません。できることは、ただ逃げることだけですさようなら。

「待たんかいワレェッ!!!」

「ひいっっっ!!」

回れ右をして逃げ出したたけしだが、ヤクザの一喝で両足が地面に張り付いた。

とてつもなく恐いものが、一歩また一歩と迫って来る。

「にいちゃん、ずいぶん長くつけて来とるようだが、なにかワシに用があるんか？」

「いえそんなそんな、つけてるなんてとととんでもないんですす僕はただだただの通行人なんです。ただ歩いているだけなんですっ」

「ほう、ただの通行人かい」

「そそそうなんです……それだけで他にはなにも特にこれといってなななないんです」

「にいちゃん…………。ワシを誰や思っとるんやっ!!! なめとんのかワレコラっっ!!! テメエ、どこの組のもんじゃっ!!!」

「ひいいいっすいませんすいませんっ違うんですっ、組じゃないんですっ組とかじゃないんですっっ!!」

たけしはおしっこチビる3秒前になり、とにかく今はなによりもお体を大事にしようと決断した。仕事より、僕の体の方が大事に決まっているじゃないですか。忘れないで、お金よりも、大切なものがある。よーしここはもう、危険を避けるために求められた情報はじゃんじゃん与えて差し上げましょうよ。

「あのあの、僕、見習いの探偵なんです。それで調査依頼があって尾行させていただいただけなんです。別に組とかそういう関係のものではないので、見逃して欲しいんです」

「探偵やとおっ!!! ワシを張ってたっちゅうんかっ!!!」

「はああああっ(号泣)」

「どいつや。どいつが頼んだんやっ!! どいつの差し金や!!!」

「それは、知らないんですっ! 僕それは教えてもらってなくて! ただ先輩に命令されただけなので許して下さい(涙)!!」

「そうかい……。誰の依頼かは、言えんっちゅうことやな?」

「だって、知らないんですもん本当に知らないんですもおおんっ。あっ、そうだっああああよかったらこの海苔召し上がりませんか?」

慌ててポケットをまさぐり自慢の海苔を賄賂《わいろ》的に差し出そうとしたがヤクザは目もくれない。

「どうしても、言う気はないっちゅうんやな? なら、にいちゃんの体で落とし前つけてもらうしかないな。残念やったなあ、そんな歳までしか生きられんで。どこの港に沈めて欲しいんや? 覚悟はできとるんやろうなワレっっ!!!」

「おををををを」

こんなものに耐えられる精神力を、脱ニート一日目の男が持っているはずがなかった。殺されてしまうという恐怖で心のブレーカーは落ち、見習い探偵は白目を剝《む》き泡を吹いた。

そこへやって来たのは、恵梨であった。

「すいません、すいません！」

「なんやネエちゃん。もしかして、ワレもこいつの仲間かい」

「そうなんです。こいつまだ入ったばっかりの新人なもので、迷惑かけてすいません」

「すいませんで済ませるわけにはいかんのお!!　上司やったら、おまえが代わりに落とし前つけるんかい!!!」

鉄の心臓を持つ上司は、こんな時にも笑顔であった。

「ただ後ろを歩いてただけじゃないですかー。そんなに怒るようなことじゃないと思うなあ。だっておにいさん、別に悪いことをしてたわけじゃないでしょう？」

「もちろんや。なんもしてへんわ」

「だったら、つけられて困ることなんてなにもないでしょ？　私たちもなーんにも見てないですし、今回はお咎《とが》めなしでいいじゃないですか♡　ね？　本当にごめんなさい！　ほら、伊藤も謝れ！」

「すすす、すいませんでしたあっ」

恵梨は自分が両手を合わせてブリッ子謝罪をしたあとで、後輩の頭をぐいっと押した。

「…………そうかい。まあ、あんたがそこまで言うんやったら、今日だけは勘弁してやろうやないか。ただし、次はタダでは済まさんでっ!!」

「ありがとうございます♪　ほら、行くよ伊藤！」

「あわわわわわわ……」

腰の抜けているたけしを引きずって、恵梨は対象者の前からそそくさと消えた。


それから30分後。

事務所に帰り、笹野に顚末を報告すると一息つく間もなく、恵梨による言葉の責め苦が始まった。

「あんたねえ!!　尾行対象者に自分が探偵だなんてベラベラ喋ってどうすんのよっ!!」

「だって……しょうがないじゃないですか……喋らなかったら殺されると思ったんだもん……」

「あのねえ、私たちが一番避けなきゃいけないのは、調査をしてることが対象者に知られることなの！　調査の発覚っていうのは探偵社の信用をなくす最っ悪の行為なのよ!!」

「一番避けなきゃいけないのは、僕が殺されることじゃないんですか……調査が発覚するより僕が死んじゃう方がマシだって言うんですか……」

「別にあのくらいで殺されやしないわよ！　あとをつけられたくらいでいちいち人を殺してたら、ヤクザなんて全員逮捕されて絶滅してるっつーの!!」

「そんなこと言ったって……殺されない保障なんてどこにもないじゃないですか……今日だけたまたますごく機嫌が悪くて殺しちゃうってことが絶対ないってどうして言い切れるんですか……」

「あ〜〜〜っもうほんとイライラする男ねあんたはっ……」

探偵社の信頼に関わる失態を犯したということで本来なら責任者である笹野もたけしを叱るべきなのだが、今回は自分の指示が招いた状況でもあり、特になにも言わずに所長は１００円ショップで購入した安い湯飲みをくるくる回しているだけだった。

ノリ子はそんなごたごたには我関せずで、ファッション誌をパラパラとめくっている。

「だいたいあんたは、集中力がなさすぎるの！　だから簡単に気付かれるのよっ。それに子どもをあんな大声で泣かせて、あれじゃ目立つに決まってるじゃない！」

「だって……。初めてなのにあんな恐い人を尾行させられて、周りを見てる余裕なんてなかったんですもん……」

「恐いと思うから恐いの！　あんな奴たいしたことない！」

「たいしたことありますよ！　だって、僕を港に沈めるって言ったんですよ!?　あいつ、きっと前にも誰かを殺して海に沈めたことがあるんです！　絶対そうです！」

「なんでわかるのよそんなの！」

「わかりますよそのくらい！　そもそも人相がどう見ても犯罪者だし、あの怒鳴り方を聞いてもめちゃくちゃ凶暴で頭悪い奴だっていうのは明らかじゃないですか。ああいう奴が、きっとなにも考えずに人を殺すんですよっ。あんな野郎、捕まって一生刑務所に入ってればいいんだ！」

　暴力団に対峙《たいじ》した時の恐怖があまりに大きかったからだろう、その反動からたけしは饒舌《じょうぜつ》になっていた。おしっこをチビらされそうになった恨みの気持ちが、次々と言葉になって出て来るのだ。

　そんなたけしであるが、饒舌になりながらなんだかふと背後に人の気配を感じたため、

「誰だよいったい、今俺は虫の居所が悪いんだよ！」と思いつつ振り返ってみると、後ろからたけしを見下ろしていたのは、今しがた散々クレームをつけていた、噂の凶暴なトガシであった。

　たけしは椅子から転げ落ちると、そのまま避難訓練のごとく四つん這《ば》いで机の下へハイハイと逃げ込んだ。

「待〜て〜や〜ワレェっっ!!!」

「うぎゃああ〜〜〜〜っ!!!　うをわあああああ〜〜っっ!!!」

　トガシはごっつい腕でたけしを引きずり出し、襟を摑むとそのまま空中へ持ち上げた。

「ワシが簡単に敵を見逃す男やと思ったら大間違いやでっ!!!　おまえらの黒幕を暴くためになあ、今度はこっちがあとをつけさせてもらったんや!!」

「助けてっ!!　恵梨さん助けてっ!!　所長!!」

「おまえら束になってもワシに敵《かな》うと思ってんのかワレ!!　全員順番に血祭りや!!!」

「恵梨さんっ!!　ノリ子さんっ!!　け、警察!　110番してくださいっ(涙)!!」

　すがるようにたけしは他の所員に助けを求めたがしかし恵梨もノリ子も笹野も……、みなあまりに突然の出来事に身動きができないようであった。いつもは対象者を尾行し張り付き追い込んでいく彼らだが、逆に自らの陣地に乗り込まれてしまった今、もはや対処する手段は持ち合わせていないのであろうか。

「おいチビ、まずは貴様からや。安心せえ、他の奴らとはあとからあの世で会わせてやるからなっ!!!」

「ひいいいいいいいいっ」

　たけしがたまらず号泣し、またもや泡を吹きそうになったところでようやく笹野が動いた。

　とはいえ扇子で首元を扇《あお》ぎながら、ヤクザにひと声かけただけである。

「おい、ちょっとやりすぎだろう」

「あ、すんません」

トガシは急に恐縮するとたけしを下ろし、サングラスを外した。

恵梨も「やれやれ」と眉毛で語りながら、ひと声かける。

「あんた、ほんとヤクザ役がよく似合ってるわね。どう考えても探偵よりそっちの方が向いてると思うんだけど」

「なにを言うとるんや!! オレはなあ、ヤクザが似合ってるんやない。演技派なだけや!! どんな役柄でもこなせるっちゅーことで、むしろ役者の方が向いてると思うんやな!」

へなへなと椅子にしがみついているたけしには、3人のやり取りがなんのことやらわからない。

「伊藤くん、トガシはな、うちの調査員なんだ。こう見えて彼もなかなか腕の立つ探偵だからな、いろいろ勉強させてもらうように」

「どどどっ、どういうことですかあ……」

「キミも自分で言ってたが、そりゃ研修初日から本物の調査を担当させるわけにはいかんよ。ただ、相手が同じ事務所の者だとわかっていたら緊張感がないだろう。だからトガシには対象者になりきってもらったんだ」

恵梨は今まで自分が演技をしていたということを少し照れているかのように、やや顔を赤くしている。

「あんたマンガじゃないんだからさあ、警察が探偵に調査を依頼することなんてあるわけないでしょ⁉　推理力があるのが自慢だったら、少しは疑ったらどうなの？　……ってなに泣いてんのよあんたはっ!!!」

「ううううっ……(涙)。ううううう……っ(涙)」

むせび泣くたけしであったが、トガシはそれには目もくれず財布から1枚の紙を取り出すと、ノリ子に控えめに差し出した。

「これ、今日の領収書です」

「ちょっと、なんで喫茶店で朝ごはん食べただけで3400円もかかってるの⁉　あなた、朝からバカスカ食べすぎよ！　もう少しダイエットしなきゃ！」

「すんません」

すでに5分前のヤクザの貫禄《かんろく》は四次元空間へ消え失せ、ノリ子に叱られトガシは首をすくめて小さくなった。

「たけしくん！　ちゅうわけでオレがこれから一緒に仕事させてもらう、トガシや！　よろしく頼むで！」

　笑顔で差し出された手を、たけしはホッと安堵《あんど》しながら握り返した。ああ、人というのはこんなにも見かけによらないものなのですね。僕が間違っていました。恐い思いはさせられたけど、でもその実は礼儀正しくて優しそうな先輩ではありませんか。なんだか僕、この職場が好きになれそうな気がします……。

「伊藤たけしです！　がんばりますので、ご指導よろしくお願いします！　この海苔、食べてください！」

「うんうん、いい心がけや。ところで、ひとつ聞きたいんやけどな」

「なんでしょう？」

　優しかった先輩が、暴力団に戻った。

「オレの人相が犯罪者とはどういうことやねんワレッ!!　そのうえ凶暴で頭悪いぬかしやがったなっ!!!　先輩に対する礼儀を体で教えたろうかコラっっ!!!」

「あああずいませんっ。どどうか許してくださぃ〜〜っ(涙)」

　怒りのトガシに胸ぐらをぐらぐら揺すられ、見習い探偵の涙は再び笹野探偵事務所に飛び散ったのであった。

「いつまでやってるのよ!!　ノリ子さん、行きましょう」

「ハーイ」

ところで、時間はちょうどお昼時である。

恵梨はノリ子に声をかけると、連れ立ってランチに出かけて行った。

笹野は出前を取るようだが、たけしはトガシに命じられ弁当屋まで2人分の昼食を買い出しに行く。「明日からは割り勘やぞ」とのことである。

事務所に戻ると、たけしは新しい先輩と一緒にデスクで肉茄子《にくなす》弁当をつついた。何度か死を覚悟したあとで食べる弁当は、美味しいとか美味しくないではなく、生きているっていう味がした。

新人からの献上品である味付け海苔の袋を縦に裂きながら、トガシが尋ねる。

「そんでおまえ、恵梨とはもう打ち解けたんかいな」

「いえ、全然……」

「そやろな。オレなんて3年も一緒に働いててまだ打ち解けてへんからな」

「ながっ!!　3年でまだなんですか!?　じゃ、じゃあ僕なんて永久に無理じゃないですか……。でも、恵梨さんって女性なのに探偵やってるなんて、すごいですよね。僕、探偵に女の人がいるなんて思わなかったです」

「なんやおまえ若いのに考えが古くさいな。そういう女に対する偏見はいかんで。これからは、オレみたいなフェミニストがモテる時代や。そやなあ、だいたい探偵業界では、5人に1人は女探偵や。おまえのように女の探偵なんておるわけないと思う奴が多いからこそ、女は警戒されにくくてええんや。おまけにあいつら、オレたちが足を踏み入れられん女性専用車両や女の下着売り場でも堂々と尾行張り込みができるんやで」

トガシは自分が奢《おご》ったんだから少しくらい譲って当然と言うように、たけしの弁当と自分の弁当を交互につまんでいる。

「へえー、じゃあ、むしろ探偵としては女の人の方が有利なんですね」

「そうやな。まあその代わり普通やったら女は体力面で後《おく》れを取ることが多いんやが、うちの奴に限っては男より強いからな」

「恵梨さんは、どうしてあんなになっちゃったんでしょうか」

「あいつはなかなか昔のことを話さんのやけどな、所長の話によると、子どもの頃から少林寺拳法をやっとって、学生時代には日本チャンピオンになったこともあるらしいんや」

「すごい！『名探偵コナン』でいえば毛利蘭《もうりらん》じゃないですか!!」

「マニアックな喩《たと》えやが、その通りやな」

毛利蘭は探偵マンガ「名探偵コナン」の登場人物で、華奢《きゃしゃ》な体で悪い奴らをガンガンなぎ倒す、空手チャンピオンの女子高生である。過ぎ去った時は戻らず若き日には二度と帰れないとはいえ、恵梨を女子高生にしたらかなり似た存在になると思われる。

たけしは他にも気になっていたことを聞いてみた。

「あのー、来客用のテーブルの上にエルモの人形がいるじゃないですか。あれは、どなたかの趣味なんですか?」

「あれはな、依頼人が恐がらんようにするためや。だいたい事務所を訪ねて来る一般人は探偵なんてもんに会うのは初めてで、警戒しとるもんや。そこでああいうスイーツ女子が好みそうなもんを置いて、安心させるわけや」

「そんな意味があったんですね……。所長の趣味かと思いました……」

そこでまた、なにかを思い出したように急にトガシの顔色が変わった。

「そういやおまえっ!　所長に聞いたで!!」

「おおおすいませんっ(涙)!!　な、なんでしょう……」

「おまえ、プロレスデビューの話が進んどったそうやないか!!」

「いや、それは勝手に父さんが進めてただけで、僕はデビューする気なんて毛頭なかったですよっ」

「勝手にデビュー話を進めるって、おまえの親はどんな権力者やねん!!　まさかおまえの親父さんは、プロレス界の『オヤジ』こと元新日本プロレスの永島取締役やあるまいなっ!?」

「誰ですかそれっ‼　違いますよ。うちの父さんが渋谷東口プロレスの役員の人と友達で、その人に頼んで勝手に進めていたんですよ」

「なんちゅーもったいないことしとるんや‼　そんなでかいコネがありながら断ったんかいな‼　オレなんてな、ゴールデンタイムにテレビ中継してた時代からのプロレスファンで、一時は探偵になるかレスラーになるか悩んどったほどなんやぞ‼　紹介せえ！　親父さんに頼んで、東口プロレスの役員さんを紹介してくれ‼　頼むぞたけし！　オレはおまえを信じとるからな‼」

トガシはおもむろに両の手でたけしの腕を握ると、真剣な眼差《まなざ》しで斡旋《あっせん》を頼んで来た。

「トガシさん今からレスラーになるんですか？　探偵はどうするんですか？」

「違うがな。さすがにこの年からレスラーを目指そうとは思わん。だけどお偉方と仲良くなれば、プロレスラーのみなさまとお近付きになれたり、リングサイド最前列のチケットを取ってもらえるかもしれんやろ。な！　オレは信じとるぞ！　おまえはやる時はやってくれる男やと‼」

「わ、わかりました、じゃあ言っておきますね……」

「きっとやぞ！　頼むな！」

クールな恵梨とは正反対の、謎の情熱を持つ暑苦しい探偵・トガシ。笹野探偵事務所の面々は、なぜかみなキャラクターの立った特殊な人物ばかりであった。

それから数日の間、たけしの仕事は主に駅前でのティッシュ配りだった。

一日の半分の時間をチラシの折り込まれたティッシュを配り、残りの半分は事務所で電話番とメール番。他にしたことは渋谷東口プロレスの荒井さんの連絡先をトガシに伝えたくらいで、探偵として調査の現場に出ることは一度もなかった（ちなみに荒井さんには「たけしくんの上司の頼みなら」ということで快諾をいただいたのでした）。

この規模の事務所では、調査依頼というのは毎日あるものではない。いきなり訪問して来る客はまずおらず、基本的に電話やメールでの問い合わせから始まるのだが、そこから正式な依頼に発展することはあまり多くない。

というのも、探偵への調査依頼というのは結構大きな金額がかかるものである。探偵社の規模や調査内容により千差万別なので相場を述べるのは難しいのだが、例えばある人物の尾行を一週間行うとして、50万円程度の費用は覚悟しなければならない。よって電話やメール、および事務所での無料相談までは進んでも、正式な依頼となると踏ん切りがつかない相談者が多いのである。

なお、この数日でたけしにも笹野探偵事務所でのメンバーの役割がよくわかってきた。

実際に調査員として現場に出るのは恵梨とトガシの2人。彼らは依頼がない期間には電話番をすることもあるし、笹野の横のつながりで他の探偵事務所に助っ人に出かけることもある。

ノリ子はお金の管理ほか来客受付など庶務をこなし、事務所を訪ねて来た依頼者の相談に優しく応じるのは所長の笹野である。笹野は年長者らしい柔らかさで依頼者の緊張をほぐすのがうまく、その点ではセサミストリートグッズと同じ癒やし効果を発揮していると言える。ただし笹野は無料相談でも親身になって本気のアドバイスをしてしまうので、それだけで依頼者がホッとして帰ってしまい、正式な調査契約を取り逃すことも多い。その点は商売人としては褒められたものではないのだが、所員はそんな笹野の人間性を理解しているため文句を言う者もいない。

さて、たけしが入所して一週間が過ぎた頃、ようやく依頼が1件締結された。

ティッシュ配りをしていたたけしがそれを知ったのは、翌朝のことだ。

その日、出勤するとすぐ、全員の前で依頼内容の確認が行われた。

「昨日見えた相談者さんの件だが、正式に契約を交わすことになった。今日から調査を開始することになるが、まずは依頼内容について恵梨くん、頼む」

「はい」

笹野の指示を受けて、恵梨は書類用の封筒から依頼書を取り出した。ちなみに依頼書は、依頼者からヒアリングした依頼内容や対象者の特徴・行動パターンなどを細かく記載した書類だ。

「依頼者は都内の商社に勤める会社員・平田《ひらた》大輔《だいすけ》さんで、依頼内容は、浮気調査。対象者は妻の理緒《りお》さんです」

えっ、浮気調査……？

たけしは、自分の関わる記念すべき最初の依頼が華々しいバラバラ殺人事件ではなく、地味な浮気調査だったことにがっかりした。

恵梨は続ける。

「依頼者は泊まりがけの出張に出かけることが多く、その間に妻・理緒が浮気をしているのではないかという疑いを持っています。きっかけは、出張先から夜中に自宅に電話をした際、応答がなかったこと。また妻の服装やアクセサリーの趣味が以前と変わり、依頼者に対しても不自然に明るく振る舞うようになったそうで、その点からも不審を抱いています」

「ほっほう。限りなく黒っぽい予感がするのう」

トガシが今しがた飲み干した、「まむし」という文字の入ったむさくるしい栄養ドリンクの瓶を弄《もてあそ》びながら呟いた。

「あと面談で聞き出したのは、以前は奥さんの女友達が自宅にちょくちょく遊びに来てたんだけど、この頃はまったく来なくなったってことね」

「そりゃ、決定的やな」

先輩調査員の会話について行けないたけしが思わず口を挟んだ。

「あのすいません、奥さんの友達が来なくなると、どうして浮気が決定的なんでしょうか？」

まむしのパワーを得たトガシが、精力をみなぎらせた目を見開く。

「おいたけし！　おまえもオレのようにもうちょっと女心がわかる男にならんかい！」

「ううっすいません」

「いくら浮気が男女の秘めごとやいうてもな、女っちゅーのは付き合いの深い友人には案外あっさり話してしまうもんや。で、問題はそれを聞かされた友人の方や。そんなことを知ったからには、今までのように嫁の家を訪ねて旦那も交えて優雅にワインパーティなんてできるか？　気まずいやろうがそんなもん‼」

「おおおたしかに……たしかにそうですね……」

モテなさそうな男子2人の女についての問答が収まるのを待って、恵梨が続けた。

「調査方法に関してですが、本日、やはり依頼者が神戸へ出張のため不在となります。そこで対象者を張り込んで、今夜の行動を監視したいと思います」

「いきなり今日かいな！　腕が鳴るやんけ！」

早速、恵梨と笹野の合議により調査方針が決定された。

今から依頼者および対象者宅であるマンションに向かい張り込みを行い、妻が外出した場合は尾行して行動を監視する。張り込みには車を使い、担当するのはたけしとその教育係である恵梨。トガシは遊軍として近隣にてバイクで待機し、張り込み組と連絡を取りながら臨機応変に対応することになった。

「よーし、じゃあみんなしっかり頼むぞ！」

笹野のひと声が朝の打ち合わせ終了の合図となり、所員は持ち場に散った。


妖怪検定や三国志検定がなかなか有効な資格として認められないこの日本という閉鎖社会では、たけしが誇れる唯一の公的資格が普通自動車免許である。

平田夫婦の自宅マンション前まで、「なんって運転してるのよあんたはっ!!!」と恵梨の怒声を浴びながら、たけしは慣れないハンドル捌《さば》きでヨロヨロとやって来た。

それにしてもよく怒鳴る先輩だ。だいたい、あんたが横からそんなにギャーギャーうるさく言うから落ち着いて運転できないんでしょ！　ちょっとくらい黙って見てられないんですか！　ほんと大人気ないよね小姑《こじゅうと》みたいにわめき散らして‼　とたけしは道すがら思ったが口に出せようはずがなかった。

コンパクトカーよりも少々後部が広く大げさな荷物も載せられる、グレーの車体のコンパクトミニバンが笹野探偵事務所の社用車だ。

マンションの入り口を監視できる路上に車を停める。たけしにとっては、初めての張り込みである。

恵梨は依頼書と共に用意された何枚かの写真を取り出すと、たけしに渡した。

「それ、奥さん。出て来るとこをぜっっっったいに見逃さないようにね」

「は、はい。そんなに人の出入りもないみたいだし、多分わかるんじゃないかと思います」

幸い、写真は依頼者である夫がプリントアウトしたもののため様々な角度と表情が押さえられており、これなら素人のたけしにも面取りは容易であろうと思われた。落ち着いた感じの、深夜にニュースを読む女子アナのような清楚《せいそ》なレディである。

「あの、奥さんはだいたい何時くらいに出て来るんでしょうか？」

「それがわかったら張り込みなんてする必要ないでしょっ。それを今から張り込んで調べるのよ」

「す、すいません」

車の中でキレイな女性と2人きりというのは本来無上に喜ぶべき状況であるが、しかし楽しくドライブではなく、路上で停まったまま何時間も過ごすというのは逆にコミュニケーション能力に難があるたけしには辛い部分もあった。

「でも、こんなに仲が良さそうなのに、本当に浮気なんてしてるんでしょうか。旦那さんの思い過ごしなんじゃあ」

たけしはしみじみと夫婦の写真を眺めた。

「浮気してる人間が必ず家庭がうまくいっていないと思ったら大間違いよ。うまい人間は、どっちもうまくやるものよ。…………探偵やってて、一番多い依頼はなんだと思う？」

「えっ、やっぱり、密室殺人事件じゃないでしょうか……」

「あんた本格的にバカ!?　そんなものあるわけないじゃない!!」

「えええっ(涙)！」

「大抵どこの事務所も、依頼の7割方は浮気調査よ」

「そうなんですかっ!?　でも、コナンくんとか探偵ガリレオが浮気調査してるところなんて見たことないですよ」

「あんたねえ、マンガや小説なんて作り話でしかないんだから、あんなものにリアリティを求めてどうするのよ！　もし現実で密室殺人事件が起きても、それは警察の仕事。探偵は関係ないから！」

「そんな……」

「うちらの出番はほとんど犯罪も警察も絡まない仕事。浮気もそうだし、家出少女を探したり盗聴器を探したり、地味なものばっかよ」

それは、恵梨の言う通りであった。

現実の探偵の仕事というのは、たまたま居合わせた孤島のロッジで起きた密室殺人事件の犯人を暴くことではなく、ごく普通の市井《しせい》の人の素行を親や婚約者や会社の依頼で調べたり、地方の古ぼけたホテルで何時間も張り込んで浮気の証拠を押さえたりと、「犯人はおまえだ!!」と叫ぶような華々しさとは程遠い地道な作業なのである。

「あのお、恵梨さんて、どのくらいこの仕事をやってるんですか？」

「なんで？」

「いえ、なんとなくですけど……」

「うちの事務所ができてからだから、3年くらいね」

「じゃあ、その前ってなにをやってたんですか？」

「なんでもいいでしょ」

「えーいいじゃないですかー。教えてくださいよー。じゃあ、僕も言いますから。僕は、千葉の海苔工場で味付け海苔を作っていました。はい、僕も言いましたし、恵梨さんも教えてくださいね」

「うるさいわねっっ‼　あんた調子に乗ってんじゃないわよっ‼　そんなのあんたに関係ないでしょうがっ‼‼」

「いいっすいませんっっ」

「もうねえ、この暑いのに大きい声出させないでくれるっ⁉」

意味のわからない責められ方をされ、たけしは「そんなことで大きい声出す方がおかしいんじゃないですか……ただの世間話なのに……」と心の中で口を尖《とが》らせた。

というものの、たしかに暑い。午前の早い時間はまだマシだったが、昼近くの時間帯になると、窓を全開にしていようとももうどうにも収まらない暑さである。

すでにたけしは、クーラーをつけるためエンジンをかけようとして恵梨にどやされ済みである。先輩曰く、車での張り込み中にはエンジンをかけるのは御法度《ごはっと》だそうだ。エンジン音がうるさいと近所から苦情が来るし、アイドリングのまま長々と停まっている車があったら不審がられ警察に通報されることもあるそうだ。

仕方なく、たけしはスマートフォンをいじって気分転換をすることにした。ずっと持ちたいと思っていたエリートビジネスマンの必須アイテム、憧れのスマートフォンを支給品として渡され、近頃は公私共に暇さえあればスマホマスターを目指して研鑽《けんさん》を重ねる日々なのである。

もちろん、ちゃんと張り込みはしますよ。やることはやりますよ僕は。でも、一説では人間の集中力が持続する時間はせいぜい15分程度と言われているんですよ。だから息抜きを挟んで休み休みやるのが、一見遊んでいるように見えて実は一番効率が上がるんですよね。

マンション出口を見張りながら、時に対象者の写真もおさらいしながら、しかし10分に一回たけしはリラックスのためスマートフォンを操作してＴｗｉｔｔｅｒに精を出し始めた。

「ちょっとあんた。さっきからなにやってるの？」

案の定、不審な動きを察知した恵梨から問い合わせが入る。

「あの、Ｔｗｉｔｔｅｒの、僕宛のリプライを見てるんです」

「そこに対象者の情報でも書いてあるわけ？」

「いえ、そうじゃないんですけど(笑)。僕、ネットアイドルのアカウント宛によくツイートしてるんですよ。それで、いつもじゃないんですけど、10回に1回くらい返信をくれることがあるので、なるべく早く気付いてあげられるようにチェックしてるんです」

なにも言わず、恵梨はたけしの手からスマートフォンを強奪すると、窓の外に向かって力一杯投げ捨てた。

「おごおおおおおおおおっっ!!!　ななにするんですかあっっ!!!」

　我が子のようにかわいがっている最新スマートフォンがブロック塀に高速で激突する姿を見て、たけしは転げるようにドアから飛び出した。

　再び車内に戻ったたけしの持つスマートフォンの液晶画面には、残念ながら横向きに端から端まで、大きなひび割れが入ってしまっている。なんと悲しいことだろう。

「どうするんですかこれっ(涙)!!　これ事務所から支給してもらってる奴なのに!!」

「あんたが業務中にちまちま遊んでるからでしょうがっ!!　それはあんたの薄気味悪い趣味のために支給されてるものじゃないのっ!!」

「でも、これ、仕事でも使うのに……。ノリ子さんに怒られるじゃないですかあっ」

「ちょっと貸してみな!　…………まだ動いてるじゃない。このくらいテープ貼っとけば大丈夫でしょっ」

　ひび割れた画面を少し指でなぞってみると、まだ機能自体は死んでいないようだったため、恵梨はバッグから絆創膏《ばんそうこう》を取り出すと割れ目に沿ってうまく貼り付けた。

「ほら、これで使いな」

「これじゃあ画面が全然見えないじゃないですかあっ。すごく使いづらいし……」

「あああっついわね!!　あんたがしょーもないことさせるから、余計暑くなったじゃない!!

私、ちょっとあそこのカフェで涼んで来るから、あとは頼むわね」

「ええっ!! ずるいですよ! 僕だって休みたいです!!」

「……………」

「す、すいませんがんばって張り込みします」

野生の虎をも震え上がらせるという恵梨の睨みを受けて、本来第六感が退化しているはずのヒト・たけしもさすがに逆らっては身に危険が及ぶと直感し、ここは静かに従うことにした。

「あの、でも本当に奥さんは今日中に出て来るんでしょうか……」

「さあね。対象者がカゼで寝込んで何日も出て来ないこともあるし、出て来たのに見逃した場合は誰もいない部屋を延々と張り続けることになるし。まあがんばりな!」

「そそっ、そんな〜〜」


さすがに1人での張り込みでは気を抜くこともできず、そもそも気休め用アイテムのスマートフォンも満足に見られない状態であるし、たけしは全力で対象者のマンションを見張り続けた。

元ニートであるたけしはひたすらじっとしている忍耐力においては他の社会人よりも一日《いちじつ》

の長があるのだが、そうはいっても初夏の日中、だんだんサウナに近づく室温は猛烈である。

午後の1時を少しまわった頃、恵梨がコンビニの袋を持って戻って来た。

「どう、伊藤？　動きはない？」

「はい……まだ、出て来ません……」

「ちょっとあんた、プールでも入って来たの？　どうやったら車ん中でそんなびしょ濡《ぬ》れになれるのよ⁉」

大量の汗により彼は台風10号の中を傘を飛ばされながら帰宅するサラリーマンのようなずぶ濡れた風貌《ふうぼう》になっており、特に頭髪はまとまって海苔の佃煮《つくだに》のようにべたーんと額に張り付いている。海苔工場で長く働いていると、髪型まで海苔に似てくるのだろうか？

眉をひそめながらも、「ほら、昼ごはん！」と恵梨はコンビニ袋から菓子パンとミネラルウォーターを取り出した。

「パンですか……僕、和食派なんですよね……お弁当か、せめておにぎりが良かったなあ……」

「人に買ってもらっておいてよくそんな生意気なことが言えるわねっ！」

「こんなに暑い中がんばってるんだから、ごはんくらい食べたいものを食べさせてくれたっていいじゃないですかあ……」

「張り込み中は諦めることね。お弁当は食べる時に下を向くからダメ！　おにぎりも袋から出す時に気を取られるでしょ。張り込みをしてる時は、ただ前を向いてパンを食べる！　いいね！　それと水は1本しか買って来なかったから、バカみたいにごくごく飲まないように。どうしても我慢できない時に、ちょっとずつ飲むこと！　ああまったく暑いわね‼」

それだけ言うと、また恵梨はエアコンの良く利いているに違いない近くのカフェへと戻って行った。

小うるさい先輩の姿が視界から消えると、たけしはすぐにミネラルウォーターのキャップを捻《ひね》った。水を飲むなと言われても、なにしろ喉が渇いているんだよものすごく俺は現実につ。この暑さで熱中症にでもなったら張り込みどころじゃないでしょ？　とにかく今はなによりも、お体を大事にしなきゃ。業務を続けるためにも、ここは水分をたくさん取った方がいいんだよ。そうだよこれは業務のためなんだよ！　と勝手な解釈で、たけしは500mlのペットボトルの水を一気に飲み干した。

後輩を車という名の灼熱《しゃくねつ》地獄の中に残したまま、恵梨はエアーコンディショナーによって調整された人間にとって最も快適な室温の下で、優雅に注文したサンドイッチをほおばっていた。

しかしこう見えて恵梨はカフェの中でもしっかりと対象者のマンションが視界に入るポジションを陣取っており、セットのコーヒーにも手を付けず、先輩としての役目はちゃんと果たしている。居心地のよいおしゃれカフェの窓際席という、こんな恰好の張り込み場所があるのになぜあえて新人を灼熱地獄に軟禁しているかというと、もちろんそれは張り込みの厳しさを教えるためである。ある意味これは、先輩としての親心でもあるのだ。

そんな具合に優雅に1時間を過ごしたあとで再び車に戻ってみると、地獄ではたけしが海苔の佃煮を頭に載せたまま、なにやら悲壮な顔つきになっていた。これは、なにかトラブルがあったのだろうか。

「どうした⁉　動きあった？」

「ええ、恵梨さん、お願いがあるんですけど……」

「なに？」

「あの、ととっ、トイレに行きたいので、しばらく代わって欲しいんですが……」

後部座席のコンビニ袋の中に、空のペットボトルが転がっているのが見える。

「だっっから水飲むなって言ったでしょうがっ‼　これだけ全部飲んだの⁉」

「だって暑かったんですもん……(涙)。お願いします、ちょっとだけ」

「あのねえ、これから張り込みなんて1人でやんなきゃいけないんだよ？　トイレなんて行ってて対象者を見逃したらどうするの⁉」

「ででも、今日は2人いるんだからいいじゃないですか……今日だけです……今日だけ……」

「ダメ。自業自得でしょ。あんたが水を飲んだのが悪いんだから」

「じゃあどうするんですかっ！　ここで漏らしてもいいんですか‼」

恵梨は眉ひとつ動かさず、シャープな顎で後部座席を指した。

「そこに空のボトルがあるでしょ。そこにしな。その間だけは私が対象者を見ててあげるから」

「ちょちょっと。本気ですかそれ……。そんなことしたら、恵梨さんだって困るんじゃないんですか……」

「いい？　張り込みの最中にトイレに行くっていうのは、探偵にとって敗北よ！　敗・北‼

私たちは、なにがあっても張り込み中にトイレに行くことは許されないの‼」

「あの、でも、こんなボトルじゃあ、口が狭くて入らないと思うんですけど……」

そんな生々しいセクシャル発言にも、恵梨は怯むことはない。

「見栄を張るんじゃないわよ‼　あんたみたいな小物なら、それで十分入るでしょ！」

「ううう……わ、わかりました……じゃあ、あっち向いててくださいね……」

観念したたけしがズボンを下ろし始めると、強心臓の恵梨もさすがにじっくり見るのははばかられ、助手席の窓の方へ首を傾けるとそのままマンションの張り込みに集中した。背後でガサゴソと布の擦《こす》れる音が続いていたが、それがいったん途切れると、少しの静寂が車内を包んだ。そして…………。

ぷぅ～～～～～～～～～～～～～～～～っ

…………あら？

ど、どういうことかしらこれは……？

予想していたものと異なる怪音に驚いて、思わず恵梨は後ろを振り返ってしまった。するとそこには、下半身を丸裸にし、いわゆるウンコ座りになってお尻の方にペットボトルをあてがい力んでいるたけしの姿があった。

「ちょっっと待てっっ!!!!!!　なにをやってんのよっっっ!!!!!!」

「ちょっっとっ!!　なんで見るんですかっ(涙)!!　なにって、ペットボトルに出そうとしてるんじゃないですか!!　お腹痛いのにトイレはダメって言うから!!」

「おかしいでしょっ!!　普通ペットボトルに出せって言ったら小の方に決まってるでしょ

っ!!! そんなとこに大をする奴がいるっ⁉」

「普通はペットボトルになんてなにも出しませんよっ!! だからトイレに行きたいって言ったのに!!!」

「ああ頭痛い、なんなのいったい……。もうわかったから! 行って来い! 急ぐのよ!!」

どうやら、今度ばかりはたけしの勝利に終わったようだ。

たしかに小さい方ならまだしも、そっちの方はペットボトルにうまく入れるのは至難の業であり、そのまま強行した場合に車内がどんな凄惨な状況になるかは目に見えている。そもそも大の方だけを出すということも肉体の機能的には不可能なのだから、こいつは小の方は車内に垂れ流すつもりだったのだろうか? うーむ。おぞましい。

体を張った訴えが認められ遂に車外に出ることを許されたたけしは、下腹部を押さえて前《まえ》屈《かが》みのガニ股になりながら、公衆トイレを探して一目散に駆けていった。

「あの……僕たち、いつまでここにいればいいんでしょうか……」

昼をまたいで何時間もカフェで粘るわけにもいかず、あれから恵梨も車の中で汗をかきながら張り込みを続けている。

「仕方ないわね」

ダイヤモンドのきらめきを放つ美しいこめかみの汗を拭《ぬぐ》いながら、恵梨は自分のスマートフォンを取り出すと、依頼書を見ながらどこかへ電話をかけ始めた。

その表情と声色が、たけしが入所初日に見た上品なものへと変わった。

「平田さまのお宅でしょうか？　こちら東京電力北部地区担当の芦田と申します。実は現在付近の配電盤でトラブルがありまして、お宅が漏電している可能性があるんです。それで、検査に伺う必要が出てまいりまして…………、ええ、そうなんです。すべてのお宅を検査させていただいているんですよ。本日はこのあともご在宅でしょうか？　……そうですか。ではその前に一度お伺いしてよろしいですか？　はい、ご迷惑おかけして申し訳ありません。ではよろしくお願いいたします〜〜」

恵梨は電話を切るとまたいつも通りのSっ気な表情と声色に戻り、ぶっきらぼうに言った。

「奥さん、5時に出かけるって」

「すっごいですね恵梨さん!!　まさかそんなやり方があるなんて！　さすがです！　すごい！　…………。ってちょっと待ってくださいよ。なんで最初からそれをやってくれなかったんですかっっ!!!　そんなことができるなら今まで6時間も汗だくになって待つ必要なかったじゃないですかっっ!!!」

「うるさいわねっ!!　最初から手を抜こうとするなんて10年早いのよ!!」

「恵梨さんだってまだ3年しか探偵やってないじゃないですか……（涙）」

外出時間を聞き出した上に訪問する約束を取り付けておけば、まずその前に相手が勝手に出かけるということはない。ただし当然実際に検査に行くわけではないので、直前になったら「問題は解決しましたので、検査の必要はなくなりました」と再び連絡すればよいのだ。

甘い処置ではあるが、見習い探偵もいったんカフェに入り、水分は取れないまでもエアコンに涼みながらしばし放心することが許された。

しかしいったん海苔になった頭髪は、もう元へ戻ることはなかった。


写真の地味な装いとは違う、フリル付きのタンクトップで肌の露出の多い対象者・理緒がマンションを出たのは、本人の申告通り午後5時を10分ほど回った時間であった。

恵梨はもちろん、何度も写真を眺めて予習していたたけしにとっても、多少の雰囲気の相違はあれども本人だと認識するのは難しいことではなかった。

「伊藤！　尾行！」

「ハイッッ!!」

「もし対象者がタクシーを拾ったら私に電話して。電車に乗りそうだったらトガに連絡。奴が駅の付近に待機してるから！」

指示を受けて、たけしは車から飛び出した。そのまま徒歩で尾行を開始する。

理緒はＪＲの駅方面へ向かっているが、まだ今の時点では移動手段は読めない。駅近くにはトガシがスタンバイしているらしく、もし電車内の尾行となれば慣れないたけしのフォローのために同行してくれるようだ。

だが、ヤクザに扮《ふん》したトガシの後をつけた時と比べれば、たけしの気持ちにはだいぶ余裕があった。なにしろ今回は、命の危険がないからだ。もちろん油断するわけにはいかないが、無駄な恐怖心や緊張感がない分、かえって尾行に集中することができた。

駅に至る道は人通りも多く、追尾はたけしを以《もっ》てしてもたやすかった。

どうやら、このまま駅へ向かうようだ。トガシに連絡しようとポケットのスマートフォンに手を伸ばしたその時、駅前のロータリーに停車していた乗用車に対象者が乗り込んだ。運転席にいるのは、男性のようだ。

電車と思いきや、車だ！　車の場合は、えーとっ、そうだ恵梨さんに連絡‼

「えっこれどうなってるの、あれっ、これ、見えないっ‼」

すかさずスマートフォンを取り出して恵梨に連絡を、しようと思ったら画面には巨大な絆創膏が張られているため、液晶をなぞって電話をかけるという操作が非常に困難になっている。どうしてっ‼

すでに対象者の乗った車は走り出している。

くそっ、戻ろう！

たけしは発信作業にトライしながらも、恵梨のところまで走ろうと横断歩道もない道を横切って飛び出した瞬間、グレーのミニバンに危うく撥ね飛ばされそうになった。

「うわああああああっ!!!」

いやあ、危ない。調査業務に夢中になるあまり、車は急に止まれなくて飛び出してはいけないということを忘れていた。

なんとか事故は免れたが、でもあのヤロウも少しくらい謝ったらどうなんだよ！　もうちょっとでおまえはひき逃げ犯だったんだぞ！　このろくでなし!!　いや、待てよ……、そういえば今の車、恵梨さんだ……。

たけしは対象者の車を追う恵梨を見送りながら、「乗せてってくれたっていいんじゃないの……？」と、割れたスマートフォンを握りしめて愚痴った。


翌日、たけしが笹塚の隣駅である幡ヶ谷《はたがや》駅前でチラシ入りティッシュを配っていると、笹野から事務所に戻るようにと電話が入った。

ちなみにスマートフォンの絆創膏は昨日帰宅後に透明なテープに張り替えたため、なんとか機能的には生き返っている。

　事務所に戻ってみると、朝は見かけなかったトガシの姿があり、眠そうに目をしばたいている。

「トガシさん、おはようございます」

「うおう」

　声がいつにも増して低い。人相もいつにも増して悪い。

　ただし見た目は完全に悪者であるが、トガシの遅い出勤の理由は決して邪悪なものではなく、朝まで対象者を張り込んでいたためということだ。

　昨日あれから恵梨が対象者の車を追尾したところ、平田理緒は運転していた若い男性と共に都内のレストランに入り食事。そこで張り込みをトガシに引き継ぎ行動調査を続けると、その後２人は男性側の自宅マンションに一泊したという。腕を組んでマンションに入る写真、出る写真はトガシがきっちり押さえている。残念ながら、これで浮気は確定だ。

　今朝方出て来た２人をまたトガシがバイクで追跡し、理緒を最寄り駅へ送り届けたあとで男性が出勤して行った勤務先まで特定したということだ。

「郵便受けの表示より、愛人の氏名は逸見五郎《いつみごろう》。勤務先は品川区上大崎のコージーツアーズ……、旅行代理店やな。あとは追加調査、頼むで」

ひと通り調査報告を終えるとトガシはパーテーションを越え、来客用ソファーへ突っ伏した。「そこで寝ないでって言ってるのに！」とノリ子から小言を喰《く》らうが、聞こえないふりだ。

浮気の証拠は固まったとはいえ、依頼人に提出する報告書には相手の素性についてもう少し詳しく記載する必要がある。

そこでたけしは恵梨にくっついて、愛人男性・逸見五郎のマンションの管理人に、逸見の素性を聞き込みに行くことになった。

ただ聞き込みといっても、いきなり「探偵ですけど話を聞かせてください」で親切に付き合ってくれる人間などいない。意外と10年前はそうでもなかったのだが、平成17年に個人情報保護法が施行されてからは「個人情報」という言葉が一人歩きしてしまい、法律に触れる触れないはさておいても、誰もが「誰かに関する情報」については「個人情報だからねえ」と口を閉ざすようになってしまったのだ。

かといって、ニセの警察手帳を見せて「警察ですがちょっとお話を……」とやるとそれは官名詐称という犯罪になってしまう。

そこでどうするかというと、これも決して好ましいことではないのだが、例えば大手新聞社を装って取材と称して話を聞いたり、セールスマンを装ってセールストークの合間に探りを入れたり、なんらかの役柄になりきってうまく情報を聞き込むのである。公務員を騙《かた》らない限り、官名詐称にはならないのだ。

今回恵梨とたけしは、逸見の大学時代のサークルの後輩になりきることになった。彼らは、遠い地元から敬愛する先輩を訪ねてはるばる旅行に来たのだ。

笹塚の事務所にあった本の類《たぐ》いをスーツケースに山盛りに詰めて重くすると、あえて転がさずに持ち上げ、２人はヒーコラ言いながら汗をかいてマンションの管理人室を訪ねた。

そこからは、割と簡単なものであった。人好きな管理人だったこともあり、「いつも先輩がお世話になっています〜！　これ地元の名物なんですけど、よかったら召し上がってください♡」と、アンテナショップで購入しておいた山梨銘菓《めいか》・信玄餅《しんげんもち》を押し付けるとあっさりと攻略、情報の獲得に成功した。

まずひとつ、重い荷物を持って汗だくの人間が相手であると、同情の心で人は少し心を開く。そして２つ目、お土産等の物品を一度受け取ってしまうと、相手を邪険にするのに抵抗を覚え人はもう少し心を開く。さらに３つ目、そこに加えて相手が若くて美しい女性であれば、男ならば心も口もいくらでも開く。

そもそも管理人というのは孤独な仕事であるため人恋しがっていることが多く、いったん相手が信用に足る人物だと思って（思わされて）しまえば、守秘義務の壁も越えて勢い良くあれもこれも喋ってくれることが多いのである。なお、あとで管理人が逸見本人にこのことを伝えたとしても、大学の後輩と名乗っている限り、本人は「後輩のどいつが来たんだろう？」と思うだけでまさか探偵の聞き込みだとは思わないのだ。

そのように短時間で成果を上げたところで、2人は再び探偵事務所に戻った。

さて、恵梨はたけしに命じてトガシを叩き起こさせると、所員一同に向かってなかなか想定外な結果報告を行った。

「愛人の逸見ですが、管理人には平田理緒を『自分の婚約者』だと紹介しているようです」

「……おい、どういうことやねん！　対象者は人妻やろうが！　人妻がさらに他人の妻になれるんやったら、世の中なかなか楽しくなるやないけ！」

報告を聞いて、まむしドリンクを飲まずともトガシの目は覚めたようだ。

しかし管理人はたしかに、逸見とその彼女について「今度結婚するって言ってたなあ」と証言した。「今朝も来てたよ～」ということなので、相手は間違いなく理緒だ。

「つまり……」笹野が渋い顔で恵梨を見る。「対象者は、結婚していることを隠して交際をしているということかな」

「これを見てください」

恵梨が示したのは、依頼人から渡された理緒の写真、そして今朝トガシの撮影した理緒と逸見の写る写真であった。笹野が老眼鏡をかけて2枚を見比べると、それをそのままたけしに見せた。

「伊藤くん、違いがわかるかい？」

「あ……、指輪が違います……」

2枚とも、理緒の左手薬指には指輪が光っている。ところが、その指輪がそれぞれの写真で違う物なのである。

トガシも唸った。

「なるほど、愛人と会う時に外すならまだしも、わざわざ指輪を付け替えるっちゅーことは、こっちは逸見に買わせた婚約指輪の体《てい》ってことやな。恐ろしい女やなこいつは」

それから理緒、逸見双方のさらなる調査で判明したのは、やはり理緒は自分が既婚者であることを隠し、逸見と結婚の約束をしているということであった。

婚約指輪および最近趣味が変わったというアクセサリー類はすべて逸見にプレゼントされた物であったが、やはり今回悪質なのは、理緒が独身であるとウソをついている点である。

今回のケースに関しては依頼人である夫だけでなく、同時に愛人であるはずの逸見もまた被害者となっているのだ。

調査結果は、余すところなく報告書にまとめられた。探偵業では、調査の終了時には結果を詳細にまとめた報告書を、証拠写真等と共に依頼者に提出することになっている。

依頼者・平田大輔には、笹野の同席のもと、恵梨から報告書の提示と共に説明がなされた。もともと疑念を持っていたとはいえ、やはり自分の妻が見知らぬ男と腕を組む姿を目にすると、大輔の表情は苦しく歪んだ。

なお、先に述べたように報告書というのは調査終了時に提出するものであり、逆に言えば報告書が作成されたということは、通常の探偵社であればその時点で調査は終了したということになる。浮気の事実を知って依頼者が泣こうが絶望しようが、「報告書を提出した」ということが探偵の側では解決なのだ。

ところが、実はこの笹野探偵事務所は、その「通常の探偵社」という枠から片足をはみ出した、通常に収まらない探偵社だったのである。

「平田さんの希望で、工作活動を行うことになった」

大輔が帰ったあと、笹野が所員に向けて言った。

「2週間後が、平田さんご夫婦の結婚記念日だそうだ。そこに合わせて工作をかけようと思う」

たけしには状況が摑めないが、先輩の様子を覗《うかが》ってみると、恵梨もトガシもいつになく神妙に笹野の指示を聞いているようだ。

特に驚いたのは、ノリ子の態度である。今までたけしが見て来たノリ子の姿は、パソコンに向かって作業をしているのが2割、他の2割はファッション誌をめくっていて、残りの6割はネイルをいじっているというものだった。そんなノリ子が、今は笹野の言葉を聞きながら依頼書に報告書に関係者の写真など全資料に真剣に見入っているではないか。

そんなノリ子に笹野が目を向けた。

「ノリ子くん、2週間で大丈夫かい？」

「そうですね」ざますメガネの奥の瞳が、鋭く光った。「……おやすいご用です」

「では、決行は2週間後の7月30日。いつものル・ギンザで。よろしく」

解散を告げると、すぐに笹野はどこかへ電話をかけ始めた。

たけしはすかさず恵梨を捕まえる。

「恵梨さん！　あの、なんですか工作って？　2週間後になにかあるんですか？」

「そうね。……あんた、さっき旦那さんの顔見た？」

「はい。すごく、辛そうでした」

パーテーションの隙間からたけしが垣間《かいま》見た平田大輔の表情は、当然であるが事実がわかってホッとしたというものでは到底なかった。

「普通の事務所だったら、報告書を渡せばそれで依頼は終わり。でも依頼人の身になって考えてみて。あの人たちは、事実を知ったからってなにかが解決するわけじゃない。むしろそれは別の苦しみの始まりでしかないの。うちの所長は、受けた依頼をできるだけ本当の意味での解決に近づけるように、手を尽くす人なのよ」

「はあ……」

「まあああんたも参加することになるだろうから、心しておくのね！」


そして2週間後――――。

恵梨、トガシ、たけしの調査員3人が集合したのは、銀座にあるフレンチレストラン「ル・ギンザ」である。

まだ開店前の時間だが、笹野の古い友人であるオーナーの協力を得て、個室を借りて打ち合わせが行われている。恵梨は私服であるが、トガシとたけしの2人は、ワイシャツに黒いベストに蝶ネクタイというウエイターの制服だ。さらにたけしは、面接以来一ヶ月ぶりにプロの手によるヘアセットも済ませている。

「おいたけし。おまえ、経費で美容院に行ったそうやないか。いい身分やなあ。ずいぶん偉くなったもんやなあ。芸能人みたいやなあ会社の金で美容院なんて」

しっかり手入れをすればイケてる部類に入るスマートなウエイターたけしに対して、パチンコ屋の店員化しているトガシは不満を隠しきれない様子だ。

「で、でも、僕が行きたいって言ったわけじゃなくて、ノリ子さんに無理矢理行かされたんですもん……」

「おまえだけ経費でヘアセットが許されるとはどういうことやねん!!　3年も先輩であるこのオレが許されへんのやでっ!!　なめてんのかワレッ!!」

「すっ、すいません(涙)！」

「あんたは坊主頭なんだからセットのしようがないでしょうが！　だいたい、もうちょっと高級レストランに似合う体型になったらどう!?」

「なんやとオイ!!」

珍しく恵梨がたけしをかばい、今にも制服のボタンを弾き飛ばしそうなはちきれんばかりのごっついトガシを糾弾した。「なんやと!!」と関西弁で凄《すご》まれてもどこ吹く風である。

「みんなお待たせ！　今日はよろしく頼むわね」

そんな時、個室のドアが開き1人の女性が巻き髪をなびかせて颯爽《さっそう》とやって来た。たけしには見覚えのない人物である。

「たけしくん！　やっぱりこうして見るとなかなかイケてるわね。いつもそうしてればいいのに！」

「あ、あの、どど、どちらさまでしょうか？」

たけしは目の前のマドンナの胸元を凝視し、固まりながら尋ねた。

この、大胆に強調された胸の谷間……スカートからムチッとのぞく太腿《ふともも》……実写版「キャッツ・アイ」を彷彿《ほうふつ》させるたくましく肉感的なボディライン……。こんなセクシーな人物は僕の知り合いにはおりませんが、と思ったらこれは!!

「のっ、ノリ子さん!!　もしかして、ノリ子さんですかっ!?」

「ふふっ、たけしくん、いつも私のこと『教育ママみたい』とか思ってるでしょ？」

「いえいえいえっ、そんな！　そんなことないです!!　そんなことあります!!」

「私だってがんばればまだまだ現役だし、それに………、脱いだらすごいのよ」

ボディコン美女に耳元で官能的に囁《ささや》かれ、たけしの脳には大ボリュームの妄想が駆け巡りヨダレが垂れた。

そうか……、いつものあのざますメガネの教育ママスタイルは、この莫大《ばくだい》な悩殺エネルギーを少しでも制御するためのカモフラージュだったのか……。

「19時に逸見さんをお連れしますから、よろしくお願いね」

「さすが、相変わらず百発百中の腕前やなあ」

トガシが眼球を巨大化させてノリ子の胸に話しかけると、恵梨はイラッとしたため息をついた。

「婚約してるつもりのくせに、ほんと男って単純よね……こいつらもそうだけど……」

話を聞くと、この2週間ノリ子は、対象者の愛人である逸見五郎に接触を計っていたとい
う。

手順はこうだ。まずは逸見の勤務する旅行代理店を客として訪れ、フェロモンを振りまき悩殺的に旅行プランを相談する。なおも日をあらためてくり返し訪問し、その度に逸見を指名。頃合いを見計らいボディラインを強調しながら「いつも相談に乗ってくれてありがとう。お礼に今度お食事でもいかがですか？」で一丁あがりである。

もちろん逸見としては理緒という婚約者がいるつもりなのだが、別に食事に行くくらいいいじゃないか。ただ一緒にごはんを食べるだけだよ。それくらいで責められる筋合いはないし、万が一食事のあとになんらかの間違いが起こることがあったとしても、それは一時の気の迷いでありそれによって婚約者への愛が変わるわけじゃない。だから別に食事の誘いに乗るくらいなんでもないじゃないか。――男とは全員そのように考えるものであり、逸見もまたそう考えたのだ。

そして設定されたのが、今日、この「ル・ギンザ」でのディナーである。ノリ子の手の上

で転がされた逸見は、探偵たちの待ち構える工作の舞台に嬉々として予約を入れたのであった。

ル・ギンザは、三越や松屋などのデパートが密集する地区から少し外れた、銀座の東側にあるフレンチレストランだ。店構えは高級志向だが店内の雰囲気は割とカジュアルで、客層も比較的若い。

19時を少し回った時間に、ノリ子に誘導されて逸見五郎が、しかし逸見本人はノリ子をエスコートしているつもりで先立ってやって来た。

「いらっしゃいませ」

上品に出迎えたのは、店のスタッフを装ったトガシである。

2人を席へ案内すると、慣れた口調でメニューの説明をし、「ごゆっくりどうぞ」と低い美声で微笑んでそのまま奥へ消えて行った。

そのメニューを手に「飲み物どうしましょう。ワインにしましょうか?」とノリ子が呼びかけた時には、すでに逸見は見つけるべきものを見つけていた。かわいそうに……店に入ったばかりなのに。青ざめて、硬直している。

「あ、ええ、ノリ子さんのお好きなものでいいですよ」

あっという間に飲み物に対する判断力さえ失ってしまった逸見に、ノリ子は同情した。

彼の目線の先には、平田大輔と向かい合って食事をしている、理緒の姿があった。もちろん笹野の指示により大輔が仕組んだ結婚記念ディナーである。当たり前だが夫婦である２人からは、ただの友人ではなくもっと密接な関係であるという空気が読み取れる。

テーブルの上も、平田側はずいぶんと派手であった。リボンの付いたスパークリングワインが置かれ、さらに黄色とピンクの鮮やかなテーブルフラワーが２人の結婚５周年を祝い、そこに乾杯時に撮影されたポラロイド写真まで立てかけられている。

「どうしたの逸見さん？」

「いえ、あのちょっと、花がキレイだなと思って」

逸見の顔を覗き込んだあとで、ノリ子は振り返って夫婦のテーブルに目をやる。

「ああ！　あれ、結婚記念日プランね！　いいなあ、なんかうらやましいわ」

意図的なノリ子の言葉を受けて逸見は、混乱と驚きと、いろいろなものに襲われている。

まあしかし現実というのはそういうものだ。誰の周りにだって、知ってしまえば驚き混乱する現実はいくらでも転がっている。ただ知るか、知らないでいるか、それだけのことだ。

ちなみに笹野の友人であるオーナーの計らいにより、今回特別に通常の結婚記念日プランの５割増しで大げさな演出が行われております。

白ワインがグラスに注がれ、前菜が運ばれても逸見の視線は定まらなかった。もう食事どころではない、どうしていいかわからないといった様子だ。

人はそんな乱れた精神状態でフルコースを全うし切れるものなのだろうか？　……いや、無理である。

理緒が席を立ち化粧室に向かったのを見て、逸見は動いた。

「ノリ子さんすみません、ちょっとお手洗いに行ってきます」

「どうぞ、ごゆっくり」

ノリ子はグラスに口をつけながら、逸見の戸惑いの背中を見送った。

5分後、化粧室から出た理緒は、そこに待ち構えていた2番目の婚約者の姿を見て動転の態度を見せた。

「五郎さん!!　な、なんでこんなとこにいるの？　なにやってるの!?」

咄嗟《とっさ》に左手をハンドバッグの後ろに隠す理緒を、逸見は問い詰めた。

「理緒、あの男、誰？　結婚記念日ってどういうこと」

「えっ、ええっ？　なに？　結婚記念日ってなに？」

「あの花、結婚記念日の花なんだろ」

「ちょっと、私のこと見てたの？　どこにいたの五郎さん!?」

逸見が自分のテーブルを示すと、しかしそれは理緒に反撃の糸口を与えることにもなってしまった。

「そっちこそ、あの女の人は誰よ。デート中なの？」

「あれはっ、お客さんだよ。俺が旅行のアレンジをしたから、お礼に誘われただけだよ！」

「ただのお客さんには見えないけど」

理緒は責めるように逸見を見た。たしかに、ノリ子の煽情的《せんじょうてき》な服装は、ただのお世話になったお礼という意味合いのものではない。それは正直逸見も予感しているし、期待していたことだ。

「それはどうでもいいだろ！　理緒はなんなんだよ。結婚記念日ってどういうことだよ！」

「はぁ？　なに言ってんの？　あれは、ヨガの先生よ！　なんでヨガの先生と結婚しなきゃいけないわけ⁉」

理緒がヨガに通っていることは逸見も以前から聞かされていたため、混乱の上に混乱が重なって次の言葉が出て来ない。

「前から何回もしつこく誘われて、仕方ないから一回食事に来ただけよ！　これからも教室があるんだから邪険にするわけにはいかないでしょう？　あの花だっていらないって言うのに無理矢理押しつけられたの！　……もう、行くから！　またあとでね！」

言うなり理緒は、さっさと自分のテーブルに戻ってしまった。席に着き大輔に「私、こういう派手なのあんまり好きじゃないから」と告げると、ポラロイド写真とテーブルフラワーをバッグの中にしまった。力一杯詰めたため花はボロボロと崩れている。

逸見の中ではいろいろな考えと感情が錯綜《さくそう》していた。たしかに、結婚記念日プランというのはノリ子が証言していただけであり、彼女の勘違いという可能性も考えられる。しかしあの雰囲気はどう見てもヨガの講師とイヤイヤ食事に来ている生徒のものではない。だが確証もない。

結局今の段階でなにかしらの結論を見出《みいだ》すことはできず、逸見は席に戻るしかなかった。

「なんだか顔色が悪いけど、大丈夫？」

「ええ、ちょっと、体調を崩したみたいで……」

「まあ大変！」

もはや彼は目の前の女性に対して強がることも忘れていた。

一方で理緒の方もまた一気に酔いは冷め、とてもディナーを楽しむような心持ちではなくなっていた。

しかし心持ちがどうあれフルコースである限り、料理は続くもの。バックヤードから小柄な男性スタッフが2枚の魚料理のプレートを持って出て来ると、夫妻のテーブルの前に立った。

「お待たせいたしました。こちら、本日のメインディッシュ、スズキのポワロ……、いえ、スズキのポアラ……あれ、ポア、ポッ、ポポッポッポッポポ…………」

ガッシャーーーーン!!!

「ああっ!!　すいませんっ(涙)!!」

「スズキのポワレ」が言えずにあたふたしているうちに、小柄なスタッフことたけしは慣れない2枚持ちをしているプレートをひっくり返し、平田大輔の膝に料理をまき散らしてしまった。

平謝りしながら大輔のズボンを拭くたけしだが、ソースに侵された領域は広く、処置は容易ではなさそうだ。

通常こういう粗相のあった時には、責任者が出て来て丁重に謝罪するものである。やはり今回も部下の不手際を受けて、坊主頭でごっつい体型の臨時責任者が飛び出して来た。

「なにやっとるんやおまえはっっ!!」

「すすっ、すいません!!」

「平田さん、新人がどえらいことをしでかしまして、なんとお詫びを申し上げてよいのやら!!」

人間のできた大輔は「いえ、気にしないでください」と穏やかに応えたが、しかしお客さまに対して大きな非礼を働いてしまったドジな新人に対しては、責任者ことトガシも気が治まらない様子で追及する。

「なんてことをしとるんやおまえっ！　今日はなあ、ただの日やないんやで。今日は平田さんご夫婦のなあ、結婚記念日なんやでっ‼　その大事な結婚記念日に平田さんに料理をぶちまけるとはなにごとやっ‼　失礼にも程があるわこんな大事な結婚記念日に粗相をするなんて‼　おまえも謝らんかい‼」

特に「結婚記念日」のところを強調して怒鳴るトガシのその熱意にほだされたように、たけしも必死に頭を下げ、謝罪の気持ちを大きな声で伝えた。

「すみませんでしたっ‼　平田さんご夫婦の大事な結婚記念日に料理をこぼしてしまって、本当に申し訳ありませんでした‼」

ひとしきり辺りに飛んだソースを拭き、スズキとプレートを回収したところで、たけし＆トガシと入れ替わりに若い女性が近づいて来る。

爽やかな笑顔で、若い女性こと恵梨が大輔に呼びかけた。

「平田先輩じゃないですか‼　お久しぶりです！　平田先輩もこのお店よく来るんですか⁉　あっ………、はじめまして」

前の職場の先輩だという設定の大輔が「おお、久しぶり」と返すと、先輩に連れの女性がいることに気付いた恵梨は軽く会釈をした。理緒はすでに生気がないが、形だけ頭を下げる。

「そうだ！　先輩、結婚したって言ってましたよね！　こちらが奥さんですよね？　……やっぱり。まさかこんなキレイな人だと思いませんでした！　やるじゃないですか先輩～こんな素敵な奥様を見つけるなんて！」

やりますね～、と肘で大輔を小突くと、最初の勢いのまま恵梨は明るく素早く去って行った。

もはや理緒はなにも言わず、ただじっと俯《うつむ》いているしかなかった。理緒の視界の端には、ノリ子とたけしに支えられるようにして帰って行く逸見の姿が見えていた。


それからしばらく経って、事後調査により逸見が理緒と別れたということが報告された。指輪をはじめとして今まで購入した物品も、すべて逸見に返却されたらしい。

笹野によると、依頼者の平田大輔も、理緒が徐々に以前の妻の姿に戻って行くのを感じているそうだ。

「愛人の方にはちょっと残酷だったかもしれんが、これで彼もまた新しい一歩が踏み出せるんじゃないか」

言うと笹野は100円湯飲みで日本茶をすすった。

「そうですね、逸見さんなら誠実な人ですし、すぐに新しい彼女もできると思いますよ」

教育ママの姿に戻っているノリ子が愛人をかばう。

「では、これでこの件は、調査終了とする」

すべてが円満解決したわけではないが、笹野の言葉で、平田夫婦についての調査は幕引きとなった。

依頼者平田大輔が最初に事務所を訪れてから、およそ一ヶ月。たけしは、たった1件の浮気調査にここまで期間がかかることに驚いた。コナンくんなんて、殺人事件でも2週間もあればささっと解決してしまうのに。

「ところで、伊藤くん」

「はい！」

「この仕事はどうだい。これからも、続けられそうかな」

「は、はいっ！　もっと続けてみたいです！」

急な問いであったが、たけしは即答した。

ここまでやってきて、探偵という仕事の楽しい面と辛い面は、五分五分だと思っていた。

辛い面は半分……、いや、正確には半分以上が辛いことなのかもしれない。

しかしもしこの職場がなければ、また自分は世間から存在を否定されるニートになってしまう。その点も含めて考えれば辛い部分などこともなくかき消され、笹野探偵事務所でこれからも働きたいという気持ちの方が強くなっていた。

「そうか。それじゃあ、キミの肩書きから『見習い』を外すかどうかの、テストをしようじゃないか」

「テスト、ですか……？」

「そう。いいかい、キミの友人、もしくは近所の住人、昔の同僚…………、誰でもいいから身近な人間を1人選んで、その人物について素行調査をしてもらう」

「そ、素行調査って、どんなことを調べるんでしょうか……？」

「それは伊藤くん次第だ。どこまで調べれば自分が認めてもらえるか、そこをよく考えることだ。期間は一週間。一週間後に報告書をまとめて、提出してもらう」

たけしは戸惑いながらも、1人の後輩の名を思い浮かべて引き続き所長の話を傾聴した。

「素行調査は尾行、張り込み、聞き込みと、探偵業の3つの柱をすべて使う調査だ。もちろん、楽をしようと思えばいくらでもできる。だがその報告書を見て、我々がキミを正式に仲間として迎え入れるかどうかを決めるということを忘れないように。調査にかかった費用は経費として請求して構わないから、一週間でどこまでできるか、やってみなさい」

「わ、わかりました！　よろしくお願いします！」

不安と興奮で、たけしは武者震いをした。

今まで自分が現場に出る時には、必ず恵梨がいた。時にはトガシもいた。しかし、この調査はいよいよ自分１人だけで挑む、初めての試練である。

考えられるターゲットは、当然海苔工場の後輩ヒロシだ。なにしろ他に友人などいないのである。しかし、宇宙でただ１人自分を慕ってくれる後輩を、こんなことに巻き込んでしまって良いものだろうか？

ともかく自分が見習いではない、笹野探偵事務所の１人の戦力として認めてもらえるのか。それはこれから一週間の自分の働きで決まるのだ。たけしはまるで２度目の採用試験を迎えたかのように、目にギラギラと情熱をたぎらせた。


それから一週間の間、たけしは昼にはティッシュ配りとお茶出しと電話番、夜には課題の調査および報告書の作成と、実にめまぐるしく働いた。

ニート時代にはもっとニートを続けたいと思っていたのに、一度ニートでなくなると二度とニートには戻りたくないと思う。それがニートの不思議なところだ。

そして期限の日、その朝がやって来た。

昨晩遅くまで手を加えていた報告書を持って、たけしは面接に臨んだ時の緊迫感と共に事務所のドアを開けた。

「おはようございます‼」

「たけし～～っ‼」

「はいっっ‼」

いきなりドスの利いた声でシリアスに迫って来たのはトガシ先輩だ。これはもう、早速課題を押収されて審査が始まるに違いない。出勤したばかりだというのに、なんという厳しい職場なのだろう。

「たけし……、ありがとなっ！　昨日、渋谷東口プロレスの荒井専務と会ったでえ‼」

全然違った。

「あっ、そうなんですか」

「ありがたいことに、あちらさんの馴染《なじ》みの店へ連れて行っていただいたんや。おまけになあ、レスラーの方々も同席されたんやで‼　なんとミラクル宇宙パワーマンさんに肘肩腰三さん、ストーカー立川さんにもお会いできたんや‼」

「はあ……それは良かったですね……」

後輩の緊張も知らないでトガシは朝からよく喋るが、おかげでたけしの緊張は少しほぐれた。

「しかもや。こらおまえ驚くで。これからオレが、ストーカー立川さんを指導することになったんや‼」

「ええっ⁉　トガシさんが教えるんですかっ？　プロレスを？」

「プロレスやないわ。そらな、いくら小柄でストーカーいうても、立川さんのレスリング技術はまさにプロや。オレみたいなちょっと鍛えてるくらいの素人が口出しできるもんやない。そやなくて、オレが教えるのはなあ、探偵の技術や！」

「ど、どういうことですかっ」

「立川さんは、オレから尾行と張り込みの技術を学んで、それをキャラクターに取り込みたいそうなんや。試合だけやなく、入退場に公開練習に記者会見と、レスラーが表に出る場はぎょうさんあるからな。そんな時に、よりリアルなストーカーを表現できるようになりたいってことなんや。まったくあの人は、向上心の塊やで‼」

「はあ……それは良かったですね……」

実にどうでもいい話だなあと思ったが、しかし反面たけしは、トガシの行動力には非常に驚いていた。ただ荒井さんの電話番号を伝えただけなのに、あんな小さなきっかけから実際にレスラーとの繋《つな》がりまで作ってしまうなんて。人というのは、意外と簡単に会いたい人に会えてしまうものなのかな……。

「おい、いいかなそこの2人」

「ハイッッ!!」

そうこうしているうちに恵梨も出社し全員揃ったところで、笹野が所員に集合をかけた。集合といっても狭い事務所、もともと集合はしているが全員の注意があらためて笹野に集合した。

「伊藤くん、報告書はどうかね？」

「はい、できる限り、まとめて来ました……」

「そうか、それじゃあ今日は調査もないことだし、全員揃って報告を聞こうじゃないか。もう準備はできてるかい？」

「い、今からですか？　わかりました……」

たけしは真剣な面持ちで報告書を取り出した。これから笹野はじめ先輩所員の前で、自分1人で行った調査の結果を発表するのだ。見習いの卒業もかかっているとくれば、プレッシャーは大変なものである。

ひとつ、笹野からルールが説明された。今回の対象者は業務としての調査依頼があったわけではなく、たけしが課題のために個人的にセレクトした人物である。よってプライバシーに配慮し、対象者は個人名を伏せてあくまで「対象者」として報告することになった。

「用意ができたら、いつでも始めてくれ」

「は、はい。では、よろしくお願いします！」

笹野、ノリ子、恵梨、トガシ、4人の先輩が見守る中、たけしはゆっくりと報告書を読み上げた。

「こっ今回の対象者は、都内のオフィスに勤める20代の女性です。この一週間、僕は彼女の素行について調査を行いました。…………まず、対象者とその友人を尾行し、対象者がＯＬになる以前にどんな仕事に就いていたかを調べました。さ、さらに、以前の職場での対象者の評判についても聞き込みを行って来ました！」

尾行と聞き込み。尾行を開始するには必ず張り込みが伴うもので、この調査でたけしは笹野の言った「探偵業の3本柱」をしっかり駆使していることになる。

前職および前職での評判を探る調査は「雇用調査」とも呼ばれ、実際に企業の人事部が中途採用者の調査を探偵に依頼することもある。たけしがなにげにきっちり探偵の業務を行っていることに、所員たちは感心した。さすがのスパルタ恵梨でさえ、「なかなかやるじゃない」と好意的に口を尖らせている。

たけしは続けた。

「対象者は、ＯＬになる前には2年間キャバレークラブ、いわゆるキャバクラで働いていました。その美貌と細やかな気配りで男性客から絶大な人気を誇り、入店一ヶ月で一番の指名数を稼ぐようになったそうです。……ただ、性格が男勝りなところがあり、モンスターカスタマーなどが同僚女性に嫌がらせを行った際には、捕まえて力尽くで懲らしめていたそうです」

みな、興味津々で聞いている。トガシなどは身を乗り出し、「その娘《こ》がおるうちにオレも店に行ってみたかったで！」とノリノリである。しかし好意的に尖っていた恵梨の口は、なぜか今は懐疑的に引っ込んでいる。

「同僚の女性はもちろん、男性従業員も彼女のことを慕っており、聞き込みをしても対象者のことを悪く言う人物は誰もいませんでした。ただし怒った時の印象があまりにも強烈なため、源氏名が『エリカ』だったこともあり、職場の人や馴染み客からは尊敬と畏怖《いふ》を込めて『エリカ様』と呼ばれていたそうです。……なお、聞き込みを行った店舗は、六本木のキャバクラ店『ディープブルー』です」

…………その時、笹野探偵事務所が、いや、事務所の入っているビル全体が、怒りの雷《いかずち》に襲われ激しく震えた。

「伊藤てめぇ～～～～～っっっ!!!!!!」

椅子を蹴って飛び上がった恵梨が空中を駆け、そのスリムな腕から繰り出された鋭い左ストレートがたけしの顔面を直撃した。

「うぎゃ～～～っ(涙)!!!」

「なにを考えてんのよあんたはっっ!!! いったい誰の調査をしてるのよっっ!!!」

「ひぃいいっ……すいません……(涙)」

かろうじて意識は失わなかったたけしが、ダウン状態から頬を押さえて泣きながら起き上がる。

「あんたねえっ、非常識にも程があるわっっ!!! こんなことが許されると思ってるのっ!!!」

過去誰も目にしたことがない猛烈な取り乱し方をしている恵梨を見て、所員たちは対象者が誰なのか全員が察した。

「エリカ様って……、恵梨! おまえ前の仕事は飲食店勤務や言うてたが、キャバクラだったんかいな! しかもまさか、Ｎｏ．１キャバ嬢だったとは……」

「なに!? それがなんか悪いことなのっ!?」

驚きで口を尖らせているトガシを、恵梨が殺意を込めて睨んだ。

「いや、全然悪いことちゃうがな。キャバ嬢だって、みなに誇れる立派な仕事や。ただ、ただな……、あだ名が『エリカ様』やったっちゅうのが……くっ、しかも、そのエリカ様が客をぶちのめしとったたっちゅうのが……ぶっブプッ!!」

「あんたもぶちのめしてやろうかっ!!!」

ププッと無礼な笑いを差し挟むトガシに恵梨が襲いかかったが、さすが3年の付き合いを誇るだけあり、トガシは椅子をぐるっと回して背もたれに隠れ、うまく切り抜けた。

「まあまあ、恵梨くん！　ちょっと落ち着きなさい！」

笹野ががんばって恵梨の手綱を締める。

「まさかの人選だったが、よく調べてるじゃないか。一週間でここまで突き止めるというのはたいしたものだぞ」

いったん腕を組んで矛《ほこ》を収めた恵梨であるが、しかしまだ興奮は鎮まらない。

「お、おかしいわ。なんで店の場所までバレてるわけ？　しかも、仮に店がわかったとしても、あの娘《こ》たちが伊藤なんかにペラペラ喋るわけがないじゃない。どうして？　おかしいわっ!!」

「ああ……あの……」

トガシを真似、椅子の背もたれで防御の体勢を作ってたけしが話す。

「所長に聞いたら、お店の名前を教えてくれたんです」

「なん～～ですってえ～～っ!?」

遂に恵梨の殺意が、雇い主である笹野にまで降り注いだ。

「いや違うぞ恵梨くん！　わ、私は店の名前しか言っとらんよ！　伊藤くんがしつこく聞くから、名前だけ教えたんだ。だが『飲食店』としか言っていないし、場所なんてもちろん一切教えた覚えはない！」

「本当ですか所長!!」

「ああ、私を信じなさいよ。所長だぞ私は」

両手を動かしジェスチャーで「まあまあ」と訴えながら焦っている笹野の姿を見て、これはちゃんと説明しなければ事務所の秩序が崩壊してしまう！　とたけしは思った。

ということで説明した経緯《いきさつ》はこうである。

先週のある日、業務終了後に、たけしは恵梨を尾行した。しかし後をつけたのは電車でほんのひと駅、新宿のイタリアンレストランまでである。

恵梨にとって不幸だったことは、その夜の食事の相手が、以前の同僚で今もキャバクラで勤務する友人だったことである。

レストラン前で張り込んだあと、たけしはターゲットを切り替え友人の方を尾行した。すると彼女は地下鉄で六本木駅へ。駅を出て追跡を続けるとターゲットはあるキャバクラの従業員通用口に入って行ったのだが、その店の名前がディープブルー……、恵梨の前職として笹野から聞いていた飲食店の名と同じだったため、類い希《まれ》なる推理力を持つ（と自負する）たけしはピンと来たというわけだ。

「ああなんてことなの…………。でも、なんで！　なんで友里《ゆり》が簡単に私のことを喋るのよ!?」

友里というのはその時の友人で、源氏名はユリカである。経緯を聞いても、恵梨はまったく納得がいっていないようだ。

「あの、こういうお店すごく苦手なんですけど、調査費用は出してもらえるっていうことだったから入って……。それで店内でユリカさんを見つけて指名して、聞いたんです。僕は恵梨さんと同じ笹野探偵事務所の後輩で、このお店のことも、ユリカさんのことも恵梨さんに紹介してもらって遊びに来たんですって言ったら、信用していろいろ話してくれました」

「友里……ああ、もう……」

友人を責めるにも責めきれず、恵梨は額に手をやり頭痛を堪えている。

「おまえ、やるやないか！　オレはおまえを見直したで！」

「あ、ありがとうございます!!　ま、まだあるんですよ！」

笹野とトガシに立て続けに褒められたたけしは、有頂天になりさらに報告書の先を読んだ。

「なお友人によると、対象者は男勝りな性格とは対照的に、趣味は国内のお城めぐりとゆるキャラのぬいぐるみ集めだそうです。一番好きなお城は彦根城《ひこね》で、家では毎晩ひこにゃんのぬいぐるみと一緒にベッドに入っていると……」

「うぬあおおおお〜〜〜〜〜〜〜〜〜〜っっ!!!!!!」

声にならぬ声を上げて、凶暴モード2・0、いわゆるサド美となった恵梨が再びたけしに猛然と飛びかかる。

膝蹴り1発で崩れ落ちたたけしにさらなる追撃を加えようとするサド美を、なんとかトガシが取り押さえた。その隙に笹野は報告書を取り上げると一読し、「よく調べてあるなあ」とまた感心する。

「所長!! その報告書には事実誤認があります!! 調査結果は事実ではありません!! 伊藤は、永遠に見習いにするべきです!! いや、むしろ首にしてください!! 今すぐ首っ!!」

「落ち着けや恵梨! 調査に私情を挟むとは、おまえらしくないで!!」

「いつも私情を挟んでるでしょ私たちはっ!! 依頼人の気持ちを思って調査をしろっていつも所長言ってるでしょ! それが私情だっつーの!!」

「え、恵梨くん、それとこれとは違うじゃないか」

あちこちに飛び散る矛先に笹野が困惑する。

しかし年上の男性2人にノリ子も加わり、一生懸命なだめるとさすがにサド美の興奮も収まってきたようだ。サド美から恵梨へと、形態が戻っていく。

その隙に、膝蹴りでマットに沈んでいたたけしも息を吹き返してきた。なにかを思い出したように、たけしは小銭入れから紙切れを取り出すと、ノリ子に差し出した。

「ノリ子さんこれ、ディープブルーの領収書です。経費で落としてもらえるんですよね？」

「ええ、いいけど………、４万円っ⁉　なに頼んだのこんなにっ⁉」

「あの、ポッキーをたくさん注文しちゃって……。僕、子どもの頃からポッキーが大好物で。特にチョコレートの部分だけ舐めるのが好きなんですよね」

「うぬあおおおお〜〜〜〜〜〜〜〜〜〜っっ‼‼」

制止しようとするトガシの手が虚《むな》しく空を切った。

恵梨が背後から強烈に蹴り込むと、たけしはうつぶせに突っ伏した。そのまま背中に乗り、ノリ子の手からひったくった領収書をたけしの口にねじ込むと、恵梨は全力でキャメルクラッチを決めた。

「な〜〜に〜〜が〜ポッキーだっ‼　経費をなめんなよっっ‼　自分で払えっ‼　おまえが自分の給料から払え〜〜っ‼」

「ぐぐっ……ぐぐぐ……ごがぐえっっ（涙）」

……説明しよう。

「キャメルクラッチ」とはプロレス技のひとつであり、うつぶせになった相手の背中にしゃがみ込み、両手を相手の顎の下で組んでそのまま上方向に全力で引き上げる攻撃である。マンガ『キン肉マン』において、ラーメンマンがブロッケンマンの体を真っ二つに裂き殺してしまった殺人技が、このキャメルクラッチである。

ノリ子の甲高い悲鳴が響く。

「キャーーーーッ‼　やめて恵梨ちゃん！　たけしくん死んじゃう‼」

「やめろ恵梨っ‼　本当に死んでまうぞ‼　この事務所から死人を出したいんかっ‼　やめろ！　恵梨！　エリカ様っ‼　………ブプッ！」

サド美をなんとか引き離しながらも、トガシはブプッと笑いを堪えきれない。ノリ子は叫び続ける。笹野探偵事務所はカオスな状態であった。

「よーし、そこまでだ！」

混乱の場を収めたのは、やはりさすがの所長のひと声であった。

「恵梨くん、伊藤くんはもう虫の息じゃないか。十分すぎるほど気が済んだだろう」

地に這いつくばり痙攣《けいれん》しているたけしを見て、さすがに恵梨もハッと我に返った。

「彼は誰も予想しなかった、我々の裏をかいた報告書を作ってきたんだよ。今日で伊藤くんが見習いを外れるっていうことで、みんな異議はないいな」

所員を見渡すが、トガシも、ノリ子も、恵梨も、反論はしなかった。

「伊藤くん、正式採用だ」

「ほほっ、ほんとうれすか〜〜〜(涙)」

傷だらけの勝利であった。

対象者に恵梨を選んだのは裏をかいたという程ではなく単に友達が少なく選ぶ人がいなかったからなのだが、しかし結果的にそれが大きくプラスに働いた。たけしの目から流れる涙は、痛みなのか畏《おそ》れなのか、それとも喜びなのか……。

「伊藤くん私はねえ、面接に来た時から、キミは探偵向きな人間だと思ってたんだよ」

「そ、そうでした。そういえば……」

「私はキミに、『背景になれる平凡さ』を感じたんだよ。その証拠に、探偵として秀でた能力を持つ恵梨くんも、伊藤くんの尾行には気付かなかった」

「ちょっ、所長‼　それは私が友里と会うために急いでたし、たまたま油断してたからですよ‼」

プライドを守るための、恵梨の弁解が出た。

「まあ、そうだとしてもだ。恵梨くんが多少油断していたところで、一般人を尾行するよりはずっと難しいはずだろう」

「…………」

そのプライドを笹野はうまくくすぐり、恵梨の反論を抑えた。

「恵梨くんの友人が情報を簡単に話してしまったのもそうだ。伊藤くんは、相手を警戒させない平凡さを持っているんだよ。なによりそれを感じたのは、キミが初めて出社した日だ。ノリ子くんも、恵梨くんも、2度目に会うはずのキミに気付かなかっただろう」

「は、はあ……」

そういえばそうだ。服装が変わっていたとはいえ、2人とも前日に一度会っていたにもかかわらず、たけしのことを初対面として認識したのであった。

「探偵には『人に覚えられない』という特徴、つまり特徴のなさが大事なんだ。その点、恵梨くんやトガシはひと目見たら忘れられない容姿だからな。それは外見の問題だから仕方がないが、ある意味、伊藤くんのように『探偵に見えない探偵』こそが、優れた探偵だとも言えるんだよ」

褒められているのかなんなのか、たけしにはよくわからなかったが、でもきっと最終的には褒めてもらえているんだと思う。お礼を言おう。

「あ、ありがとうございますっ。じゃあ、『逆転裁判』のことは関係なかったんですね……」

そんな話は笹野もとっくに忘れていた。

「まあ所長の言うことを要約するとやな、要するにおまえは、存在感が薄くて平凡やけど、そこが探偵向きってことやな」

「な、なるほど」

トガシに要約してもらっても、やはり褒められているのかなんなのかわからなかった。

しかし間違いないのは、自分のした仕事が笹野や他の先輩たちから認めてもらえたということである。こんなこと海苔工場では、いや、今までの仕事というものの経験において初めてのことかもしれない。

この職場でもっと働いてみたい。

もちろん恵梨とトガシの両先輩に比べたらまだまだ足下にも及ばないが、しかしたけしはこの日を境に正式採用となり、見習い探偵の「見習い」が外れ、駆け出しの探偵になったのである。

3章　俺は絶対ストーカー退治に向いてない

こうして父と朝の食卓を囲むのは、いつ以来だろう？

海苔工場で働いていた頃は、まだ家族が寝静まっている時間に起き、通勤電車の中でおにぎりをかじる毎日だった。反対にニート時代には朝食の時間に自分が起床していることなどなかったし、仮に起きていたとしても、これから仕事に出かける両親と仕事をしていない自分が一緒にテーブルに着く気分にはとてもなれなかった。

でも今は、家での朝食も堂々と食べられる。堂々と食べられれば、朝食は美味しい。こうして堂々と美味しくごはんが食べられるようになったということひとつに着目しても、仕事を始めて良かったとたけしは思った。

「昨日もずいぶん遅かったけど、今はなにを調べてるんだ？」

疲れでやや目を腫らしている息子に、味噌汁《みそしる》のしじみを咥《くわ》えながら父が聞く。

「今週は、ずっとゴンザレスを追いかけてさ……昨日やっと捕まえたんだけど……」

「ゴンザレスを追いかけてって……、おまえそんな危ないことさせられてるのか!!」

やはり世の親なら誰でも、息子が探偵になったと聞けば危険なことをしていないか不安になるものだろう。ましてやこの一週間ゴンザレスを追っていたと聞かされれば、なおさらだ。

しかし、探偵に追われるようなゴンザレスはきっと隣人を恐怖と暴力で支配する凶悪な外国人に違いない！　と父は思っているようだが、たけしが捕まえたゴンザレスはそのような悪人ではなく、心優しいブルドッグである。動物病院で予防接種を受けた帰りに、飼い主であるメキシコ人料理長のワゴン車から逃げ出してしまったのだ。

　ペットがごく普通に家族の一員として迎えられている現代では、探偵社にペット捜索の依頼が持ち込まれるのは珍しいことではない。探偵側も事務所によっては尋ね犬ポスターの作り方や、犬種・猫種別の行動プロファイリングなど各種ノウハウを蓄積しており、捜索成功率もそう悪くないのだ。

　ともあれ、ここはやはり息子として父の不安を取り除いてあげなければね。

「父さん、ゴンザレスは全然危なくなんかないよ。逃げた時は、たまたま注射を打たれて興奮してただけだから」

「注射ってなんだ‼　おまえそんな危ない奴を追いかけてたのか⁉　そんな凶暴な奴をおまえみたいな新人に追いかけさせるなんて、上司はいったいどういうつもりなんだ‼」

「ちょっと、事務所の人を悪く言わないでよ！　しょうがないじゃんそういう仕事なんだから！　それに、凶暴だなんて大げさだよ。たしかにゴンザレスは大きいし見た目は猛獣みたいだけど、普段は優しくておとなしい奴なんだから」

「おとなしいことないだろう注射打って逃げ回るような奴が‼　だいたい、逃げたってどこから逃げたんだ。いつもはどこにいるんだゴンザレスは。病院か。警察か」

「いや、病院じゃなくて、帰りの車からだよ。いつもは檻《おり》の中に入れられてるからさ、やっぱりたまには自由になりたくて脱走したんでしょ。俺もちょっとは気持ちわかるし」

「おいっ‼　そんな奴の気持ちがわかるなんて言っちゃいかん！　どうしてそんな脱走犯をおまえが捕まえなきゃいけないんだ。なにもされなかっただろうな？　ナイフとか持ってなかっただろうな⁉」

「持ってるわけないでしょ‼　まあ、捕まえる時に暴れてちょっと嚙まれたけど。でも全然たいしたことないよ」

「嚙まれたっておまえ……。たけし。おまえもう一度、よく考えてみないか？　前も言ったけど、渋谷東口プロレスは今まで流血事故が起きたこともないし、そんな凶悪犯を追いかける仕事よりよっぽど安全だぞ？　マスクだってできてるんだし、今からでも荒井さんにお願いすればやらせてくれると思うぞ」

「その話はもう終わったことでしょ‼　もういいから！　俺はもう正式採用になったんだからね！　ごちそうさま。じゃあ行ってきます！」

まったく……。息子が迷い犬を捕まえるくらいのことでこんなに慌てふためくなんて、本当に親っていうのは心配性だよな。いい加減、もうそろそろ子離れして欲しいよ……。

たけしは手早く食器を流し台にぶち込むと、逃げるように家を出た。

「おはようございます。お急ぎのところすみません、ちょっとだけいいでしょうか？」

「は、はい、なんでしょうか」

　乗り換えのために新宿駅で人の渋滞に飲み込まれていたところ、たけしは柱の陰から若い女性に呼び止められた。

「突然すみません。私今、占いの勉強をしているんです。それで、もし良かったら練習のために、少しでいいのであなたを占わせてもらえませんでしょうか？」

「えっ、でも、あの」

「ちょっとだけ、2、3分でいいんです！　急いでいますか？」

「いや、そうでもないんですけど……」

　一応「見習い」の肩書きは外れたとはいえ、まだまだ下っ端であるたけしは毎日始業30分前には出勤するようにしており、今の時間であればまだある程度の余裕はある。

「でしたら、ぜひお願いします！　占わせてください！」

「でも、お金はかかるんですか？」

「もちろん料金なんていただきません。だって、私が勉強させてもらうんですから！」

「あ、タダでやってくれるんですね。タダならいいですよ。タダで占いをしてもらえるってことですよね？」

「もちろんです。良かった〜」

　女性はホッと安堵《あんど》の声を漏らす。

　たけしはあらためて女性の姿をまじまじと眺めた。あまり丁寧にセットされていない横に広がった黒髪に、若干大きめのワンピース。とても垢抜《あかぬ》けない印象だが、これはまさしく彼女が占い師になる夢を叶えるために、オシャレの時間も削って勉強に励んでいる結果なのだろう。むしろ逆に好感が持てるなあ、こういう人は。なによりこれだけたくさんの人の中で、自分を選んで声をかけてくれたっていうのが嬉しいじゃないか。ヒゲ剃りとか版画を買わせるようなセールスなら別だけど、彼女はそうじゃなくて、ただ占いの勉強をがんばっているだけなんだ。これは、社会人の先輩として力になってあげなきゃな。この人が占い師という仕事に就くための手助けができるなら、ほんの2、3分くらい喜んで協力するよ。むしろ、その僅かな時間すら惜しんで会社に急ぐ周りの男たちの神経が俺には信じられないね。勇気を出して見知らぬ人に話しかけてまで練習をしようとしている、この健気《けなげ》な女性に手を差し伸べる優しさを持った人間がなぜ自分以外にいないのか。やっぱり東京というコンクリートジャングルは、人の心を荒《すさ》ませてしまう場所なんだなあ。恵梨先輩とか見ていても、つくづくそう思うよ。

そんなわけで朝の新宿で一番のジェントルマンであるたけしは、請われるままに健気な女性の練習台となってあげることにした。占いを受けている間は初対面の女性と極至近距離で顔を合わせ続けるため、胸のドキドキがどうにも止まらなかった。

…………女性から解放されてようやく事務所に出勤することができたのは、それから1時間半後のことであった。

「お、おはようございます……」

笹野探偵事務所の面々というのは明確に「温和な人たち」と「キツい人たち」の2派に分かれており、遅れて出社したたけしを温和な派閥の2人は穏やかに迎えてくれたが、キツい方の先輩2人は全然穏やかに迎えてくれなかった。

「おまえ、遅いやないかっ‼　ええ身分やのう！　偉くなったもんやのう‼　なんや、寝坊したんか？　おまえあれ以来夜な夜なディープブルーに通い詰めてるんやないやろうな‼」

「遅刻してすいませんっ。でも、ディープブルーなんて行ってないです……あんな高いお店に通えるほどお給料もらってないし……」

暴力団風のごっつい先輩のがなりの次は、ドSな先輩が静かに言う。

「あんた、1時間も遅刻しといて出て来るやいなや給料に文句言うとは、礼儀知らずにも程があるわねっ。私そういうの、許せないから」

「違うんですっ(涙)‼　そういう意味じゃなくて‼　すいません許してください……ちゃんと7時過ぎには家を出たんです……」

「あんたねえ、正式採用になったからって浮かれてんじゃないわよ‼　買い物する時間はあったんだろ！　出勤前に街で楽しくお買い物してたんだろ‼」

「ああ、これは違うんです〜〜」

恵梨がガンをつけていたのは、たけしの持つ大きな手提げの紙袋である。パッケージに包まれた小物やら本やらが顔を覗かせており、たしかに本人が否定してもこれはもう明らかに買い物帰りの装いである。トガシもそれに気付くと、「なんやなんや、なにを買ったんや」と紙袋を取り上げようとする。

「あっちょっと待ってくださいトガシさん！　やめてください‼」

「ええやないか！　仕事の時間に買った物は仕事の仲間で共有するもんやろ！　見せんかい！」

「ちょっとやめてっ！　ああ〜〜〜〜っっ‼」

領土しかり、紙袋しかり。なにかを力で奪い合うことが悲劇の結末を生むというのは、世の常である。左右から力一杯引っ張られた紙袋は、見事に真っ二つに裂けその中身をデスクに散らした。先輩所員全員がその商品たちに注目する。

主な購入品は本であった。そのタイトルは、『守護霊と先祖供養』『ハルマゲドンは災いではない』『生命《いのち》の輪廻《りんね》〜超古代文明からのメッセージ〜』『霊障100選・霊に始まり霊に終わる本』といったものであった。さらにカセットテープが1セット、そのラベルには「天顕《てんげん》院法眼導師法話集《いんほうがんどうし》1〜5」という文字が。さらには護符やら人形《ひとがた》のシールやら、精神が健全な人間はあまりお目にかかる機会のない、死の気配が漂うグッズたちが転がっている。

たけしの耳には、半径20m以内にいるすべての人間が一斉にどん引いていく「サーーーッ」という音がたしかに聞こえた。

「お、おまえ……」

さすがの陽気が自慢なトガシも、今回ばかりは、後輩所員の抱える心の闇《やみ》に気付いてやれなかったことを悔いた様子だ。

「そんなに思い詰めとったんかいな……。おい恵梨、おまえが毎日あんなに辛く当たるから、たけしが壊れてしもうたんやないか？　一人前に育てる言うても、厳しくするだけやなく、もうちょっと違うやり方もあったんやないか？」

「わ、私のせいだって言うの⁉　この仕事は、調査中に危険な目に遭うこともあるのよ？ちゃんと自分で身を守れるようにしっかり鍛えるのは当然じゃない！　だいたい、伊藤が凹《へこ》んだらそれをフォローするのはあんたら男の役割でしょ⁉　あんたたちのサポートが足りなかったからこんな結果になったんじゃないの⁉」

「こんな結果」と言って指さしたのは、デスクの上の『生命の輪廻～超古代文明からのメッセージ～』である。

「おいおい、『あんたら男』とはどういうことやねん。もしかしてそれは、所長のことも言っとるんか。おまえは自分とこの所長を『あんた』呼ばわりするんか‼」

同僚の説教には動じず、１００円湯飲みに手をかけて固まっている笹野にも恵梨は抗議する。

「だいたい、新人を厳しく育てるっていうのは所長の方針じゃないですか！」

笹野がしみじみと腕を組んで唸った。

「恵梨くんに伊藤くんを付けたのは失敗だったかな……。トガシに付けさせて、もうちょっと優しく鍛えてやるべきだったか……」

「ちょっと待ってくださいよ‼　なんで所長まで私のせいみたいに言うんですかっ！　そりゃちょっとは責任あるかもしれないけどっ、私だけじゃなくて、みんなの責任でしょ⁉」

「みんなって、オレはいつもたけしには優しく接してたがな！　オレまでいじめグループの一員みたいに言わんでくれるか。人聞きの悪い！」

トガシに続いて、笹野も「そりゃ私だってそうだ」と同意した。だけでなく、「私だってそうよ」とノリ子の声までが聞こえてきた。完全に自分1人の責任にされ、恵梨は喉の奥から「グウ〜ッ！」と怪しい声を発した。

しばし争乱に呆気《あっけ》にとられていたたけしは、まあたしかに今までの厳しさを多少反省して欲しいなとは思ったが、四面楚歌《しめんそか》の恵梨先輩を見殺しにするわけにもいくまいと、必死で弁解した。

「あの、違うんです！　これ、そういうあれじゃなくて‼　別に仕事をサボって買い物に行ってたわけじゃなくて、無理矢理押し付けられたんです！」

4人の疑念溢れる視線に促されて、証言を続ける。

「朝、新宿駅で占いの勉強をしてるっていう人に声をかけられたんです。それでしばらくタロット占いとか姓名判断とかしてもらってたんですけど……、今あなたはすごく大きな転機を迎えていますって言われて。それでこのチャンスを掴むためには、調布の集会場まで行って彼女の先生のアドバイスを受けろって言われたんです。でもそんな時間ないし今回は結構ですって断ったんですけど、1時間経っても全然帰してくれなくて。それで、彼女の所属してる団体のグッズを買えば許してくれるってことだったから、これだけ買って来たんです……」

たけしの説明によって四面楚歌のピンチから救われた恵梨だったが、しかしそれはそれでまた怒った。

「あんたバカじゃないのっ!! ほんっとにろくでもないわね!! 今時そんないかがわしい勧誘にまんまと引っかかる奴がどこにいるのよっ!!」

「こ、ここにいます……(涙)」

「たけしくん、そういうのは言われるままにお金を払っちゃダメよ。きっぱりと断らないと」

恵梨の叱責《しっせき》の後でノリ子にたしなめられると、2人の違いが実に際立って、ノリ子さんの穏やかな人間性がすごくよく伝わって来るよなあとたけしは思った。

「でも、これでも断ったんです! 最初は15万円の多宝塔を買わされそうになったんですけど、それを拒否したら6万円の『世界の聖者DVDセット』になって、でも財布に1万円しかないって言ったら本とグッズを1万円分買うことになったんです……」

トガシが真剣な目で、後輩の顔を見つめた。

「たけし………、おまえ、アホやろ?」

ちなみに仕事を始めて数ヶ月、見習いとはいえたけしにはちゃんと給料が出ていたが、家にお金を入れるようになったのに加えてずっと父に立て替えてもらっていたダリの版画のローン返済や配布用の海苔の購入代金などで、月々手元に残る金額はせいぜい数箱のポッキー代程度であった。今朝財布に入っていた虎の子の1万円は、「正式採用祝い」として父親が贈呈してくれたものである。

「あのお、僕こんなにいらないんで、みなさんなにか欲しい物があったら差し上げますけど……。そうだ恵梨さん、恵梨さんって携帯にストラップ付けてないじゃないですか。この『ハピネスの会推奨・守護霊強化ストラップ』、いりませんか？」

「いるわけないでしょっ‼　気持ち悪いんだよっ!!!」

恵梨に勢い良くなぎ払われて床に転がったストラップを、たけしは悲しい目で拾い上げるとデスクの引き出しにしまった。5巻もある法話集のテープを聴くために、来月の給料ではカセットデッキを買わなきゃいけないなあと思うとまた余計に悲しくなった。

「伊藤くんそういえば、ゴンザレスは無事見つかったそうじゃないか」

「はいっ。昨日の夜、なんとか捕獲して依頼者の家へ届けました」

「ご苦労さん、じゃあこれから報告書を作ってくれ。初めてお客さんに渡す報告書だから、トガシに指導してもらいなさい。恵梨くんは、今日は相談の予約が入っているから私と一緒に応対を頼む」

「わかりました」

1時間遅れの朝の打ち合わせで、所員はそれぞれ笹野からの指示を受けた。恵梨はこれから、午前中に入っている相談の対応だ。

それからすぐ、予定の時間に相談者の女性が訪ねて来たので、恵梨は笹野について応接スペースに入った。

「ようこそいらっしゃいました。まあまずは寛《くつろ》いでください」

笹野が穏やかに言葉をかけ、恵梨の笑顔とテーブルの上のエルモも癒やし効果の追撃をするが、相談者の声はとても心細げだ。

「あの、なにからお話ししたらいいのか……、話し辛い内容なもので……」

予約時に聞いていたプロフィールによると、相談者は小泉優子《こいずみゆうこ》、24歳。背は高くないが、スラッとした体型の女性だ。どちらかというと良い意味で年齢よりも上に見える、静かで落ち着いた印象の美人である。

恵梨の微笑みが、相談者優子の不安を受け止める。

「大丈夫ですよ、探偵事務所に話しやすいことを相談しに来る方なんていないですから」

「そうか、そうですよね……」少し優子の表情が和らいだ。「あの、実は私の元カレ、以前交際していた男性が恐くて……」

次の言葉に戸惑い間が空くと、恵梨がうまくパスを出す。ちなみに相談者が男性の時は主に話すのは笹野であり、女性の場合は恵梨を中心に対応するのがいつもの流れとなっている。

「お付き合いしていた男性のことですね？　例えば、しつこく復縁を求められたり、ご自宅に押しかけられるような、そういう状態でしょうか？」

「いえ、今は私の居場所が知られていないので、家に来るとかいうことはないんです。ただ……」

数ヶ月前に交際していた男性について。それから現在までの経緯。優子は不安げながらも順序立てて話した。

優子によると、元カレである菅原竜也《すがわらたつや》とは、２人が働いていた職場で知り合ったという。竜也の勤務していた広告代理店に、優子が事務の派遣社員として通っていたそうだ。職場の飲み会に参加し仕事の相談などしているうちに、仲が深まり交際に至ったという。

しかし交際を始めると竜也はすぐに、優子の部屋に入り浸るようになった。それだけならいいのだが、会社での印象とは打って変わって次第に優子に対し高圧的になり、最初は酒を飲んだ時、やがてはシラフの時にまで暴力を振るうようになったというのだ。

日々エスカレートする暴力に身の危険を感じた優子は、竜也が仕事に行っている隙に、夜逃げのように引っ越しをした。派遣会社にも事前に相談をしており、時を同じくして仕事も退職。無事に竜也の前から姿を消すことはできたものの、しかし優子の携帯電話には、突然自分の前から消えたことをなじり、引っ越し先を教えるよう詰問し、さらには復縁を迫る内容の電話やメールがひっきりなしに届くようになったという。いわゆるストーカー化した状態だ。

なお、実際付き合っていた期間は割と短く、ほんの2ヶ月ほどだったらしい。

優子の説明がひと段落すると、恵梨が尋ねた。

「メールアドレスと電話番号は、まだ当時のものを使っているんですか？」

「いえ、どちらも変えました。それで一時は連絡が完全に途絶えたんですけど……。ただ、私、2年くらい前から仕事とは別に、ネットアイドルとして活動しているんです」

「ネット……アイドルですか？　つまり、芸能活動のような……」

「似てるんですけど、アマチュアなので大手メディアではなく、主にイベントやインターネット上で活動を行っているんです」

「インターネットですか……」

こういう話は恵梨は苦手で、普段はたけしが世間話としてネットに関するマニアックな話題を持ち出すと、みなまで聞かずに「黙れこわっぱ!!」と一喝しているものだ。しかし今回は調査依頼であるし、苦手な話題といえども真摯《しんし》に向き合わなければならない。

優子はところどころ怯《おび》えた面持ちになりながらも、落ち着いて話を続けた。

「私、自分のホームページにファンの方に書き込んでもらう掲示板があるんです。そこに数日前から、こんな書き込みがされるようになって……」

事前にプリントアウトして来た、その掲示板を優子は見せた。『かりんちゃんどこ行っちゃったの？　まあいいや。どこに逃げても、追いかけて行くからね。次のイベントが待ち遠しいな』『今度撮影会があるんだね。急に会えなくなっちゃったけど、久しぶりに近くに行けそうだよ。楽しみにしてるよ、優……じゃなくて、かりんちゃん』その他、似たような文面が定期的に投稿されている。投稿者名はいずれも「T・S」となっている。菅原竜也ということか。

「すみません優子さん、この『かりんちゃん』というのは？」

「私のハンドドルネームです。ネットアイドルの時には『彩木《さいき》かりん』という名前を使っているんです。それで、来週の土曜日に渋谷のスタジオで撮影会があるんですけど、もし彼がそこに来たらと思うともう恐くて……。イベント中になにかされるかもしれないし、もしも帰りに後をつけられたら……」

「転居先が知られてしまうということですね。失礼ですが、出演の取りやめは考えていらっしゃいませんか？」

「私、しばらくネットアイドルとしての活動はお休みしようと思っているんです。地元に帰るかどうかも含めて、今後どうするかゆっくり考えたくて。でも、来週とその次の週のイベント、その2つだけは、ずっと前から決まっていたもので出ないわけにはいかないんです。イベントスタッフの方や、楽しみにしてくれているファンの方たちにも迷惑をかけたくないんです」

「なるほど……。ではそのイベント時に元カレ……菅原竜也をマークして、優子さんに近付けさせないようにすればいいということですね」

「はい。なんとか助けていただけないでしょうか」

と、その時、応援スペースを仕切っているパーテーションがズズとずれ、小さな後輩が緊張した面持ちで進入して来た。

「ああああの、ちょっとよろしいでしょうかっ。さささっ、彩木かりんさんですよねっ⁉︎」

優子は一瞬困惑して恵梨の方を見たが、隣の笹野が「お、伊藤くんはご存じなんだね？」と応えたのを受けて、表情を緩めた。

「僕、かりんさんの大ファンなんです！　いつもモコモコ動画見てますっ‼︎」

「ありがとうございます」

「あの、もしよかったらこれ、ぼ、僕が開発に関わった味付け海苔なんですけど、食べてください！　それからあああの、よかったら、あああ握手をしてもらってもいいでしょうか…………」

たけしはこの事務所の誰もそんなにもらったことがない、一度に5袋もの海苔を優子に差し出している。

優子は嫌がる素振りは見せず、海苔を受け取るともう一度白い手をたけしに向け、それをたけしの両手がじとっと覆った。

「おおおっ、あの、僕、Ｔｗｉｔｔｅｒでもかりんさんのアカウントをフォローさせてもらってるんです！　よかったら、僕の方もフォローしていただけないでしょうか⁉　僕のアカウント名は『セクシータケシ』で、アルファベットだとエス・イー・エックス……」

優子の手を握ったまままくしたてるたけしの顔面に、セサミストリートの巨大キャラクター、クッキーモンスターが襲いかかった。

いや、正確には恵梨が後輩めがけて必殺の上段突きを繰り出したのであるが、相談者の手前必ず殺すほどの凄惨《せいさん》な場面を見せるわけにもいかず、拳と標的の間にクッキーモンスターのぬいぐるみを挟んで威力を弱めたのである。

クッキーモンスターにとってはとんだとばっちりだが、しかしボディが綿で満たされている彼はそれくらいでは無傷だ。傷を負ったのは、その向こうの男である。いくらクッション越しとはいえ、元少林寺拳法学生チャンピオンの上段突きには、ヤサ男を泣かすだけの力は十分あるのだ。

パンチと同時に「あっち行ってろ‼」と叱責され、顔面を押さえた後輩は涙ながらに退場して行った。しかし恵梨の制裁を受けても倒れずに立っていた分、少しだけたけしも強くなったのかもしれない。

ただ、後輩のたわけた行動も、意外と迷惑なだけではなかった。一連のどつきやり取りを見て、優子は思わずクスッと笑い、場に漂っていた緊張感もほぐれたのである。

「すいませんでした優子さん。うちは真面目な事務所なんですけど、1匹だけアホな後輩を飼ってるんです」

「そんな。なんか、逆に仲が良さそうに見えましたよ？」

「まさかっ。冗談じゃないですよ！」

真顔で否定した恵梨に優子が笑いながら「すみません」と謝ると、相談者に謝らせてしまったことを恵梨の方もまた謝罪した。そして自分を助けてくれるはずの探偵に謝罪させてしまったことをまた優子は謝罪し、相談者に余計な気を使わせてしまったことを恵梨はまた謝罪した。そしたらますます場は和やかになった。

「じゃあ優子さん、これから私たちで対応策を検討しますね。撮影会当日の段取りはまた追って連絡しますので。それから、ブログやSNSでは、普段行くお店などの情報はなるべく書かないようにしてください。通勤や散歩途中の風景も載せちゃダメですよ。待ち伏せされてしまうことがありますから！」

「わかりました。気を付けます。では、どうかよろしくお願いします」

恵梨と笹野、そして所員一同に見送られ、優子は帰って行った。

憧れのネットアイドルと初の生遭遇&生接触を果たしたたけしの興奮は、しばらく冷めることはなかった。

今回の調査はそのネットアイドルが依頼者なのだ。たけしのインターネットやアイドルに関する知識が存分に役に立つような気配がするではないか。

早速、笹野から質問が飛んだ。

「伊藤くんは依頼者の優子さん、前から知ってるのかい？」

「はい！　かりんちゃんの出始めの頃からずっとブログを読んでます！　かりんちゃんは、モコモコ動画の『ねっこねこ男女パレードを踊ってみた♪』で人気に火がついたネットアイドルなんですよ。モコ動史上初めて1億ビューを突破して、あちこちのネットニュースでも記事になったんです！」

部下から具体的な解説をもらったものの、笹野にはその意味がよくわからない。

「伊藤くんもうちょっと、わかるように説明してくれないか」

「あの、モコモコ動画っていうのは……略して『モコ動』とも呼ぶんですけど、自分が撮った動画を誰でも自由に投稿できるインターネット上のサイトなんです。そこでかりんちゃんは『ねっこねっこ男女パレード』っていうアニメの主題歌を、自分で歌って踊っている映像を投稿したんです。そしたらその動画が大人気になってネット上のいろんなサイトでも報道されて、それがきっかけでアイドルになったんですよ」

「なるほど…………。恵梨くん、わかったかね？」

「わかりません」

「なんでですかっ(涙)!!」

本当は恵梨は今の説明でだいたいわかったのだが、今のは「私はそういうものには興味はございません」という意味での抵抗の「わかりません」であった。

所員の中では、たけしの次にこんな話に興味があるのはやはりトガシである。

「ネットアイドルっちゅーのは、ネットアイドルっちゅーだけあってインターネットで活動するんやろ？　テレビに出るわけやないし、ＣＤを出すでもない、撮影会があるいうてもそれだけで食っていけるもんかいな」

「食ってはいけませんよ。テレビにまったく出ないってこともないですけど、でもプロでやってるわけじゃないですから。彼女たちは普段はバイトしたり会社に行ったり普通に働いていて、プライベートの時間に趣味でアイドル活動をしてるんです」

「なんやアイドルっちゅうのは、職業やなくて趣味でやるもんだったんかいな！　……まあしかし、たまたまおまえの一番好きなネットアイドルがうちに依頼に来たっちゅーことかいな。偶然っちゅうのは恐ろしいもんやなあ」

「あ、違います。僕が一番好きなのは如月萌奈《きさらぎもえな》ちゃんです。２番目は悩むところなんですけど、同率で桜井ひめたすちゃんとミカン・リーちゃんかなあ。かりんちゃんはその次ですね」

　トガシは前のめりに半分本気、半分大げさにズッコけた。

「なんやそれ!!　かりんちゃんが一番やないんかい！　おまえさっき本人に『大ファンです』言うてたやろ!!」

「大ファンの子が何人もいたっていいじゃないですか!!」まで言ってたけしは聖者のような温かい表情になった。「……ていうか、違うんです。みんなが一番なんです。みんな同じくらい、好きなんですよ」

「萌奈ちゃんが一番や言うたばっかかやろうが」

「でも、なんか今日のかりんちゃんは僕が知ってるかりんちゃんじゃなかったような気がするんですよね……。ネットで見るのと、印象が全然違ったなあ」

「そりゃ探偵に相談に来るほど悩んどるんだから、いつもの調子は出んやろ」

「うーんそういうんじゃなくて、もっと根本的に違う気がするんですよね。恵梨さんと話してるかりんちゃんは、すごく大人の女性だったじゃないですか。でも『踊ってみた』の動画とか、ブログのかりんちゃんはもっとこう、『はにゃ〜ん♪』っていう感じなんですよ」

「なるほどな……。どんな感じか全然わからんわっ!!!」

「そうだ、ノリ子さん、パソコン見せてもらっていいですか?」

業務中のネットサーフィンは通常であれば非常にいただけないことだが、なにしろ今回は依頼者のサイトをチェックすることも立派に調査の一環である。ノリ子からノートパソコンを借りると、たけしは慣れた手つきで彩木かりんのブログを表示させた。トップページ上部には、タイトルとして大きく「かりん星から来たアイドル・彩木かりん」と書かれている。

「なんやこの『かりん星』っちゅーのは」

「ネットアイドルには、地球以外の星から来ている子も結構多いんです。かりんちゃんの場合はスイーツ銀河のかりん星の、かりん島出身っていう設定になってるんですよ」

「『設定になってる』っておまえが言ってしもうてええんかいな」

「さすがに僕もいい大人なので、そこまで信じてはいないですからね」

「おまえは全然『いい大人』やないと思うけどな……」

「ほら、見てください」

たけしがブログ画面をスクロールしていくと、かりんちゃんこと依頼者・小泉優子が様々なコスチュームでポーズを決めた画像が次から次へと出て来る。

主にねこ耳と尻尾《しっぽ》を着けた装いが多く、パソコンの中から優子はひっかきポーズや投げキッスでサイト訪問者を縦横無尽に挑発して悩殺している。中の1枚、招き猫のように右手をクイッと曲げ、悩ましげに見上げている写真からはまさしく「はにゃ〜ん♪」という効果音が聞こえてくるようだ。

ブログ本文にも「デコメ絵文字」と呼ばれるキラキラきらめくマークが多数挿入され、文章自体も「おはようにゃん♪」「今日はお仕事にゃん♪」「このお城はニャンコー不落《ふらく》にゃん♪」などと語尾に頻繁に「にゃん」が付いている。

「全然違うやないけっ!!! なんやこれ!! ホンマに同一人物かいなっ!!」

「やっぱりそうですよね？　さっきのかりんちゃんはしっかりしていて、全然ねこっぽくなかったですもん。でもまあ、人前に出る時にキャラクターを変えるアイドルはいっぱいいるみたいですからね……」

「恐ろしいもんやな……。でも、かわいいもんやな……」

トガシは太腿もあらわな招き猫画像に釘付けになっている。

「あ、よかったらデビュー作の『ねっこねこ男女パレードを踊ってみた♪』も見てみますか？　えっとちょっと待ってくださいね……」

ブラウザの検索窓に「モコモコ動画」、続いてサイト内検索窓に「彩木かりん　ねっこねこ」と入れると、該当の動画が再生された。

「ほら、これがアイドルになるきっかけになった通称『ねっこねこダンス』です。素人時代の作品ですけど、でも今でもやっぱりかりんちゃんといえばこれなんですよね～」

画面の中では先程ブログに掲載されていたねこコスチュームで、かりんちゃんが「ねこねこニャンニャン♪」と囁《ささや》きながら肉球をスイングして踊っている。

トガシの目は通常の１・７倍に見開かれた。

「おいたけし……、この破壊力はいったいなんやっ‼　こりゃまさに、三国一のかわいさやなっ‼」

「そうでしょ～～？　僕だって初めてこれを見た時、ショックでまる一日ごはんが食べられなかったんですから。もうその頃はしばらく、寝ても覚めてもかりんちゃんっていう萌《も》え萌えな日々でした」

「わかるわ。さすがにこればかりはおまえの気持ちがようわかるわ。『萌える』っちゅー言葉の意味もわかってきたような気がするわ」

「やっぱりそうですよね⁉　そこなんです。僕、外国人なんかに『萌え』を説明する時は、この動画を見せればいいんじゃないかって思うんですよ。ああでも、ほんと、何度見ても最高ですよねえこのかりんちゃん……」

「ええのう……、さっきのお上品な姿を思い浮かべながらこのねこダンスを見ると、ギャップがありすぎて萌え度がますます半端やないのお……」

いく筋もヨダレを垂らしながらふぬけた顔で動画に見入り、時折かりんちゃんの肉球の動きに合わせて自然に腕を動かす2人。

しかしふぬけてはいるが、それでも勘のいい調査員であるトガシはそこでふと自分たちに向けられる複数の視線に気付いた。

はっと我に返りトガシが周囲に目をやると、事務所内の他の所員が全員、蔑《さげす》みの視線を2人に投げかけているではないか。特に最上級の軽蔑《けいべつ》の表情を浮かべているのは、恵梨であった。いや、むしろ軽蔑を通り越し、眼を細めて「ああこの人たち頭をやられてしまったのねかわいそうに……」という、哀れみ溢れる顔になっている。

「お、おいたけし。たけし‼」

「はっ、はい⁉」

ふぬけ顔を続けていたたけしも、一足遅れて我に返った。トガシが恵梨の顔を指し示しながら言う。

「み、見てみいたけし。あれほど人を蔑む目をおまえは未だかつて見たことがあるか……？あの目は、援助交際をした挙げ句に代金を踏み倒して逃げるオヤジを見るような目やぞ……」

「は、はい。僕たちそんなに悪いことしましたかね……(涙)。なんだか、たまらなく背筋がゾッとします……(涙)」


それはそれとして、早速全員で今後の調査方針について打ち合わせを行うことになった。

まずは、優子と直接話をしていないメンバーに、恵梨から依頼内容の詳細が説明される。なにしろ萌え動画で完全にかりんちゃんの虜《とりこ》になってしまった2人なので、元交際相手であり現ストーカーの対象者・菅原竜也に対する怒りは猛烈なものであった。

「許せません‼　あんなにかわいいかりんちゃんをストーカーするなんて……。いや、かわいくない子が相手でもストーカーはダメですけど……とにかく許せません‼」

「そうや！　男の風上にも置けんとはこのことや！　ストーカーなんてもんは、ほとんどはわっるい奴やで。良いストーカーはこの世でただ1人、ストーカー立川さんだけや!!」

「そういえばトガシさん、渋谷東口プロレスに尾行のやり方とか教えに行ってるんですか？」

「ああ。毎週末に道場に通って、オレも一緒に汗を流させてもらっとる。しかし立川さんはなにを教えてもホンマ飲み込みが早いんや。まったくあの人は、ストーカーの鑑《かがみ》やで！」

「へえー、トガシさん一緒に練習までしてるんですねー」

話が逸《そ》れるのも、ストーカーに良い奴がいるという意見も、恵梨は気に食わない様子だ。

「そこ、うるさいわよ!!」

「こりゃ失敬」

「それから、今後は芸名じゃなくて本名の小泉優子さんの方で呼ぶようにして。調査中のやり取りが紛らわしくなるから」

芸名というより、ネットアイドルの場合は「ハンドルネーム」という方が適切なんだけどな……とたけしは思ったが、それを指摘しても素直に受け入れる度量は恵梨先輩にはなさそうなので、黙っていることにした。

今回の依頼の最初の課題は、対象者の面取りだ。

交際期間が2ヶ月と非常に短かったため、優子は菅原竜也の写真を用意できなかった。携帯で数枚ばかり撮った2ショット写真は優子本人の意志で消してしまっていたし、竜也の方が優子の家に入り浸っていた状態なので、住所も不明。わかっているのは電話番号とメールアドレス、そして優子も一時期働いていた勤務先だけである。

そこで、まずは竜也の職場までトガシとたけしで面取りおよび写真撮影に向かうことになった。

竜也の勤務先は品川の小さなオフィスビルに入っている、広告代理店だ。

喫茶店とは違い一般客の入れる場所ではなく、待ち合わせのふりをして探しに行くわけにはいかない。そもそも探すといっても顔すらわかっていないため調査のハードルは高いのだが、それをなんとかするのが探偵の仕事である。

「恐れ入ります。私《わたくし》、ヒューマンキャリアサービスから参りました富樫《とがし》と申します。お忙しいところ恐縮ですが、人事の担当の方いらっしゃいますでしょうか」

珍しく似合わぬネクタイを締め、営業マン姿のトガシが堂々と広告代理店のオフィスに踏み込んだ。ビルには各フロアにひとつのテナントしか入っていないため、幸いエレベーターを降りるとすぐにオフィス全体が見渡せた。

ただし物理的な進入が簡単だったとしても、人の警戒心というのはまた別のものだ。当然初見の訪問者がいきなり歓迎されるわけはなく、こういう場合にいつも窓口になっていると思われる入り口付近の男性社員から、「どのようなご用件でしょうか？」といぶかしげな反応が返ってきた。

しかしトガシは営業スマイルを崩さない。

「失礼いたしました。私、人材派遣会社の者でございますが、ぜひ担当者さまにご挨拶をさせていただきたいと思いまして」

「すいません、今担当者は不在なんですよ」

「そうでしたか。実は御社では派遣の人員を採用されてらっしゃると伺いまして、弊社でも価格、能力共に満足度の高い人材のご紹介が可能でございますのでこれを機にぜひお話をと……」

要件を聞いてから「不在です」と言うのは本当は不在ではなく「いらないから帰れ」ということなので、営業マンならもうひと押しするべきである。しかしここでトガシがもうひと押ししているのは、人事の担当者と掛け合って笹野探偵事務所の天下り先を確保したいためではなく、面取りのためであった。

営業マンとしてスマイルで食い下がりながら、オフィスの動きを確認する。

そこで電話が鳴った。応対した女性社員が「菅原さん、５番です！」と叫ぶ。その声の飛んだ方向、壁際のデスクで若い男性社員が内線ボタンを押し、通話を引き継いだ。しかしほんのひとことふたこと話をしただけで、すぐに受話器を置く。

あいつか……。

特定完了だ。スマイルのまま営業トークを切り上げると、トガシはたけしの待機しているミニバンへ戻った。

「どうでした？　わかりましたか？」

「おお、バッチリや。ええタイミングやったぞ。ま、ちょっと切られるのが早すぎたけどな。もうちょい粘れたらなお可や」

先程竜也宛に電話をかけたのは、たけしである。会社の代表番号へかけて名指しで呼び出しをするが、そのあとでなにを話すかというところこちらもまたセールスを装った内容であるため、対象者は少し話してすぐに電話を切ったのだ。しかしその短い間に、トガシによってきっちり面取りは行われている。

「次の機会があれば、今度はおまえが訪問する役やで。営業トークも勉強せえや」

「えーーっ。僕、そういうの苦手なんですよね……」

「なに言うてんねん！　営業トークは探偵の必須スキルやで！　喋れんかったら、聞き込みのひとつもできんやろ！」

「はい……がんばります……」

　その後は退社時間まで張り込みを続け、対象者が出て来たところで何枚か写真を撮影する。そしてたけしがトガシのフォローを受けながら尾行を行い、竜也の自宅まで特定することができた。

　通常ストーカーというと非常に陰湿で薄暗い男を想像しがちだが、菅原竜也はどちらかというとホストのような、茶髪に細い眉毛がキリッと上がったイケメンであった。たしかに、陰湿で薄暗い男がネットアイドルと付き合えるわけはない。トガシもたけしももともとイケメンという存在自体に敵対心を持っており、おまけにこいつがあのかりんちゃんと付き合っていた上に嫌がらせをしていると考えると、いつにも増して怒りの私憤を挟まずにはいられないのであった。

　その翌日、事務所では優子の撮影会当日の動きについてミーティングが行われた。

　まず当日竜也の行動をマークするのはトガシ。恵梨とたけしは朝から小泉優子に随行して警戒を行うことになった。対象者が会場に現れるかはわからないが、まずは現れることを想定して万全の態勢を敷く。こうして依頼者側、対象者側双方をマークすればぬかりはないはずだ。

　そして土曜日、渋谷でのイベント当日がやって来た。

「ねこねこニャンニャン♪　ねこねこニャンニャン♪　おあずけばかりじゃ、スネちゃうニャン♪」

「「「「うりゃオイ！　うりゃオイ！　うりゃオイ！　うりゃオイ！」」」」

「ねこねこニャンニャン♪　ねこねこニャンニャン♪　猫なで声で、おねだりニャン♪」

「「「「タイガー！　ファイヤー！　サイダー！　ワイパー！　ライガー！　ミミガー！　かりんちゃ〜〜ん!!」」」」

　150人満員御礼、もうナメクジ1匹も入る隙間もなくなったライブハウスで、三国一のかわいさを誇る彩木かりんこと小泉優子の撮影会前ミニライブが行われていた。

優子はモコモコ動画そのままのねこ耳&尻尾姿で、肉球をスイングしながら「ねっこねこ男女パレード」を歌い踊っている。恵梨とたけしは会場の中ほど右隅に待機し、優子とファンの双方に目を向けている。

　スタジオを埋めるのは9割以上が男で、さらにそのうちの半数近くが歌い踊る優子本人よりも熱く猛《たけ》っている。優子のダンスに合わせ、体を左右に捻《ひね》り「うりゃオイ！　うりゃオイ！」と雄叫《おたけ》びながら手拍子を取る男たち。この雰囲気をホームと捉《とら》えるかアウェイと捉えるか、たけしと恵梨の反応は完全に真逆であった。

「やっぱりかわいすぎますよかりんちゃん……優子さん。アイドル辞めないで欲しいなあ……」

時折ヨダレを拭《ふ》きながらデレデレと締まりないたけしに、理由はわからないがなぜか心の奥からせりあがるイライラ感を抑えられない恵梨が聞いた。

「この人たちはいったいなんなの？　なんで動きが不気味なのっ⁉」

「オタ芸を見るのは初めてですか？　あ、『オタ芸』っていうのは、オタクの人たちが客席でもアイドルと一緒に盛り上がれるように開発した踊りなんですよ。……ほら、ああやって『うりゃオイ！』っていうかけ声で手を叩くのは、ＯＡＤっていう技です。『オーバーアクションドルフィン』の略ですね。それから拳を突き出しながら『タイガー！　ファイヤー！』とか叫ぶ芸は、ミックスって呼ばれてます。あ、今やってるのはマトリックスですね。映画のマトリックスのキャラクターが銃弾を避けるポーズに似ているからそう呼ばれてるんです」

「あっそ……」

会場前方に集まった10人程が後ろ向きになり上半身を反らし、逆さまに優子を見上げながら両手を波打つように揺らしている。ヤクザに凄まれても怯まない鉄面の恵梨であるが、なぜかこの光景には背筋に冷たいものが走るのを感じた。恵梨は思った。今夜うなされそうだと。

ねっこねこダンス1曲だけのライブが終わると、そのままのねこ衣装で撮影会に突入である。ライブはおとなしく聞いていた方のファンたちも、撮影が始まるとプロ顔負けの重厚なカメラ機材を取り出し、優子に向かってフラッシュの嵐を浴びせる。

「視線くださーい!!」

「こちらもお願いしまーす!!」

「かりんちゃんこっちお願いしまーす!!」

汗だくのファンたちが優子に向かい次々に「視線ください!!」と絶叫する。恥じらいも戸惑いもすべてかなぐり捨て、命がけで被写体に挑むその男たちの勇姿を見て、あらためて恵梨は思った。今夜うなされそうだと。

「いませんねえ」

「……いないわね」

先程からイベントをいろんな意味で堪能しているように見えて、しかし2人の探偵は客席に対象者が紛れ込んでいないか、しっかり目を凝らしていた。恵梨は竜也を直接視認したことはないが、トガシが撮影した数枚の写真を見て頭の中にはしっかり対象者の立体イメージが作られている。

その対象者の立体イメージにメガネをかけてバンダナを巻き、ヨレたシャツを着せても該当の人物はこの会場内には見当たらない。

だとすれば、考えられるのはライブハウスの外での待ち伏せである。しかし、目立った動きがあれば竜也を尾行しているトガシから知らせが入るはずだ。対象者はこちらに向かっていないのだろうか？

恵梨は、いったんトガシへ連絡を入れてみるようたけしに命じた。

電話をかけるためドアの外に出たたけしが、数分で戻って来る。

「恵梨さん、菅原竜也は品川の会社にいるそうです！　休日出勤で朝会社に入ってから、一度も出て来ていないってことです！」

「出て来たのをトガが見逃してるってことはないの⁉」

「僕もそう聞いたんですけど、『おまえ誰に向かって言っとんねん‼　何年やってると思っとるんやっ‼』って怒鳴られました……」

「わかった。とにかく、このまま監視を続けるよ！」

「はいっ！」

そのうちたけしはこっそりスマートフォンでねこ耳優子を撮影しようとしたが、恵梨から太腿にローキックを喰らって激しく悶絶《もんぜつ》した。

撮影会が終了してからおよそ一時間後、すべての観客がはけるのを確認して、優子もスタジオを出ることになった。

今の優子はもちろんねこではないし、事務所に来た時の姿とも違う。こちらの用意したボブのウィッグと黒縁メガネを装着し、ほぼ別人と言ってもいいようなイメージチェンジを遂げている。たけしはその姿に萌えた。そして家庭教師になって欲しいと思った。

なお、会場に集まったファンの中に竜也がいなかったことは優子本人もわかっていたようだが、しかし交際時から今まで何ヶ月も恐い思いをさせられ、竜也の負の行動力をよくわかっている彼女はまだ不安が拭《ぬぐ》いきれない様子だ。

「あの、これだけの変装で大丈夫なんでしょうか……」

「髪型とメガネは人の顔で一番強い印象を与える部分ですから、今の優子さんなら雑踏に紛れてしまえばご両親でも認識するのは難しいはずです。ただ、ここを出る瞬間だけは別です。イベントが行われていた建物から出て来れば、外見が変わっていても優子さんだと特定される恐れはあります。ですから、これから私たち2人で優子さんに同行して、尾行者の確認をします」

「やっぱり待ち伏せされているかもしれないんでしょうか……」

「その可能性は低いと思います。先程別の調査員に確認したところ、菅原竜也はまだ勤務先にいるということでした。会社に秘密の出入り口でもあれば別ですが……」

優子はそれを聞くとやや安堵の表情になった。

それにしても、ネット上そして先程のステージ上のかりんちゃんと、今の優子は外見だけでなく人としての雰囲気もあまりにも違う。アイドルの姿しか知らないファンであれば、たとえ街の社交ダンスパーティで彼女とペアを組んだとしても、まさかそれが彩木かりんちゃんだとは気付かないことだろう。

たけしはその変貌《へんぼう》ぶりに魅了されながらも反面、女という生き物が持つ天性の演技力に怯え、打ち震えた。

ライブハウスを出て駅へ向かう優子を、通常の尾行時より倍ほど距離を取った背後から2人の探偵が追う。もしそんな奴がいればの話だが、優子の後をつける人間を発見・特定するためだ。

ただ、週末の渋谷というのは雑踏の人口密度が常人の想像を絶する水準である。外国人観光客などは、その雑踏のすさまじさを撮影するため歩道のフェンスに上りカメラを構えるほどだ。

優子の行く道を優子と同じ方向に歩く人間は、たけしの視界に入るだけでも100人以上いる。どんな「ウォーリーをさがせ！」の熟練者でも、この中からたった1人の尾行者を特定するのは不可能だろう。なにしろ貧乏なためいつでも同じ服を着ている絵本の中のウォーリーと違い、こちらは服装どころかその人間が存在するのかどうかすらわかっていないのだから。

「恵梨さん、どうですか？　怪しい奴はいますか？」

会場を出て数分が経ち、ちょうど渋谷駅との中間地点まで来た。たけしはもうお手上げの状態だ。

恵梨は上空から遥《はる》か地上の獲物を狙う鷹のような目で、優子の周囲数十ｍに視線を注いでいる。

「…………。伊藤、もう一度トガに連絡してみてくれる？」

たけしが電話を入れると、トガシからの返事は先程と変わらないものであった。今もまだ、対象者は会社から出ていないという。それを伝えると、恵梨はひと息ついた。

「そう。ちょっと優子さんに向けられるイヤな視線を感じたんだけど……。気のせいだったみたいね」

「そうだったんですか？　まあ、あんなかわいい子がいたら、普通にすれ違っただけでも男はイヤらしい目で見ちゃいますからね。僕だってあんな美人が前を歩いてたら、無意識にどこまでもついて行っちゃいますもん。よくありますよそういうこと」

「……………」

「あっでも、やっぱりトガシさんが対象者を見逃してるってことはないんでしょうか。例えば、菅原竜也の方もカツラで変装してたから気付かなかったとか」

「それくらいで騙《だま》されやしないわ。あいつは顔と性格は悪いけど、探偵としては私よりずっと経験が長いし、腕はたしかだからね」

3年も一緒に働いている同僚のことを顔も性格も悪いと言い切ってしまうのは悪魔以外にはできない所行であるが、その部分は聞かなかったことにして、トガシの探偵歴が長いというのは初耳である。

「トガシさんって、恵梨さんより先輩だったんですか⁉」

「うちの事務所ができた時に入社したのは私と同じだけど、あいつはその前からフリーの探偵だったの。所長が腕を見込んで声をかけたのよ」

「そうだったんですね……」

そうだったんですね……。探偵としてはトガシさんの方が先輩で、さらに年も上なのに、そんな先輩に対して「あいつ」とか言っちゃうんですねあなたは……無礼な人だ……。とたけしは思ったが口に出せようはずもなかった。

「じゃあ、やっぱりあの掲示板の書き込みは単なる脅しだったんでしょうか？　最初からイベントに来るつもりはなかったけど、優子さんを困らせたかっただけとか」

「それなら、どっちにしろ許せることじゃないけど、少なくとも優子さんにとってはひと安心なんだけどね。一応、確認してみるわ」

恵梨はスマートフォンを取り出すと、番号を表示して発信した。前方で優子が携帯を耳に当てるのが見えたので、どうやら恵梨は優子と話しているようである。

街の騒音にかき消されて会話の内容は聞こえなかったが、しばらくして2人はほぼ同時に電話を切った。

すると、前を行く優子が急に進路を変えた。センター街の一本手前の路地で曲がると、大きな雑貨店の中に入って行く。すかさずたけしも後を追おうとしたのだが、しかし歩を早めた瞬間に恵梨から制止がかかった。どうしたのだろう。これでは依頼者を見失ってしまうではないか。

「優子さん行っちゃいましたよ！　早く追いかけないと！」

「いいから。ここで待て！」

恵梨がなにを考えているのかはわからなかったが、しかし反抗したところで口でも力でも敵わないに決まっているので静かに従っていると、優子が奇妙な動きを見せた。

目の前の雑貨店には出入り口がいくつもあり、路地の角にいるたけしからは、そのうちの3つが確認できる。まず一番近くには、スロープを下った正面にある地下出入り口。そしてスロープの脇にある路地を少し上ったところに1階エントランス。さらにそこからほんの10mほど奥にもうひとつ、3つ目のガラスドアがある。

その3つの出入り口にたけしが精一杯目を凝らしていると、路地を上って地上ひとつ目のエントランスから入って行った優子が、すぐに正面、地下出入り口から出て来た。

さらにそのまま優子はショーウインドーに沿って再び路地を上り、今度は3つ目のドアに姿を消したと思ったら、また時間を空けずに地下の入り口から現れて歩道に戻る。そこで優子は帰路へ復帰し、駅へ向かってまた雑踏を進み始めた。なんだこれは……？

ふと見ると、恵梨が口元に手を当てて前方を睨《にら》んでいる。

「いる…………。スーツの男！」

「えっ、なんですか⁉」

「グレーのスーツ。シルバーのアタッシュケース！　依頼者の15m後ろ！」

「あ……。ほんとだ！　そういえばたしかに今……！」

先程の一見支離滅裂に見えた優子の動きは、実は尾行者をあぶり出すために恵梨が指示した行動だった。支離滅裂な動きだからこそ、それを同じようになぞって動く人間がいたらそれは偶然ではないということだ。

そのグレーのスーツの男は、たしかに優子と同じ経路をたどって出入りを繰り返していた。間違いない。優子はつけられている。

しかし……、誰だ⁉

菅原竜也ではない。たけしもほんの数日前に竜也を自宅まで尾行しており、その後ろ姿、歩き方はまだしっかり脳のメモリーに記憶されている。仮に竜也も優子のように姿を変えているとしても、メモリーのデータと照らし合わせて特徴が違いすぎる。なにより、竜也本人はまだ勤務先にいるじゃないか。

「誰なんでしょうあれ……。菅原じゃないですよね。撮影会のお客さんでもあんな人いなかったと思うんですけど……」

「わからない。でも、たしかなのは、撒《ま》かなきゃいけないってこと。尾行者は1人。優子さんと同じ電車に乗せてしまったら、こっちの負けよ」

「どうするんですか……。優子さんは尾行の撒き方なんて……」

「伊藤、井《い》の頭《かしら》線の時刻表出して！　吉祥寺《きちじょうじ》行き！　何分に出る？」

「は、はいっ！」

井の頭線は、優子がこれから帰宅のために乗る路線である。指示通りたけしはスマートフォンに時刻表を表示させると、時間を伝えた。

「一番近いのが5時35分発で、次が39分、その次が42分です」

「わかった。じゃあ優子さんには39分、ギリギリで改札を抜けてもらうわ」

「でっでも、いくらギリギリで抜けたって、改札の近くでは男の方も警戒するだろうし、優子さんだけが電車に乗るのは難しいんじゃないですか……?」

「私は前に回るから、伊藤はこのまま尾行を続けて」

「わ、わかりました……」

よくあるパターンでたけしの質問は無視された。恵梨は今までの定位置から離脱すると、再びスマートフォンを耳に当てながらどこかへ行ってしまった。

たけしがそのまま単独で追尾を続けていると、駅の構内に入る直前で、優子はドラッグストアに立ち寄った。スーツの尾行者も、そしてたけしも一定の距離を保って立ち止まり、しかしただの通行人でいようと近くの雑貨屋や自動販売機に近寄り自然な装いを見せる。

そして5時37分、発車時刻の2分前。突然優子がドラッグストアを出て目一杯の早足で歩き出すと、さらにスピードを上げて改札へ向かうエスカレーターを駆け上った。

井の頭線渋谷駅の改札は、長いエスカレーターを上り切った先にある。立ったままのんびりと階上へ向かう人の列の右側をすり抜け、優子は改札階へ向かう。

スーツの男は、優子の疾走に気付くのが一瞬遅れた。慌てて駆け出すと、後を追ってエスカレーターを勢い良く、一段飛ばしで上る。さらに遅れてたけしも続いた。すでに優子は改札を抜けているようだ。

男は改札階に到達すると、胸のポケットから財布を取り出しながら走った。

改札と優子の背中が男の目前に迫ったその時。立ち並ぶ四角い柱の陰から、ニュッと細い足が伸びた。男は足につまずき、派手に駅の床に転がる。

もちろんその足の持ち主は、恵梨であった。間違いなく意図的に足をかけたものだろうが……しかしわざとやった割には、恵梨は腰を低く一生懸命謝罪を始めた。

「ごっめんなさ〜い!! 大丈夫ですか⁉ お怪我はありませんか⁉」

男の前に立ちはだかり、改札へのルートを遮断しながら恵梨は大げさに詫《わ》びている。

「私、友達と電話してたものですからつい気を取られて足が……。本当にごめんなさい！あの、お洋服は汚れてないでしょうか⁉ スーツですし、クリーニングに出さなきゃいけないですよねっ？」

しかし、男にとって今は服の汚れなどどうでもいいはずだ。彼にとって大事なのは一刻も早く優子を追うことだろう。しかし、男の前では恵梨が完全に進路を塞《ふさ》ぐようにして平謝りを繰り返している。

　ホームから、発車のベルが鳴り響いた。

「本当にごめんなさい。あの、よかったらお名刺とかいただけませんか？　あとであらためてお詫びをさせていただきたいですし……」

「ちょっと、邪魔だよ！」

「でも、私のせいで転んでしまって……服も汚れてしまったし……」

「いいから、どけよ‼」

「きゃっ」

　強引に恵梨を押しのけると、男は全力で改札へ走る。その様子を後方から眺め、たけしは気を揉んだ。これは絶妙な時間だ。もしかしたら、ギリギリで間に合ってしまうかもしれない！

　だが……走る男の背に、また声がかかった。

「あのおー、すいませーん！　お財布落とされましたよねー⁉　お財布がないと、電車に乗れないですよ～～！」

　…………。たけしは、心の中でガッツポーズを作った。なんてことだ‼　あの時、男と一緒に転がった財布を恵梨は目にも止まらぬ早さで拾い上げていたのだ！　しかもそれを、最後の最後までお知らせしない抜け目のなさ！　すごい！　悪いっ!!

男は、改札手前でスピードを緩めて脱力した。優子の乗った電車は機械音を立ててホームから出て行く。

腹立たしげな顔で恵梨の手から財布を引ったくると、もう男は改札へは向かわず、引き返して下りのエスカレーターに乗った。もう電車は諦めたようだ。たしかに、3分後の電車に乗ってたとえ車掌に刃物を突きつけて脅したところで、前の電車に追いつくことはもはや不可能だ。

たけしが階上から男を見送っていると、携帯が振動した。改札前の恵梨からだ。お互いに視界には入っているが、電話で会話をする。

「恵梨さん、やりましたね！　すごい！　あいつ、諦めたみたいですよ！」

「喜んでる場合じゃないだろ!!　今度はこっちが尾行だ！　そいつの後をつけろ!!」

「そ、そうか。わかりましたっ！」

謎の尾行者との距離を詰めるため、たけしは駆けた。

スーツの男は、玉川通りを西、三軒茶屋方面に向かって歩いて行く。休日を楽しむ人の群れの中では、違和感を覚える足取りの速さだ。

追いながら、たけしは前を行く男の正体について考えていた。

優子が危惧《きぐ》していた通り、尾行者はたしかにいた。しかしそれは菅原竜也ではない。ならば、他の熱狂的なファンなのだろうか？　たしかにイベントの詳細はブログにアクセスすれば誰でも知ることが可能で、そうすると容疑者は無限に増える。ただスーツの男の外見からはそういうストーカーのような、偏執的なオーラはあまり感じられない気もする。

渋谷のような人の多い街中では、「尾行対象者を見失わない」という一点だけを特に気にかければ、逆にこちらが相手に気付かれる可能性は低い。

すでに何度も尾行を経験しているたけしにとってこの追跡は容易だと思われたが、しかしここで彼は初めての事態に遭遇することになった。前方の尾行対象者がタクシーを呼び止め、乗り込んでしまったのである。

今回、こちらは車を用意していない。バイクに乗れるトガシは品川だ。

たけしは焦った。このままでは失尾してしまう……！

たけしは必死で考えた。どうやってあいつを追ったらいいのか。例えば探偵小説や、テレビドラマの中の探偵はこういう事態をどのように切り抜けていたか。

そ、そうだ……、わかったぞ！

「タクシー!!」

後方から来た別のタクシーを、たけしは身を乗り出して止めた。

タクシーを止める時に「ヘイタクシー！」などと口にする人間は現実にはほとんどいないが、しかしたけしは自分が思い浮かべたテレビドラマの場面を忠実に再現したのだ。

素早く車内に飛び込むと、運転手に向かって決め台詞《ぜりふ》を叫ぶ。

「運転手さん、前のタクシーを追ってください‼」

……言いながらたけしは、自分に酔っていた。咄嗟《とっさ》に「他のタクシーで前のタクシーを追う」という名案を思いついた自分。ドラマのワンシーンそのままのハードボイルドな振る舞いを見せている自分。ああ、今の俺って、かっこいい……。今の俺って、輝いてる……今の俺なら、モテる…………。

ところが。たけしが自分の中のイメージに沿ってドラマのシーンを再現したのはいいのだが、周りの人間までがそれに付き合ってくれるとは限らなかった。そして、ドラマと現実は、やはり違ったのだ。

運転手は、後部座席のハードボイルドなたけしを振り返ると、いぶかしげに言った。

「お客さん、悪いけど降りてくれないかな」

「なっ、なんでですか？　急いでるんですよ‼」

「なんだか知らないけど、ごたごたに巻き込まれるのはごめんなんでね。勘弁してくれ」

「いや、でも、追いかけないといけないんですよ！　早く！　行っちゃうじゃないですか！」

「悪いけどそういうのは他の車に頼んでくれるかな！」

「どおおおっ（涙）!!」

有無を言わさず突然クパッとドアが開き、寄りかかっていたたけしが一回転して転げ落ちるとそのままタクシーは玉川通りを走り去って行った。

ど、どうして……。テレビドラマならこういう場面ではすんなり追いかけてくれるのに……。テレビの中の運転手さんはみんなすごく協力的なのに……。なんていうことだ。「張り切って前の車を追いかけてくれるタクシー運転手」というのは、ドラマの中にしか存在しない架空の人物だったのか。

渋谷の路上に転がりながら空想と現実の間でもがいていると、走り寄って来たのは恵梨であった。

「どうしたっ!?　対象者は!?」

「あの、あの信号のところにいるタクシーです！」

いつものように泣きそうな顔の後輩を恵梨は一発しばきたそうな顔をしたが、今は1秒のパンチの時間も惜しい状況だ。

恵梨は車道を駆け出すと、3台目のタクシーに向かって手を挙げた。たけしがそれを制するように訴える。

「恵梨さん、ダメなんです！　僕も今タクシーを止めてみたんですけど、全然追いかけてくれないんです！　テレビでやってるのは、あれはウソだったんです(涙)！　現実の運転手さんは、みんな面倒に巻き込まれるのをイヤがって協力してくれないんですよ！」

しかし恵梨はそんな後輩の泣き言には耳を貸さず、目の前で開いたドアの中にたけしを勢い良く蹴り込むと、自分もすぐに乗り込んで運転席に向かって微笑んだ。

「すいません運転手さん、あそこの信号のところにタクシーがいますよね？　緑のやつ」

50代くらいだろうか、帽子の似合う男性運転手は示された信号待ちの列に目を向けた。恵梨がさらに笑顔で続ける。

「あれと一緒のグループなんですけど、ついて行ってもらっていいですか？　ニコッ♡」

………………言葉の種類、そして言葉の表情を変えるだけで、こうも相手の反応というのは変わってくるものなのか。あっさりと「はいはい、あれを追いかければいいのね」という返事が引き出され、尾行は腕のたしかな運転手へ引き継がれることとなった。一度やる気になってくれさえすれば、タクシーの運転手はなにしろ運転のプロである。素人のたけしや恵梨が社用車を使って追跡するよりも、精度は断然高い。

そのテレビドラマとは違う恵梨の現実的な手腕を見て、尊敬の気持ちもありながらも、たけしはせっかく自分が思いついたハードボイルド作戦が不発に終わったことを悔しがった。その悔しさが「そうやって平気でウソをつけるところが女って恐いよな……」という無意識の呟きを生み、恵梨が笑顔のまままさりげなく裏拳で後輩のスネに一撃を入れると、狭い車内に痛々しい叫び声が轟《とどろ》いた。

世田谷区の用賀《ようが》、砧《きぬた》公園近くの路上で男の乗ったタクシーは止まった。

「ちょっと買い物して行きたいので、あそこのコンビニの前につけてもらえますか？」と恵梨の指示で追跡車は男を追い越すと距離を取って停止する。

2人は運転手に礼を言うとそのままコンビニに入り、立ち読みをしながら男の動向をうかがった。

脇道《わきみち》に入り男が視界から消えると、たけしは全力で走る。そして小道を追尾し、男が雑居ビルに入って行く姿を捉えた。笹野探偵事務所の入っている笹塚のビルに雰囲気の似た、年季の入った建物である。

男がエレベーターに乗り込んだのを見届けると、たけしは階数表示のランプを確認し、降りた階を突き止めた。1階入り口の郵便受けを見ると……、しかしそこには部屋番号の数字があるだけで、居住者名もしくは会社名の記載はない。鍵がかかるタイプの郵便受けで中身を覗き見ることも不可能だ。

「とりあえず、所在地までわかったことだし今日はこれで良しとするわ。あとは、追加調査をすれば素性がわかるはずよ」

恵梨はたけしから報告を受けると、尾行の終了を決定した。

「追加調査って、どうするんですか？　次のイベントまで一週間しかないんですよ？」

「そうね、この短期間で勝負できるのは、ノリ子さんかな……」

「もしかして……、また美人の方のノリ子さんになるんですね。でもこれだけの情報で、いくらノリ子さんでも接近ができるんでしょうか」

「あんたはまだ、あの人の本当の恐ろしさがわかってないのよ」

「本当の恐ろしさですか……」

そんな意味ありげに言われるノリ子の本当の恐ろしさというものがあるならば、それを自分も体でわかってみたいとたけしは思った。

「それより伊藤、今から品川に行ける？」

「品川ですか……？」

恵梨に命じられたのは、菅原竜也の張り込みをしているトガシとの合流であった。

事前に連絡を取ったところ、竜也は会社を出て、同僚と一緒に大学町の居酒屋に入ったということだった。大学町というのは山手線の品川駅と大崎《おおさき》駅の中間にあり、その名の通りいくつかの大学や専門学校が密集している若い街だ。学生客を目当てに値頃の居酒屋が乱立しており、この不況の煽《あお》りで逆に駅前の大人びた店を避けるサラリーマンや女子会の面々も流れ込んでいるため、週末土曜ともなれば町は未曽有《みぞう》の賑《にぎ》わいを見せている。

たけしは路上にたむろする諸人《もろびと》を避けつつ、指示された居酒屋までたどり着いた。

店の前もまた相当なカオスな状態である。2次会の地を求めて各団体が行き交い、今まさにここで1次会を終えたばかりの学生グループも路上に溜まり、はたまた電柱の麓《ふもと》には四つん這いになるギャルとその背中をさする男がいて、植え込みのレンガの上では酩酊《めいてい》した中年男が体を横たえ寝込んでいる。

しかし、肝心の張り込みをしているはずのトガシの姿が見えない。どうしたんだろう。ひょっとしたら、あの人のことだから経費を使って一杯やっているのではないだろうか？

「おいたけし。たけし！」

「えっ、ど、どこですかっ！」

「ここや！　おまえの右後方134度、下に57㎝や！」

指示通りの位置に目を向けると、植え込みのレンガで寝入っていたごっつい体型の酩酊中年が突然ギョロっと開眼した。

「おおおっ!! と、トガシさんなにやってるんですかっ!!」

「なにもクソも、オレの恰好を見ればわかるやろうが！」

「また経費で飲み食いしたんですね!? しかも張り込み中なのにそんなにベロベロになるまで飲んで！ みんなに怒られますよ！」

「アホかおまえはっ!! その張り込みをこうしてしとるんやないか!!」

枕にしていたショルダーバッグで頭を殴られ、たけしが「いだいっ(涙)!!」と叫ぶとトガシは起き上がって臨時のレクチャーを始めた。

「ええか。張り込みのコツは尾行とまったく同じなんや。要は、風景に溶け込んだもん勝ちってことや！ シラフのおっさんが居酒屋の前に何時間も立っとったら、そりゃ『待ち伏せ中です』まる出しやろ。それが泥酔者なら、邪魔にならん場所にいさえすれば寝込んでいても誰も不審には思わん。しかも人間、酔っ払って寝込んどるような面倒な奴からはなるべく目を背けたいと思うもんや。だからじっくり見てくる奴もおらへん。どうや、オレの張り込み技術の奥深さには、感動と興奮で言葉も出んやろ！」

「で、でも、そのために経費でお酒を飲むのはちょっと……」

「たびたびアホかっ!!　本当に飲んどるわけないやろっ!!　そういう演技をしとるだけやっ!!」

再び革製品の硬さというものを自らの頭部で実感し「いだいっ(涙)!!」と叫んだあとで、たけしは感心するようにトガシを見た。

「それにしても、最初のヤクザ姿といいこの前の営業マンといい、どんな変装しても板についてますね……」

「そうやろう。オレはなあ、探偵になる前は2000回の転職を繰り返した男なんや！　これくらいの演技、赤子の手を捻るかのごとしよ！」

「世の中に2000個も職業あるんですか……(涙)？」

そのまま2人は寄り添う酔っ払いとして仲良く薄目で張り込みを続けたのだが……、しかし残念ながら、その日の竜也は不審な動きを見せることはなかった。

ノリ子によって男の正体が特定されたのは、それから僅か3日後のことだった。

「優子さんを尾行していた男は、米村《よねむら》といって、用賀の事務所で働いている探偵よ」

「た、探偵!?　なんで探偵がかりんちゃ……優子さんの後をつけるんですか!?」

たけしはレポートを書く手を止め、ノリ子を見上げた。

昨日からたけしは事務所に常駐しいつものように電話およびメールでの相談を受けているのだが、まだ新米である彼は、一件一件相談内容と回答内容をレポートにまとめ所長のチェックを受けている。

「もちろん、菅原竜也からの依頼を受けたからよ。正確には依頼人の名前は出さなかったけど、まず間違いないわ。これが米村の名刺よ」

名刺には、「エンパイアリサーチ　米村彰宏《あきひろ》」そして連絡先として携帯番号とメール、webサイトのアドレスが記載されている。住所は書かれていないようだ。

「相変わらず瞬殺ねノリ子さん。男がみんなバカでありがたいわ」

恵梨の獲れたてのウニ並みにトゲトゲしい言葉に、事務所の男3人衆はたじろいだ。

「あの、ノリ子さんいったいどうやってその米村に近付いたんでしょうか……」

「ふふふ……」

腰に手を当てノリ子は不敵に微笑む。その熱視線とアパラチア山脈なみの肉体の起伏がたけしの心と下腹部を焦がした。

「いつもの手よ。といっても、たけしくんは知らなかったわね。これよ」

ノリ子が振りかざしたのは、各自に支給されているスマートフォンとは別の、工作用として使用している旧型の携帯電話であった。

今後協力して接近工作に臨む可能性も見越し、たけしは一連の流れをざっとノリ子に教わることになった。

携帯電話を使った工作は、まず接近したい相手にその携帯を拾わせるところから始まる。ただし、ノリ子本人の姿は見せずにだ。相手の自宅がわかれば通行箇所にさりげなく置いておいてもいいし、「これお宅のですか？」とメモを挟んで郵便受けに勝手に投函《とうかん》してもいい。ただし今回の場合は判明している接近対象者の所在地が自宅ではなく勤務先だと思われたため、他の人間に発見されるリスクを考え郵便受けには入れていない。携帯を仕掛けたのは、郵便受けの下にある、プラスチック製のゴミ箱の中だ。

ノリ子は恵梨と一緒に先日の雑居ビルの入り口が見通せるポジションに待機し、該当の男……米村の姿が見えたら携帯を鳴らす。無人の場で長々と着信音が聞こえれば、人はその発信源を探すものだ。そしてゴミ箱の中、ダイレクトメールの山に埋もれた携帯電話を発見し……、発見者は通話ボタンを押す。おそらく電話の向こうの相手がこのように言ってくることを予想して。

「すみません！　その携帯、私のなんです！　どこで落としちゃったか覚えていないんですけど……、そちらはどの辺りでしょうか⁉」

それが上品な女性の声ならば、男はまず協力的な姿勢を見せるものだ。そこで「よかった！　ちょうど今近くにいるんです！　すぐ取りに行くのでちょっとだけ待っていてもらえませんか⁉」と約束を取り付ける。

そこからあとはいつもの通りだ。一呼吸おいて、悩殺エネルギーをすべて解放した変身後・ボディコンノリ子が登場し、「ありがとうございます！　よかった〜〜もう、おかしな人に拾われてたらどうしようかと思った……。あの、よかったら今度あらためてお礼をさせていただけませんか……？」で男はずるずると落とし穴にはまって行くのである。

日をあらためて2人は落ち合い、ノリ子のチョイスしたバーでひたすらおだてながら飲ませたところ、米村は次々と情報を漏らした。自分の職業について。現在行っている調査について。そして、「すごい！　私も困ったことがあったらお願いしちゃおうかな〜」というノリ子の言葉で、男はまんまと名刺まで出してしまったのだ。

所員はノリ子のパソコンの前に集まり、米村の事務所のホームページを確認することになった。先にたけしがお茶を入れ、自慢の味付け海苔と共に所員に配る。

名刺に記載のアドレスを入力しエンパイアリサーチのサイトを表示させると、まずトップページの上部に派手に踊っているのは、「全国トップクラスの実績‼」そして「3年連続『全日本探偵信用調査コンテスト』最高探偵賞受賞‼」という巨大なフォントであった。

思わずたけしの口からため息が漏れる。

「す、すごい……。最高探偵賞を3年連続で受賞するなんて。日本一の探偵事務所ってことじゃないですか……」

思わずトガシの口からもため息が漏れる。

「オレたちはホンマに恐ろしい奴らを相手にしてしまったもんやで……。まさか最高探偵賞の常連やったとは…………って、そんな賞見たことも聞いたこともないわっ!!!」

「ええっ！　そ、そうなんですかっ？」たけしは困惑して笹野を見た。

「私もそれなりに長いことこの業界にいるが、初めて聞いたな。まあしかしこの事務所がそういうコンテストを勝手に開催して、自社の調査員に賞を与えているとすれば別に虚偽の記載というわけではないがね」

言うと笹野は海苔を片手に茶をすすった。

「それ、ほとんど詐欺ですよね……」

続いて、「ご相談ください！」という文字に貼られたリンクから別ページを表示させると、「安心低料金制。秘密は厳守いたします！　ぜひご相談ください」としてメールアドレス、そして携帯電話の番号が掲載されていた。

「典型的な悪徳業者ね」

名刺の情報を手帳に書き写しつつサイトをチラ見していた恵梨が、吐き捨てるように言った。「どうしてわかるんですか？」という後輩の問いに答えて続ける。

「名刺にも、サイトにも、電話番号だけで住所がない。事務所の所在地を公表しないのは、居どころを依頼者に知られたくないからよ」

「でも、事務所がないわけじゃないですよね。用賀のビルがあるじゃないですか」

「あそこが拠点だとしても、それを顧客に知られたら困るのよ。依頼者とは常に外で会って話をする。面倒臭いことになったら電話番号を変えてサイトも書き換えれば、すぐに痕跡《こんせき》は消せるから」

「面倒臭いことってどんなことでしょうか……」

その説明は味付け海苔を咥えたトガシが引き受けた。

「悪徳業者の手っちゅうのはな、例えば自分らで近所のペットを盗んでその捜索を引き受けたり、これまた自分らで盗聴器を仕掛けておいて取り外しの依頼を受けたり、だらだら行動調査を引き延ばしてとんでもない調査料金を請求したり、そんなやり方なんや」

「えー！　ペットを盗むなんて、犯罪じゃないですか！」

「だから悪徳業者なんや。他には、例えば奥さんから旦那の一週間の浮気調査を依頼されたとするやろ。そしたら、業者が匿名で旦那に電話をかけるんや。『あんた、疑われとるから今週は早く帰った方がよろしいで』と。そしたらあとは毎日会社から家まで真面目に直帰する旦那を見守るだけ、それで『異常なし』の報告書を出して終わりや。もし違法行為や怠慢がバレたとしても、恵梨の言った通り電話番号を変えてドロンや」

「酷い話ですね……」神妙に画面を睨むたけしだが、思い出したように付け加えた。「あ、でも、この事務所は一応ちゃんと菅原竜也の依頼通り優子さんの尾行をしてるわけだし、そこまで悪い業者じゃないんじゃないですか？」

チッチッチッチ！　気持ち良さそうに目を瞑《つぶ》り、口付けでもするかのようなセクシーな容貌でトガシが人差し指を横に振る。

「ま、露骨な犯罪を犯すようなワルやないかもしれんが、中ワルってとこやな。ストーカー行為に関わる依頼を受けることは、それ自体が違法行為なんや。それなりに経験のある探偵なら、依頼者と話をした段階でそれがどういう意味合いの依頼かっちゅうのは簡単にわかる。で今おまえも勉強中であろう『探偵業法』っちゅう法律でな、犯罪行為や差別に繋がるような調査は禁止されとるんや」

たけしは「探偵業の業務の適正化に関する法律」通称「探偵業法」を、全然勉強していなかった。いつかは必ず勉強しようと強く反省した。

「そうか、やっぱりアイドルの尾行をするような奴は、悪徳探偵なんですね。……でも、探偵にしては、渋谷から用賀の事務所まで案外あっさり尾行できちゃいましたよ？」

「探偵は尾行のプロではあるが、尾行に気付くプロってわけやないからな。たしかに調査技術に精通しとる分、いざつけられてると気付けば相手を撒くのは簡単やが、普段つける側の人間やからこそ自分がまさか尾行されてるとはゆめゆめ思わんもんや」

「あっ、そうか！　だから僕が恵梨さんの素行調査をした時も、あんなにやすやすと尾行できたんですね。僕なんてまだ事務所に入ったばっかのド素人だったのに、恵梨さんまったく気付かなかったんだもん。あれは面白かったなあ(笑)」

その時、背後からなにかが破損するようなベキッ！　という鈍い音が聞こえた。振り返ったたけしの目に飛び込んで来たのは、恵梨が握っていたボールペンを親指一本でへし折った光景であった。

思わずたけしはトガシにしがみついた。

「おおおおっ(涙)!!　な、なんですかあれ……鉛筆ならまだしも、プラスチックのボールペンを指一本で折りましたよあの人……あんな固いボールペンを……(涙)」

震えるたけしを先輩としてトガシが諭す。

「おい、謝れ！　軽率な発言をすぐに謝罪せんかい!!　あいつを不用意に怒らせるんやない！　こんな狭い部屋であいつを爆発させたら、おまえだけの命じゃ足らんのやぞ!!」

「すいません恵梨さん……許してください、どうか怒りをお鎮めください……(涙)」

恵梨はたけしがレポートのために使っていた新品のペンをふんだくると、外側のチューブが真っ二つに折れた自分のボールペンの、芯だけをたけしに投げつけた。

「あんたは今日からこれを使いな!!」

「は、はいっ、すいません……。ううっ、でもすごく書き辛いなあこれ……(涙)」

たけしはとてつもなく貧相なボールペンの芯だけを使って、ちまちまと今日の電話相談レポートを書き上げることになったのだった。


その週の金曜日。2度目のイベントを翌日に控え、再び事務所に訪れた依頼者の小泉優子を含めて、所員たちは作戦会議を開くことになった。

応接スペースからソファーを移動し、事務所側に優子を座らせて全員での打ち合わせだ。

気にしまい気にしまいとしているのだが、たけしはどうしても清楚《せいそ》バージョンのかりんちゃんに向かって目が泳いでしまう。実物に会ってしまった今、たけしの「お気に入りネットアイドルランキング」ではかりんちゃんが断トツのNo.1に躍り出ていた。石川県金沢市にある庭園「兼六園《けんろくえん》」は、本来相容れないはずの「宏大《こうだい》」「幽邃《ゆうすい》」「人力《じんりょく》」「蒼古《そうこ》」「水泉《すいせん》」「眺望《ちょうぼう》」という6つの景観すなわち六勝を兼ね備えていることから兼六園と名付けられているが、彩木かりんちゃんこと小泉優子は、本来相容れないはずの「萌え」「清楚」「かわいさ」「美しさ」「幼さ」「大人っぽさ」という6つの特徴をすべて兼ね備えた、言うなれば「兼六アイドル」なのだなあと、しみじみと凝視していたら厳しい指導の声が飛んで来た。

「伊藤、聞いてんのっ!!!」

「はっはいすいません！」

「あんたは謝る早さだけは一人前ねっ！　いい、明日のイベントが終わると優子さんは当分人前には出ないの。それがどういうことかわかる？」

「はい。もうかりんちゃんの姿を見られなくなると思うと、寂しくてどうしようもありませ
ん……」

優子が照れるように笑うとまたその姿にたけしはたまらなくときめいたが、予想される落雷の前に二の句を継いだ。

「でもそういうことじゃなくて、明日優子さんを守り切れば、あとは安心っていうことですよね」

「あんたはほんとにもうこの……」

恵梨はギリギリと下顎を突き出し苛立《いらだ》ちを表したが、しかし客前でもありあまりネチネチと叱るわけにもいかず、自分をたしなめて顎を定位置に戻した。

「まあ、そういうことよ。でもそれは逆に言えば、相手にとっては絶対に外せない最後のチ

ャンスでもある。一度失敗しているし、増員してくることも考えられるわ」

「増員って、尾行の人数が増えるってことですか……？　もし10人とかで付きまとわれたら、いくらなんでも逃げ切れないですよね……」

「それはないわね。尾行をそこまで大胆にやってしまうと、尾行対象者が警察にかけ込んで厄介なことになりかねない。それに依頼者……こっちの対象者だけど、菅原竜也は一介の会社員だし、予算的にそれだけ大量の調査員を使うのは無理よ。そもそも、違法行為を行うような事務所に5人も10人も調査員がいることはあり得ない」

笹野がいつになく厳とした面持ちで同調する。

「うん、せいぜい2人に増えるか、多くても3人というところかな。ただ、一度目とは向こうの覚悟も違うはずだ。こちらもそれ相応の手を考えないといかんな」

「あのお、優子さんに車で移動してもらったらダメなんですか？　電車じゃなくてタクシーに乗るか、もしくは僕たちが家まで送って行くとか」

兼六アイドルがどうしたという風流な考えは振り払い、たけしが真面目に進言した。

「アカンな。車っちゅうのは尾行を撒くためには目立ちすぎる標的なんや。店の中や駅の人混みに紛れることもできん。それにこっちが車で逃げたら、当然向こうも車で追ってくることになるやろ。リスクがでかいんや」

「そうか、無理に逃げて事故でも起きちゃったら大変ですもんね……」

恵梨が敵には脅威を、味方には信頼を与える威厳を込めた眼差しを優子に投げかけた。

「優子さん、明日は逐次私たちが指示を出すから、その通りに動いてもらうわね」

「はい。よろしくお願いします」

「それから、今回だけじゃなくこれから先の不安も断ち切るために、少し恐い思いをしてもらうかもしれないけど、いいかな」

「私、恵梨さんを信じていますし……、覚悟しています」

その言葉通りの優子の強い表情に、反対に恵梨は顔を崩した。笑顔でしかし力強く言う。

「私たちが絶対に守るから。安心して!」

優子もつられて歯を見せると、あらためて所員全員に向けて「明日はよろしくお願いします」と頭を下げた。所員たちも頼もしく応え、打ち合わせ終了の雰囲気に乗りたけしもまた頼もしげな態度で優子に声をかけた。

「優子さん! この前お願いしたTwitterのことなんですけど、さっき見たらまだフォローしてもらってないみたいで。僕『セクシー・アンダーバー・タケシ』っていうアカウント名なので、できたら今日帰ったら検索して……」

笹野探偵事務所のエースピッチャーである恵梨からテレビ用リモコンを頭部にデッドボー

ルされ、たけしは「ギャヒンッ(涙)!!」と動物のような悲鳴を上げた。

2度目のイベントの日がやって来た。

今回の会場は、恵比寿《えびす》である。先週のマニアックな撮影イベントとは少し変わり、ムードの面でも空間の面でもこちらはやや開放的な印象がある。というのも今日の優子が参加しているのは、駅近くの複合商業施設に敷設された屋外ステージでの、男性用化粧水の販売促進イベントなのだ。優子とは別に試供品を配るキャンペーンガールもいるし、広い青空の下ではオタクパワーも四方八方に飛散し、密度は薄くなる。

とはいえ観客席もまた前回の2倍程のキャパシティがあることだし、ステージトークを行うかりんちゃんには、200人超の男からの精一杯の熱視線が注がれていた。

「かりんもやっぱりお付き合いするなら、身だしなみに気を使う男の人がいいです。……いいにゃん♪」

今回は歌のライブはないが、トークの場でもかりんちゃんの殺男兵器《さつだんへいき》、ねこ耳とねこ語は健在だ。ただ、イベントの性質をわきまえて控えめにしているのか、あるいは自身のキャラクター設定に悩んでいるからか、いったん普通に丁寧語で喋ってから後ほど照れるように「にゃん♪」を付け足し会場の笑いを誘うシーンが多い。

撮影が許可されたイベントなので200人中180人の男子がプロ仕様からスマートフォンまで様々なカメラを構えているが、礼儀を知っている彼らはちゃんとかりんちゃんの話も傾聴しており、他愛もないことに声を上げてドッと笑う。そしてトークの端々で顔の横で前足を曲げるねこにゃんポーズが飛び出すと、180人の連続シャッター音が恵比寿の空にこだまする。

恵梨はたけしと共に、控え室として使用されている屋外テントでモニター越しに会場を監視していた。

中腰の姿勢で画面に見入りながらたけしが呟く。

「とりあえず、今のところ菅原も米村も、いないみたいですね」

「そうね。ま、向こうは会場から出る優子さんを押さえられればいいんだから、客席にいる必要はないからね」

今回恵梨たちが外に出て行かないのは、もし付近にエンパイアリサーチの米村およびその仲間がいた場合、彼らにいらぬ警戒心を抱かせないためだ。米村からすれば恵梨は先週渋谷駅で偶然足を引っかけられただけの通行人のネエちゃんにすぎないが、その通行人が今日もイベント会場にいて辺りに警戒を払っているとなれば、前回の行動が意図的な妨害だったと悟られてしまう。そうなれば今日このあとの優子の警備にも、なんらかの支障が出てしまう可能性がある。

念のため、恵梨も今日は慣れぬメガネをかけて、ある程度顔の印象を変えている。これであれば、米村と接近したとしても一瞬すれ違った程度なら認識されずに済むはずだ。

「案外先週で菅原の予算が尽きて、もう今日は誰も追って来ないってことはないですかね。予算はあっても、改心して依頼を取り下げたとか……」

「可能性は低いと思う。探偵と調査契約を結んで料金まで払って成果が0だったら、大抵の依頼者はその0を受け入れるより、金額を追加して10の結果を目指すものよ。もちろん、仮に取り下げられてたとしたら、それはそれで私たちが助かるだけよ」

「そうですね……。それが一番優子さんにとってはいいですよね……」

恵梨の携帯が鳴った。液晶に表示されているのは「トガ」だ。通話ボタンを押し、髪をかき上げて端末を耳に当てる。

「どう？　菅原の様子は？」

「今日もまた会社やな。今んところは、おとなしくしとるようや。このあとどう動くかはわからんがな。ただ恐いのは素人の菅原より、そっちのプロの方やろ」

「まだこっちも尾行者は確認できないけど、じゃあトガもそこは切り上げて持ち場に向かってくれる？」

「了解や‼　ほな、健闘を祈るで」

「そっちもね」

それからおよそ30分で、イベントはつつがなく終了した。

しばらく会場では試供品の籠《かご》を持つミニスカートのキャンギャル前に大行列ができていたが、さらに30分が経つと人の列もステージも、次のスケジュールに向けて解体されていった。

優子はテント内で再び変装グッズを身に着けてねこから黒縁メガネ女子になり、行動の時を待っている。

同じメガネ女子の恵梨が、腕時計で時刻を確認して頷《うなず》いた。

「優子さん、そろそろ行きましょうか。私たちは離れて後を追うけど、どんどん連絡を入れるからね」

「はい。よろしくお願いします！」

残念ながら、尾行者はすぐに現れた。

最初に確認されたのは米村だ。活動時の服装にポリシーがあるのか、先週同様のスーツ姿で発見はわけもなかった。

ただし尾行者全員の人数を把握するまでは、なかなかの手間と時間を要した。相手が複数の場合、例えば前回と同じく店舗の出入りを利用して発見を試みても、全員が一度にぞろぞろとついて来るわけではない。複数人の尾行者は対象者——優子との距離もまちまちであるため、幾度か同様の作戦を繰り返さなければ最終的な特定はできないのだ。

その特定が完了したのは、すでに今回は恵比寿駅の改札を抜け、北へ向かう山手線、外回り電車の中。

誰かを尾行する時、相手が尾行に気付いてさえいなければ、逃げ場のない電車というのはやりやすい場所だ。しかし、尾行される側がそれに気付いた場合、逆に電車は尾行者をあぶり出すための恰好の場となる。

その方法は単純だ。ある駅で電車を降り、そのままホームで待機し発車直前にまた同じ電車に駆け込むのだ。街での尾行時にどれだけ距離を取っていようと、何人で追っていようと、この時ばかりは尾行者は尾行対象者と同じ行動を取らざるを得ない。

山手線は早朝以外はどの時間帯であろうと人で溢れているが、代々木、そして目白と、2回の乗降で気まぐれに振る舞う優子と同じ動きをしたのは3人。1人は優子と同じ車両に。残りの2人がその両側の車両に1人ずつ。エンパイアリサーチは、3人態制での尾行を行っているようだ。

恵梨とたけしはどの尾行者とも乗り合わせない、優子と前後2車両分離れた位置にそれぞれポジションを取り、気まぐれな優子と連動して行動し敵の調査員を割り出していた。

その割り出しがちょうど終わった時。

目白から次の駅、池袋へ向かう区間でトラブルが起こった。優子の乗っている隣の車両で、突然「痴漢‼」という女性の悲鳴が上がったのだ。

車両のドア付近で吊り革に摑まっていた女性が、突然隣に立っていた男――エンパイアリサーチの調査員の腕を捕り、周りに向かって叫んだ。

「この人、痴漢です‼　助けてください‼」

しかし、男の方にはまったく心当たりがない様子である。突然絡んできた女性を振り払おうと、「離せよ！　なにもしてないだろ‼」と抵抗している。

ところが女性の方もまた頑強であった。

「とぼけないでよ！　触ったでしょう！　ちょっと、逃げるの⁉　捕まえて！　捕まえてください‼」

都会とはいえ、まだまだ日本人の良心というのは捨てたものではなかった。たった1人で恐ろしい痴漢男と戦う健気な被害者の女性………を演じる藤崎ノリ子、そのノリ子から逃げようとする男を、乗客の男性有志たちが結束して取り押さえた。

ノリ子と一緒に池袋駅で降ろされ、痴漢は駅員に引き渡された。協力者たちはそれぞれノリ子の礼を受けて、次の電車に乗って去って行く。

そして若い駅員が2人がかりで男を抱え、事務所へ連行しようとした時に被害者のノリ子は大変なことに気付いたのであった。

「すっ、すみません！　駅員さん、私、とんでもない間違いをしちゃったみたいです‼　この人、やっぱり痴漢なんかじゃありません！」

困惑する駅員と、挟まれる痴漢男に詫びるようになおも訴える。

「私のお尻を触っていた手は白い長袖シャツだったんですけど……、全然服装が違います！　私、動転してて。なんてことしちゃったんでしょう……！」

捕まっている男はそもそも半袖のTシャツ姿である。白い長袖シャツとは似ても似つかぬ出《い》で立ちだ。

ごく僅かな時間とはいえ痴漢冤罪《えんざい》の被害を受けた男の怒りは相当なものであった。だがノリ子もくり返し頭を下げ、誠心誠意謝罪する。

「本当にごめんなさい！　ごめんなさい！　私、なんてバカなんだろう……こんな最低のことをしてしまうなんて……」

駅員のとりなしと、ノリ子の胸の谷間含め強烈な色気も功を奏したようで、男はしぶしぶと怒りを取り下げた。

優子たちの乗っている電車が池袋を出てから、もう10分近くが経っている。……早速、尾行者の1人が脱落した。


引き続き優子を追っていたエンパイアリサーチの2人がいよいよ電車を降りたのは、池袋からさらに5駅先、西日暮里《にしにっぽり》の駅であった。

携帯電話の画面に目をやりながら優子が、そしてやや時間を置いてスーツ姿の米村ともう1人、あずき色のシャツを着た若い男が改札を抜ける。その後に続いて恵梨とたけしも改札を出るが……、しかし彼らは前の3人とは逆方向へ歩いて行く。

西日暮里の駅を出て東へ進むと、南北に走る尾久橋《おぐばし》通りという大通りに出る。優子はその尾久橋通り沿いに進路を取り、南へしばらく歩くと左折して脇道へ。小中学校や団地の密集する住宅地へと入って行った。

尾行者の視点で見ると、優子は脇道へ入ったあとも携帯を見ながら右折左折をくり返し、非常にせわしない動きをしている。自宅へ向かっているのか、それともどこか立ち寄り先があるのか、あるいは人と待ち合わせなのか……、しかしどうあれ2人は最後まで尾行・張り込みを続け、優子の現在の住居を突き止めなければならない。

2人の前を行く優子が、建設中のアパート脇の小道に消えた。尾行のセオリーに則《のっと》り追跡者は歩みを早めるが、優子の背中を追って小道へ曲がったその時。

ピイイイイーーーーーーーーッ!!!

「アカンアカン！　ちょっと待ってください！　今こちら工事のため通行制限中ですので！」

甲高《かんだか》い笛の音を全力で響かせ2人の前に立ちはだかったのは、坊主頭に工事用ヘルメットを被り、黄色い蛍光のセーフティベストをまとったごっつい体格の作業員であった。

道路の片側は軽トラックと三角ポールで塞がれ、残されたもう片側を誘導棒を持ったトガシが汗だくで守っている。

「お急ぎのところすんません。ただいまみなさんの安全のために、ご通行を制限させていただいとります」

急なことに2人は一瞬たじろいだが、しかし彼らにすればこの通行制限は筋が通っていない。なぜならまさに今、30m前方には同じ道を歩いている優子の後ろ姿が見えているのだ。

その背中は、さらに10m程進んだところで次の横道を曲がって消えてしまった。

米村がトガシに食ってかかる。

「おい、どけよ！　あの女は通ってるだろ!!」

ピイイイイーーーーーーーーーーーッッ!!!

「そういうわけにはいかんのです！　順番ですよ順番！　つい先程までこちら側から通行可能でしたので、今は逆方向から来る方たちに通ってもらっとるんです。狭い道です。混乱が起きないよう、あくまで安全最優先で作業させてもらってますんで、ご理解願います」

しかし、そうは言っても目の前の路地には終点までまったく他の歩行者の姿は見えず、逆方向もなにもないものだ。あずき色のシャツの男がそれを指摘する。

「おい、誰も来ないじゃねえかよ！　もういいだろ！　こっちを通せよ!!」

ピイイイイーーーーーーーーーーッッ!!!

なにか喋る度にいちいち全力で笛を吹かれ、2人はとても耳が痛い。

「待ってください！　たしかに、仰ることはわかります。あなた方の言うことは、もっともです。実のところねえ、私もちょうど同じことを思っとったんですよ。通行制限とは言うけれど、反対側からは誰も来んやろうがと。しかしいいですか、ここからは姿こそ見えませんが、向こうの角にもやはり私と同じ作業員がおるんですよ。もしこちらからの通行がOKになれば……」

トガシが腰に装着した黒い無線機を取り外し、男たちの前に突き出す。

「もしこちらからの通行がOKになれば、この無線機に。この無線機にっ!!　連絡が入るはずなんです!!　いいですか、通行がOKになれば連絡が入るようになっとる。しかし、今は連絡が入っていない。ということは、どういうことですかっ!!　そう……、それはつまり、『まだ通行はOKやない』ってことなんです!!　おそらく最後の安全確認をしとる最中なんでしょう。もう間もなく。もう間もなく通行可能になりますんで、あと少しだけお待ちください!!」

意味もなくテンションの高い作業員であるが、しかし一方重要な尾行調査の最中である2人もおめおめと引き下がるわけにはいかない。米村がさらに激高してトガシに詰め寄る。

「急いでるんだよこっちは!!　おまえらのチンタラした仕事に付き合ってる暇はねえんだよ!!　どけよコラっ!!」

「どきませんっ!!　どれほど言われようと、安全が確認できん限りは通すわけにはいかんのです!　私はね、通行人のみなさんの、命を預かる仕事をしとるんです!!　なにかあってからでは遅いんですよ!!　僅かな時間を惜しんで命を粗末にせんでください!　もっと自分の体を、命を大切にしてください!!」

……もうこれ以上アホに構っていられないと、2人は判断した。

もはや口論は無駄である。男たちは、力尽《ちからず》くで路地へ突入した。誘導棒と自らのごっつい肉体で制止しようとするトガシだったが、勝敗は五分と五分。あずき色のシャツの男はがっちりと確保された一方、米村はトガシの脇をすり抜けると、そのまま一目散に路地の奥へ駆けて行った。

ピイイイーーーーーーッッ!!! ピイイイイーーーーーーーッッ!!!

「バカヤロウ!!! おまえ死ぬ気かっ!!!」

トガシは米村の背中に向かって怒声を飛ばしながらも、もう1人の男は捕らえたまま放さない。

太い腕で固められた男は地力の差を悟りしばらく静粛にしていたが、しかしまだここで締めるわけにはいかない。1秒でも早く米村に追い付き、尾行に復帰しなければならないのだ。

住宅街の路上で男2人がいつまでも抱擁を続けているわけにもいかず、トガシが腕の囲みを解くと再び男は通行を申請した。

「もうそろそろいいだろう! 通してくれよ! いくらなんでも時間かかりすぎだろ! こんな待ったんだから、安全の確認なんてとっくに終わってるはずだろ!!」

たしかに、その言い分はもっともなことだ。本当に反対側の作業員が安全の確認をしているならば、いい加減もう通行禁止は解除されて然《しか》るべきである。

「わかりました。正直、私もこんなに時間がかかるというのは想定しとらんかったことで、今となっては少々あちら側の作業員への不信感が首をもたげとります。おたくの仰る通り、これはさすがに酷いんちゃうかと。すぐに連絡を取ってみましょう」

再び腰のベルトから無線機を外すとトガシはスイッチを入れた。ただし、一般人に業務上のやり取りを聞かれるとまずいからか、それとも本当はやり取りなどしていないのがばれるとまずいからか、少し男とは距離を置き横を向いて無線機を耳に当てる。

「おい、聞こえとるか？　こちら現場西入り口側、富樫やが。おまえ、時間かかりすぎとちゃうか⁉　待っとる人がおるんやぞ！　いつまで待たせるんやっ、ええ加減通してやらんかい‼」

さすがに今回ばかりは状況が改善に向かいそうな雰囲気なので、あずき色の男は静かに待つことにした。

「…………なに？　まだ確認中？　つべこべぬかすなやっ‼　確認いうても、これだけ時間があればどう考えても99％終わっとるはずやろうが‼　ごたごた言っとらんで通さんかい‼！

…………なんやと？　いや、まあ、そりゃあそうやが……。たしかに、99％確認が終わったっちゅうても、100％安全ってわけやないよな。まあたしかにそれはそうや。…………。ああ、その通りかもしれんな……。そうやな。たとえ99％安全やったとしても、1％でも事故の可能性がある限り、オレらは妥協すべきやないよな。…………すまん、オレが間違ってたわ。そうや。ほんまに、おまえの言う通りやな。いつの間にかオレは、日々の慌ただしさに追われて、あの頃の気持ちを見失《みうしの》うてたみたいや。おまえと一緒に東京に出て来たあの頃の気持ちを。……ああ。おまえのおかげで、目が覚めた気がするわ。ごめんな……。そして…………、ありがとな」

……………。

理解不能な茶番劇を見せられ固まっている男に、再びトガシは向き直って力強く宣言した。

「やはり、通すわけにはいきません！　1％でも危険がある限り、100％の安全が保証できん限り、我々はあなたの通行を許可するわけにはいかんのです！　それが、我々現場の人間の誇りなんです‼　事件は会議室で起こっとるんやない。現場で起こっとるんです‼︎」

怒りに打ち震えて2度目の強行突破を目論んだあずき色のシャツの男はまたも、屈強な作業員にしっかり受け止められた。そして、2人目の尾行者が脱落した。

米村は走った。

彼にも、探偵としてのプライドはある。あんな小娘1人の尾行に失敗するというのは、そのプライドが許さない。

エンパイアリサーチは一般道徳に反する依頼も受けるが、たとえ一般道徳に反する依頼だとしても受けたからには調査を遂行し結果を出す。それが米村にとっての道徳であった。素人相手に3人態制で尾行を行い、挙げ句に失敗するなどということは探偵として恥以外のなにものでもない。

他の調査員がいつの間にかトラブルにより離脱してしまったこと、そのことを冷静に考えればそれはただのトラブルではなくなにかしらの意志が働いていたということに思い至るはずだが、しかし今の米村にはそれを考えることよりも、優子を追うことがまず第一の優先事項だった。

作業員を振り切ったまま、米村は路地を走った。そして優子を見失った枝道に駆け込んだ時…………、米村の視界には、優子とは違う女の姿が飛び込んできた。

なんだか、遠くない記憶の中にある風景だ。その女の前を走り抜けようとした時、米村はバランスを崩してよろめき、思わずアスファルトに両手をついた。

…………いや、大丈夫だ。ダメージはない。すぐに体勢を立て直し追跡へ復帰しようとしたその駆け出す後ろ足を、しかし再びつま先を引っかけるようになにかが蹴り上げる。

勢い良く前進する体から後ろ足だけが取り残され、米村は激しく転倒した。

「ごっめんなさ〜〜い!!　大丈夫ですか!?　お怪我はありませんか!?」

一回転し片膝をついて起き上がった米村の前に、視界の端にいた女が立ち塞がった。

「私、よそ見していたものですからつい足が……。本当にごめんなさい！　あの、お洋服は汚れてないでしょうか⁉　スーツですし、クリーニングに出さなきゃいけないですよねっ？」

その女のことを思い出すのに時間はかからなかった。メガネをかけているため少し印象は変わっているが……、そういうことか。あの時こいつが渋谷にいたのは、偶然ではなかったのか……。

膝をついた体勢のまま、米村は前回の分も合算し、激しい怒気を放った。

「テメエ……、何者だっ‼」

かけ慣れないメガネを人差し指でずり上げながら、恵梨はその怒気をたやすく受け止める。

「私？　私は、優子さんに変な虫がつかないか心配している、面倒見のいいお友達よ」

「なに……？　ふざけやがって……」

そこで恵梨は、自ら笑顔を崩した。美しい顔が冷酷に歪《ゆが》んでいく。これが恵梨の、凶暴モード2・0だ。

「あんたねえ……。ストーカーの手助けなんかして、探偵として恥ずかしいと思わないのっ!!!」

その女の、外見に似合わない鬼気迫る怒号に米村はたじろいだ。

しかしたじろぎながらも、米村は悟った。ただの面倒見のいいお友達が、尾行を察知してさらにこちらの素性を見抜くなどという芸当ができるはずがない。そんなことができるのは……、相手もまた、調査のプロである場合だけだ。

米村もまた、殺気を込めて恵梨を睨む。

「おまえ、小泉優子に雇われたのか。悪いが、こっちも大事な顧客と調査契約を結んでるんだ。邪魔しないでもらおうか」

「あなた、菅原竜也に雇われたんでしょう。悪いけど、こっちも大事なお客さんと調査契約を結んでるの。邪魔させてもらうわね」

自分よりひとまわりも小さな体のくせに、怯《ひる》む様子を微塵《みじん》も見せない相手に米村は怒りを増した。女ごときが生意気に探偵を気取りやがって。体を張る覚悟もないくせに、図に乗ってんじゃねえぞ……。

「どけよテメエッ‼」

探偵業務の現場は紳士淑女の社交場ではない。話し合いで解決しなければ、痛い目を見ることもあるのだ。そんな現実を教えるための体罰として女を突き飛ばそうとした米村だが、左手が恵梨の肩に触れるやいなや、肘を手刀で勢い良くはねのけられて横向きによろめいた。

肘を押さえ体勢を崩す米村を、恵梨が構えを取り万全の姿勢で見下ろしている。

痛みと怒りで、米村の脳は沸騰した。もう手加減はしねえ。ぶっ殺す!!!

「テメエ……調子に乗ってんじゃねえぞクソアマッ!!!」

米村は恵梨の顔面を狙い、渾身《こんしん》の右ストレートを放った。これで終わりだっ!!

しかし……、米村の渾身の一撃が剛であるならば、恵梨の動きは柔。一流の柔の技の使い手の前では、攻撃者が力を込めれば込めるほど、攻撃者自身が受けるダメージを増すことになってしまう。

恵梨は左手で相手の右拳を外側に押しやると、右手でその肘を摑み、自分の体を右に捌《さば》きながら引き落とした。

攻撃者の体は見事に空中で一回転し、背中からアスファルトに激しく打ち付けられる。頭から落とさなかったことが恵梨の優しさであったが、そんな優しさを感じる余地は一切ない程の激痛に、米村の脳は自ら意識を失って痛覚を遮断することを決めた。遠いところから、「ごめんね調子に乗ってて♪」という爽やかな声が聞こえたような気がした。


優子がようやくゴール地点であるマンションへ到達した時には、もう陽は傾き、点灯を始めた街灯には羽虫がガヤガヤと集まり出していた。

周りの探偵たちにとっては長い一日だったが、優子自身に特別な苦労はなかった。恵梨から送られて来るメールの指示に沿って動いているだけで、なんの障害もなくゴールまでたどり着けてしまったのだ。

ともかく、なにもなくて良かった……。

車も通れない程の幅の狭い枝道の突き当たりにある、単身者用の小さなマンション。エントランスを入ったところに集合郵便受けが設置されているが、そこで優子は思い出したように携帯を取り出し、恵梨へ到着の報告をすることにした。

郵便受け上に2つある蛍光灯の片方が切れているため薄暗いが、しかし液晶画面自体が発光しているためメールを打つには特に不自由しない。

しかし……、無事の帰還にホッとしてしまったのか。あるいはメール操作に没頭しすぎてしまったためか。優子は、その時1人の男がエントランスに侵入して来たことに気付けなかった。

携帯を握る細い手首を横から強引に摑んだ、その男の腕に優子は見覚えがあった。

優子は、その腕の持ち主を見た。菅原竜也だった。

「ひっ…………」

恐怖で声が出ない。

「やっと会えた」

真夏だというのにパーカーのフードを目深に被っている。この光量では顔の判別も難しいくらいだが、それでも一緒に暮らしていた2ヶ月の思い出、いや、思い出というよりは悪夢。その深い記憶は薄暗い顔を一瞥《いちべつ》するだけですぐに鮮明に蘇《よみがえ》って来た。

竜也はフードをめくると、不敵に微笑んだ。

「探したよ。急にいなくなるんだもん優子」

沈黙が続く中で、優子は何回か深呼吸をした。そしてやっと言葉を絞り出す。

「どうして……わかったの」

なにも言わずに、竜也は片手に持っていたスマートフォンの端末を掲げて見せた。

画面に映し出された地図の中央に、青いアイコンが点滅している。そのGPSアイコンが示す位置はマンションから200m程先、米村が恵梨に投げ捨てられた地点だ。竜也は米村の端末から常時位置情報の送信を受け、自身も車で先回りしながら追跡を行っていたのである。

「ちょっと最後にわからなくなっちゃいそうだったけどさあ。ちょうど目の前を、なんか見たことのある女の子が通ったからさ。一緒に住んでたんだよ俺？　そんな変装してもわかるよ。俺が優子をわからないわけないじゃん」

竜也は優子の頭頂部に手を置くと、撫《な》でるようにウィッグとメガネをはぎ取った。

笑みを浮かべしばらく懐かしそうに優子の顔を眺めてから、竜也は言った。

「俺は優子と、やり直したいんだよ。ちゃんと話し合ってさ、もう一回一緒に暮らそう」

不快感と一緒に、抵抗の言葉が優子の口から溢れ出た。

「話すことなんてない！　あなたは私の話なんて聞かずに、ただ暴力を振るうだけだったじゃない！」

「もうしないから。約束する。俺が反省してるってこともちゃんと伝えたいんだよ。聞いて欲しい。あっちに車があるからさ。来いよ」

「行かない！　なにも聞きたくない！　もうあなたとは終わったの!!」

距離の遠い人間、いや、たとえ近くても、会社の同僚や友人程度の距離感の人間から見たなら、菅原竜也はごく普通の常識的な人間である。しかし、人は自分が心から愛する者の前では常識も良識もすべて捨て去ることができるものだ。それがまさに、優子と接している時の竜也だった。

愛する者からの拒絶を受けて竜也は表情を怒りに染めると、本能の言葉が優子に向かってぶつけられた。

「じゃあさあ、これから、毎日ここに来てやろうかっ!!　また引っ越すか？　何度やっても同じなんだよ!!　俺から逃げられると思うんじゃねえぞ!!」

「やめてっ。放して!!」

「ねえ、もう痛い思いはしたくないだろ？　わかるだろ俺のこと。おとなしく言うこと聞いといた方がいいって、わかるよな優子なら。……ほら、来いよ」

緩急をつけた脅し方である。怒鳴ったあとで今度は無表情になると、物を扱うかのように強引に優子の両手を掴み、力尽くでマンションから引きずり出す。アイドルの顔が苦痛に歪んだ。

しかし……。どうやら、竜也だけではなかったらしい。優子を追ってマンションにやって来た人間は。

エントランスを一歩出たところで、優子は目の前に小柄な男が立っているのに気付いた。

「あっ…………！　伊藤さん！」

優子がたけしの名前を呼んだのは、初めてだった。

「優子さん。もう大丈夫ですよ」

たけしは優子に笑いかけた。それは緊張を含んだぎこちない笑いだったが、優子にとっては最高のヒーローの登場に感じられる、救いの笑顔だった。

「なんだおまえ……？」

「菅原竜也さんですね。僕は、笹野探偵事務所の伊藤といいます。事情はすべて、優子さんから伺っています。手を放してください」

竜也はたけしを睨み付けているが、その表情からやや戸惑いの様子も見て取れる。現在の状況が把握できずに混乱しているようだ。

「菅原さん。優子さんから、手を放してください」

「おまえには関係ねえだろうが！　消えろよ‼」

「関係あります！　優子さんを守るのが僕たちの仕事です。僕たちは、あなたの勤務先も、自宅も把握しているんです」

…………。

少しの睨み合いの時間があったが、ここは公共の場所でもある。このまま強引に突き進んだ場合に自分が不利になることを悟ったのだろう、竜也はそれ以上は食い下がらなかった。優子の腕を投げ捨てるようにして、手を放す。

「また来るからな優子‼」

ひとつ大きく悪態をつくと、竜也はフードを被り直し去って行った。

たけしはホッとしたようにひと息吐いてから、優子に向き直る。

「け、怪我はありませんでしたか優子さん？」

「はい。大丈夫です。でも、恐かった……」

優子は涙目になっていた。自分より力の強い者を相手に気丈に振る舞うのは、とてつもなく勇気を使う行動だった。

「行きましょう。すぐそこのパーキングに車が停めてありますから。途中で恵梨さんも拾って行きますよ。一緒に帰りましょう！」

優子からは冷静に見えたかもしれないが、もちろん、たけしもまた心の中では激しい恐怖と戦っていた。なにしろ先輩の助けもなく、ただ1人で対象者と対峙《たいじ》するのは探偵になって初めてのことだった。

しかし、少しずつ芽生えてきた笹野探偵事務所の一員としての自覚、探偵としての自覚。そして、男としてかりんちゃんに情けない姿は見せられないという気持ち……、かりんちゃんを助けたいという気持ちが、たけしを竜也との睨み合いに勝たせたのである。

そんな緊迫感溢れる場を乗り越え、憧れのかりんちゃんと2人でドライブをしているという今の状況にたけしはもう感無量であった。

優子がたけしに向かって姿勢を正した。

「伊藤さん、今日は本当にありがとうございました」

「そ、そんなそんなっ。僕だって恵梨さんの指示に従っただけですし、あのなななんていうか、た、探偵として当然のことをしただけですよっ」

先程の一瞬ですでにたくましさを使い果たし、たけしはいつもの挙動不審なたけしに戻っている。

「でも、あのまま連れて行かれてたら私、きっとまた殴られていました。伊藤さんの姿が見えた時、本当に嬉しかったんです」

「そっ、そそそっそんな……。あの、優子さんあのっ、そ、そうだ……、お腹、空いていませんか？」

「はい……、ちょっとだけ。どこかいいお店、知っていますか？」

「はいっ。新宿の伊勢丹にあるお店の海苔なんですけど、これっ、ぼ、僕が開発に関わったんですよ！　よかったらどうぞ！」

たけしは緊張で汗だくになった手でポケットをまさぐり、海苔を3袋ほど取り出すと優子に手渡した。

「……………。ふふっ、ありがとうございます」

「で、でもまだ、これで菅原が諦めたわけじゃないと思うので、また今後方針を検討して、なにか進展があったらお知らせしますね」

「はい。お願いします」

「あの、優子さんも、もしなにか困ったことがあったら遠慮なく連絡してください。僕はまだ新米で頼りないけど……、うちには、恐いけど優秀な先輩たちがいるから」

優子の表情が無邪気に緩んだ。

こうして気を抜いた優子の姿はやはり年相応に、幼く見える。大人びた雰囲気の優子が本物なのか、それともねっこねこでお茶目なかりんちゃんの方が本物なのか、たけしはわからなくなった。

「そうだ！　優子さん、最近はＴｗｉｔｔｅｒはやっていますか……？」

「あっ、そうでした。セクシータケシさんですよね。今日帰ったら、フォローしておきますね」

「本当ですかっ⁉　ううれしい〜〜っ(涙)‼」

短時間であったが、優子の家に着くまでのドライブはたけしにとって、今まで生きてきた25年間で屈指の至福の時であった。

最後に吉祥寺で優子を降ろしてその姿が見えなくなるまで、たけしは絶え間なくずっと舞い上がっていた。あまりに舞い上がっていたせいで、途中のコンビニで待っている恵梨を拾って行くのを完全に忘れていた。そして2時間後に慌てて西日暮里まで戻ったたけしは、生まれて初めて人が怒りで鬼になる姿を見ることになったのであった。

　それから2日後のことだ。

　たけしには意外であったが、菅原竜也は話し合いに応じるため、こちらが指定したファミリーレストランまで素直にやって来た。

　職場へ電話をかけて呼び出したためあまりごねられなかったということもあるだろうが、少し配慮して勤務地品川の隣駅である大崎のレストランで、恵梨とたけしの2人が、勤務終了後の竜也との協議に臨むことになった。

　ただし素直に出て来たからといって乗り気のわけはなく、竜也は2人の対面《トイメン》に座ってもなにも喋らず両手をポケットに突っ込んだまま、細く手入れされた眉毛を不愉快そうに歪めている。

「なに飲みますか？　ここは私たちで持ちますので」

　2人が自己紹介をしても、恵梨がメニューを示して注文を促しても、竜也の反応はない。とりあえずたけしが人数分のコーヒーを頼んだところで、竜也がぶっきらぼうに言った。

「優子は？」

「優子さんは今日は来ていません。彼女はあなたと会うことが恐いそうです」

　恵梨は冷静に伝えると、すかさず本題に入った。この話し合いの目的は、掲示板への書き込み等も含め、優子に対する菅原竜也の付きまとい行為をやめさせることだ。

「菅原さん。エンパイアリサーチという会社はご存じですよね？」

「さあ。なんですかそれ」

竜也はふてぶてしく恵梨を見返している。

「エンパイアリサーチはあなたが優子さんの尾行と所在調査を依頼した、探偵事務所です」

「よくわかりませんが」

たけしは運ばれて来たコーヒーをそれぞれに配りながら、恵梨と竜也のやり取りを見守る。

「まあいいでしょう。ともかく、先週の土曜、あなたが優子さんを追って西日暮里のマンションに侵入したことは間違いないですね。その時にうちの伊藤とも会っているはずです」

竜也は無言でたけしの方へも目をやった。

恵梨が続ける。

「あなたが現れたことで、優子さんがとても恐い思いをしたということは理解していますか？」

「なに言ってんの？　俺はただ、穏やかな話し合いをしようとしただけだよ。それを、そいつが勝手に大ごとにしたんだろ」竜也がたけしの方へ顎をしゃくって見せる。

「力尽くで連れて行こうとしたんじゃないんですか？」

「さあね」

「……それから」恵梨はプリントアウトされた、掲示板の書き込みをテーブルに広げた。「この書き込みも、あなたですね？　優子さんが連絡先を変える前は、復縁を迫る電話やメールも頻繁に出していましたね」

竜也はなにも言わない。

「『ストーカー規制法』という法律はご存じでしょうか？　付きまといをはじめ、面会や交際の強要というのは法律で禁止されている行為です。それから、あなたは優子さんとの交際時に、優子さんに暴力を振るっていたのではないですか？」

数秒の沈黙、そして相手の返事がないことを確認して恵梨は続けた。

「ただ、優子さんはそれを蒸し返すつもりはありません。彼女の望みはひとつだけです。今後、一切付きまとい行為をやめること。メールや書き込みも含め、優子さんに接触しないこと。それを守っていただければ、彼女は過去のことは不問にしてもいいそうです」

竜也の右半身が貧乏揺すりによって揺れている。こちらまで苛立ちが伝わって来るようだ。せわしなく体を振動させながら、竜也が口を開いた。

「付きまといってなんだよ。俺たちは付き合ってたんだよっ。前の彼女の家に行って話をしようとするのが悪いのかよっ」

「はい。前の彼女だろうが今の彼女だろうが、相手がイヤがっているのに面会を強要することは違法行為なんです。それから一応言っておきますが、あそこは優子さんの家ではありません。うちの事務所の、トガシという調査員のマンションです。優子さんには私から指示をして、住居とは違う場所へ立ち寄ってもらったんです」

貧乏揺すりが止まった。イライラが消えたのではなく、怒りがさらに先まで突き抜けて動けなくなったようだ。ひと呼吸置いてから、竜也は腕をテーブルの上に投げ出し声を荒らげた。

「くだらねえ真似しやがって。なにが違法だよっ。優子は全然イヤがってなかったよ！　穏やかに話をしようとしたところにテメエらが割り込んで来たんだろうが!!」

そこで初めて、たけしが話に割って入った。

「優子さんは恐がってただろ。それをあんたが強引に連れて行こうとしたんじゃないか！」

「おまえなに言ってんの？　あいつは喜んで話し合おうとしてたよ。夕方で暗かったしな。見えなかったんじゃねえの？」

「優子さんの手を無理矢理引っ張ってただろ！　痛がってたし、抵抗してたじゃないか！」

こいつがかりんちゃんを苦しめたということに対する腹立ちもあり、こいつなんかがかりんちゃんと付き合っていたんだという嫉妬《しっと》も少しあり、いつになくたけしは興奮していた。

竜也もまた、久しぶりの優子との再会に水を差されたことで、たけしにはただならぬ敵意を抱いているようだった。

「おまえ、病院行った方がいいんじゃね？　眼科行けよ眼科。言いがかりもいいとこだな。俺が無理矢理連れて行こうとしたって言うなら、証拠はあるのかよ？　くだらねえ因縁つけてんじゃねーぞチビがっ」

次第に竜也の口調が乱暴なものになってきた。周りのお客さんもこちらのやり取りが気になっているようで、ポツポツと視線が向けられる気配を感じる。

たけしは、恵梨とアイコンタクトを取った。恵梨が頷いたのを合図に、数枚の写真を取り出し竜也の前に置く。

「これ、あなたが嫌がる優子さんを力尽くで引っ張っているように見えますが、違いますか？」

マンションの集合郵便受けの前で、竜也が優子の手を掴んでいる写真。そのまま外へ連れ出そうとしている写真。どれも優子の表情は苦痛に歪み、重心を後ろにかけ、抵抗していることは明らかだ。

すべて、たけしが撮影したものだ。あの日たけしは、ただ竜也を咎《とが》めるために待機していたわけではない。竜也と優子のやり取りを高感度カメラできっちり撮影し、証拠を固めていたのだ。

さすがの竜也も絶句し、気色《けしき》ばんで硬直した。一瞬の間で、頭の中で反論の言葉を組み立てたのだろう。

が……、それも僅かな時間だった。

「これがなんだよ。暴行罪にでもなんの？　何度も言うけどな、おまえらも知ってるだろ？　俺と優子は、付き合ってたの。この写真を警察に提出したら、逮捕されんの？」

「それは……」たけしは助けを求めるように恵梨を見た。

「捕まることはないでしょうね。交際していたという事実はあるわけだし、この程度なら、せいぜい注意されて終わりでしょう」

「で、でも、優子さんは付き合っている時にもずっと暴力を振るわれていたんですよ⁉」

やや色をなしてたけしが恵梨に訴えた。

「残念だけど、そっちの証拠はないからね。診断書を取っているわけでもないし、もう今の時点で彼女に残っている傷もない」

やり取りを受けて竜也がイヤらしく笑い、手元の写真を2人に向かって放り投げた。

「ねえ、おまえらバカ？　なんのためにそれ見せたの俺に？　なあ。暇人かおまえら？」

なにかが面白いわけではないが、相手を嘲《あざけ》るために作っているのだと容易に想像できる竜也の笑い顔。たけしは不愉快極まりない気持ちになったが、しかし恵梨はまだまだ冷静だった。

「捕まらなければいいの？　この写真を見られたら困る人もいるんじゃない？　例えば、会社の上司とか」

「ああ〜、惜しいなあ。気持ちはわかるんだけどね。俺を脅迫したいんでしょ？　でもな〜、会社の人間も、みんな俺と優子が付き合ってたこと知ってるから。ちょっとじゃれあってるだけの写真じゃ、お咎めはないと思うなあ。試しに見せてみれば？　うちの上司に。それがてっとり早いでしょ」

竜也の余裕の発言にたけしは悔しさで唇を噛んだが、証拠写真という秘密兵器をあっさりかわされ、もう抵抗の手段はなかった。

自分が優位に立っていることを確信しているかのように、竜也は足を組んでふんぞり返っている。

「会社でも警察でも、誰にでも見せてやんなよ。一番困るのは、優子だと思うけどな。まあ万が一それで俺がクビになったら、また優子のところに行って養ってもらうからさ」

「そう。誰に見せてもいいのね？」

「どうぞどうぞ。でもそれでなんのお咎めもなかったら、あんたらどうすんの？　せっかくの強請《ゆすり》のネタがなくなっちゃうじゃん。そしたら俺、また優子に付きまとっちゃうよ？　今度は余計な入れ知恵する奴がいるからさ、診断書取られないように気を付けるよ」

相変わらずニヤつきながらの言葉。恵梨は表情を崩さないが、たけしは一瞬、恵梨の瞼《まぶた》がかすかに揺れるのを感じた。

「あなた、自分が優子さんに勝っていると思うところはある？」

竜也は小バカにした顔で「はぁ？」とひと声だけ放った。恵梨はしっかりと竜也を見据える。

「あなたが優子さんの前ですぐに力に訴えるのは、他に勝てるところがなにもないからよ」

今までと変わらず静かな口調だったが、今の恵梨は、過去に自分が見たどんなに爆裂に怒っている恵梨よりも恐いとたけしは感じた。

「あなただけじゃない。弱い者に暴力を振るう人間はみんなそう。自分に自信がなくて、いつも周りの人たちに引け目を感じながら、びくびくしながら生きてるの。でも自分で自分をチンケな人間だと認めたくないから、目の前の人間にただひとつ勝てる腕力をぶつけて組み敷いて、自分は相手よりも上の存在なんだと言い聞かせるの。でも暴力は、勝ちじゃない。ただたまたま、力のある体に生まれただけ。能力でも才能でもなんでもない。ただの卑怯者で、負け犬」

竜也は恵梨と目を合わせようとしない。話に反論するでもなく、むしろなにも聞いていなかったかのように、立ち上がる姿勢になった。

「話、終わった？　じゃあそろそろ帰っていい？」

たけしが慌てて引き留める。

「ちょっと待ってください！　優子さんに付きまとわないって、約束してくださいよ！」

「おまえらさ、あいつの仕事知ってるだろ？　自分の顔と体をさらけ出す商売してるんだから、男に狙われるのも付きまとわれるのも、当たり前なんだよっ。そんなことでいちいち泣きごと言うなら、アイドルなんて気取ってんじゃねえって言っとけよ‼」

声を荒らげて言い放つとそのまま竜也は席を立ち、他の客の注目を浴びながら出て行った。

……結局、話し合いは完全に決裂したのだ。

「ど、どうするんですか恵梨さん……」

「仕方ないでしょ。あれがあいつの答えなんだから。帰るよ」

2人もまた、口も付けていないコーヒーをテーブルに残して席を立った。

仕方ない。たしかに、そうだ。そもそも理性的な話し合いができる人間なら、最初からストーカーになどならない。ストーカーになっている時点でその人間はどこかが一本切れており話にならなくて当然なのだが、しかしそれがわかっていても、たけしにはただひたすら憤《ふん》懣《まん》やるかたない感情だけが残った。

それからまた一週間ほどが経った頃。

インターネット上で、ある事件が起こっていた。

事の発端は、ネットアイドル彩木かりんが自身のブログで「恐いにゃん(泣)」というタイトルのエントリーをアップしたことだった。

その記事は文章だけのもので、このような内容であった。

「さっき、おうちに帰ったら入り口で変な男の人に絡まれちゃった。無理矢理前足を摑まれてどこかに連れて行かれそうになって……、たまたま一緒に遊ぶことになっていた友達のみーちゃんが来たから、なんとか逃げられたの。その時みーちゃんが撮ってくれた写真は、おまわりさんのところに持って行きました。恐いにゃ～ん、ふぇ～ん(泣)」

そのシャレにならない内容の記事は、大きな話題を呼んだ。コメント欄には「大丈夫かりんちゃん⁉」という励ましと、犯人を責める言葉が殺到。書き込みの数は1000を超え、日本各地のかりんちゃん信者がそれぞれに内なる怒りの炎を燃やした。

謎の名無しさんから、かりんちゃんが警察に提出したはずの事件写真がリークされたのはそのほんの翌日のことだ。「かりんちゃん襲撃現場写真」と名付けられた画像が、ネット上の大手掲示板に貼り付けられたのである。

そこには、恐怖におののくかりんちゃんと、その腕を摑む男の姿が鮮明に写っていた。かりんちゃんの怯えた表情が見る者の胸を締め付け、さらに男が若くイケメンだったことがファンの結束を高め、怒りの炎にガソリンを注いだ。

警察が持っているはずの写真がなぜネットの掲示板にアップされたのだろう？　という疑問を持った者もいたが、その疑問を追究する間もなく、同じ掲示板にまた新たな火種となる情報が書き込まれた。

「かりんちゃん襲撃写真の男、もしかしてこいつじゃね？」

そこには、あるフェイスブックのページへのリンクが貼られていた。ネットウォッチャーたちがリンクをたどると、該当ページにあるプロフィール写真はたしかに襲撃犯とそっくりな人物である。ページ内にあったアルバムの様々な本人写真が有志によって拡大され、襲撃写真と並べられて同一人物かどうかの検証が行われる。多くのファンの下した判定は

………、「犯人確定」であった。

そのページの持ち主の名は、菅原竜也。

ネットの中で個人情報の一部でも判明してしまえば、そのあとのスピードは早い。特に、不特定多数の熱烈なアイドルファンを敵に回していればなおさらだ。その不特定多数により

フェイスブックの書き込みやＴｗｉｔｔｅｒの過去ログが１００％精査され、出身校が特定

されたところで卒業アルバムが登場、あっという間に勤務先から自宅住所までが突き止められた。さらに過去の書き込みから、竜也が飲酒運転をしていたことや、会社の接待費を自分の遊興費として流用していたことまでが暴露された。

竜也はすぐにすべてのページを閉鎖して逃亡を計ったが、ネットウォッチャーたちは逃亡を想定してページを保存しており、そのコピーはかりんちゃんファンやアイドルファンの集う掲示板に次々に拡散掲載されていった。

そして、遂に登場したのがスネークだ。

スネークというのはネット上で使用される造語であり、興味本位で特定の人物の自宅や会社付近に張り込んで、その人物の行動を監視したり、その様子を掲示板に書き込む人々のことを指す。

竜也の勤務先、そして自宅周辺には、カメラを持った得体の知れない男たちが日々うろつくようになった。

自宅の写真や、盗撮された帰宅途中の自分の姿が掲示板に掲載されるようになり、もはや竜也のストレスは頂点に達していた。

そして最後の事件は、竜也本人が起こしたものだった。

ある日、竜也は帰宅するとすぐに大手掲示板の「かりんちゃん襲撃事件スレ」を開いた。スレというのは「スレッド」の略で、つまりそこはかりんちゃんファンたちが集まって、例の襲撃事件についてあれこれ議論を繰り広げている専用の掲示板だ。

そのスレにはスネークから伝えられる襲撃犯の情報が随時掲載されている。竜也はそれを見れば確実に不快になることはわかっているのだが、防犯上の理由もあり、一日一回どのようなことが書かれているのかチェックを続けていた。

そこには、たった1分前に書き込まれたこのようなコメントがあった。

「こちらスネーク。本日は3人態制で監視中。暴行および横領犯菅原竜也、たった今帰宅！」

そして、まさに今撮られたばかりだと思われる、自宅窓越しの竜也の姿がアップロードされていた。

この写真。この角度。相手がどこにいるかはわかる。

竜也の中のストレスが限界を超え、爆発した。

竜也は靴を履き外へ出ると、スネークの元へ走った。望遠レンズ付きのカメラを持った太った男が1人。そして、ややコンパクトなデジタルカメラを持った華奢《きゃしゃ》な体付きの男が2人。全員同時に背を向けて逃げようとしたが、しかし竜也が早かった。

「テメエなにやってんだよっ!!!」

竜也はまず望遠カメラを持つ男の襟首を摑んで引き寄せ、カメラを奪い地面に叩きつけた。大きな音を立てて黒い部品が弾け飛ぶ。それから相手を仰向けに転がすと、馬乗りになって殴った。一発ずつ相手の胸ぐらを持ち上げ、それから力いっぱい殴る。「すっ、すいませんっ」という消え入りそうな声は、無視した。

震える声で「やめろよ……」と呟《つぶや》く2人を、また交互に転がして殴った。相手が恐怖のあまり亀のように背中を丸めると、立ち上がり、その背中を何度も蹴った。1人ずつ、カメラを踏みつけ、殴って、蹴った。

近所の人間の通報を受けて駆けつけた警官に取り押さえられるまで、ひたすら竜也は溜まりに溜まった憤懣《ふんまん》を倒れる相手にぶつけていた。

「これ、菅原のことじゃないですか⁉」

事務所に出勤するなり、たけしがノリ子のパソコンにニュースサイトを表示させた。その記事には、「かりんちゃん襲撃事件の犯人? ファンへの暴行致傷で現行犯逮捕」というタイトルが踊っている。菅原のこともなにも、しっかり「菅原竜也容疑者」と実名報道されているので間違いない。

「ほんとねえ。やっぱり暴力癖は身を滅ぼすってことね」

　まったく驚きの表情を見せず、冷めた態度で恵梨が呟いた。

「あのお。恵梨さん……、あの写真、流出させましたよね？　僕ずっとかりんちゃんスレ見てたんですけど、ひょっとしてあのあとに菅原のフェイスブックのアドレスを書き込んだのも……」

「なに言ってんの？　私がそういうの苦手なの、知ってるでしょ」

　たしかに、恵梨のインターネットに関する知識は初歩的なもので、人のフェイスブックやＴｗｉｔｔｅｒを検索したりそれを掲示板に書き込んだりはしそうもない。

「それもそうか……。じゃあ、ひょっとしてトガシさんが……」

「なに言うとんねんおまえ!!　オレはたしかに最近かりんちゃんにはまってしもうて、かりんちゃんスレも頻繁に見たり書き込んだりしとるが、そんな怪しい書き込みをした覚えはまったくあったりなかったりや!!　いや、そんなトラブルの元になったりならんかったりするような工作は一切したりしなかったりや!!　なめとったらあかんでっ!!!」

「なに言ってるのか全然わからないんですけど……」

　恵梨がため息混じりに言う。

「ま、でもこれであいつも少しはストーカーに付きまとわれる人間の気持ちがわかったんじゃない？」

たけしは思った。たしかに、ネット掲示板に集まる人々の執念と情報力というのはすさまじいものがある。うちの誰かが手を加えなくても、情報は彼らが自力で探し出したのかもしれない。

でも、最初の写真のリーク元はどう考えてもこの事務所だろうけど……。まあ、竜也本人が「誰に見せてもいい」と言っていたんだし、いいか。

たけしはそれ以上考えないことにして、かりんちゃんのブログとＴｗｉｔｔｅｒの更新をこっそり確認するために、スマートフォンを起動した。

4章　俺は絶対失踪人調査に向いてない

「たけしおまえ、この頃もずいぶん帰りが遅いようだけど、また立て込んでるのか？」

海苔を巻いたごはんを腫れた目でほおばるたけしに、父が聞く。

伊藤家の食卓。父と2人の、いつもの朝食風景だ。

いつもの風景。しかし、父と一緒に食卓を囲み仕事の話をすることを「いつもの風景」と表現できる幸せを、たけしはよくわかっていた。いつもの風景を求めて、世間の「いつも」に近付きたくて、でも叶《かな》わなかったニートの日々。だけどそんな時があったからこそ、ずっといつもをいつも通り生きてきた人々よりも、いつもの素晴らしさをより感じられる自分は幸せなんだとたけしは思わずにいられなかった。

「うん、たまたまなんだけどね。ちょうどここのところ依頼が重なっててさ。でももうだいぶ慣れてきたから」

父は不服そうに顔をしかめた。

「別に、忙しいのは構わんよ。でもおまえ、その依頼っていうのは危ないことじゃないだろうな？　この前はゴンザレスを追いかけてるって言ってたじゃないか。またそんな恐いことをやらされてるんじゃないだろうな？」

「恐くないって言ってるのに……。でもよく覚えてるねゴンザレスのこと。まあ似たようなものだよ。今週はイブラヒモビッチとデストロイヤーと、髑髏幽鬼斉《しゃれこうべゆうきさい》を捕まえたんだよね」

「おいっっ!!!　だから、なんでそんな危ない仕事をおまえがやらなきゃならないんだっ!!　警察の仕事だろそういうのは!!」

家中に響く声に今度はたけしが顔をしかめる。

「ちょっと朝からそんな大声出さないでよ……。警察なんて探偵よりずっと忙しいんだから、いちいちそんなのに構ってられないって……」

どうもまた父は殺人犯かなにかと勘違いしているようだが、ゴンザレスと同じく今回もまた、依頼内容は逃げ出したペットの捜索である。イブラヒモビッチはクロアチア人の外交官と同居していたダックスフンド、デストロイヤーは特撮映画マニアの依頼人が飼っていたカメレオン、髑髏幽鬼斉は笹塚4丁目にある密教寺院から逃げ出したミドリ亀である。最近はたけしも出世して笹野探偵事務所のペット捜索部門の責任者を任されるようになり、依頼者との交渉までこなしているのだ。

「……わかった。まあ、おまえが一生懸命やってることに父さんもあまり口出しはしたくないし。やりがいのある仕事なら、それがなによりかもな」

「うん、まあ苦労することも多いけどね……。でもしばらくやってみるよ」

「それでな、たけし」父は箸を置き、姿勢を正した。「たけし最近がんばってるから、父さん、おまえにプレゼントしたいものがあるんだ」

「えっ？　なにそんなあらたまっちゃって。いいよ〜プレゼントなんて〜親子なんだしさあ、気を使わないでよそんな〜」

形式的に遠慮しながら期待に胸高鳴らせるたけしを尻目に、父は席を立ち和室に入って行った。そしてすぐに長髪でどす黒い肌色の不気味なニートマスクを持って戻って来ると、たけしの前に置いた。

「たけし。これを持って行きなさい」

「全然いらないこれっ(涙)!!!　本音でいらないっ!!　どこに持って行けって言うのこんなの!!　いったいいつまでレスラーの話してるのさ!?　もういい加減にしてよ！」

「いや、もうプロレスの話はいいんだ。父さんは探偵としてのおまえを応援してるから」

「なら荒井さんに返せばいいじゃんこんなの！　俺が持ってたってしょうがないでしょ！」

「でも、なにかの時に使えるかもしれないだろ。そうだ、探偵は顔を覚えられないように変装とかするんだろ？　そういう時にこのマスクで顔を隠せばいいじゃないか」

「隠れればいいって問題じゃないから!!　印象的にも程があるでしょこれっ!!　こんなマスク被って張り込みしてたら一瞬で通報されるでしょ!!」

「えっ……、そうなのか……」

父はしばし驚いた後で、悲しそうに肩をすくめた。

「ごめんな……。父さん、おまえの仕事のことよくわかってなかったから。少しでも役に立てばいいと思ったんだけど……やっぱりいらないよなそんなの……。わかった。じゃあそれはもう、捨てような」

息子が触れようともしない怪奇な覆面を手に取ると、父は再び物悲しげに席を立った。

たけしは、和室に向かう父の背をぼんやりと眺めた。

今まで自分にとって、なによりも大きな存在だった父。いつまでも追い越せないと思っていた父。しかし久しぶりにこうして父の背中を眺めてみると、いつの間にか、その背は自分の知っている大きさではなくなっていることに気付く。

たけしは胸に寂しい風が吹くのを感じた。

そうだよ……。父さんだって、いつまでも若くないんだ。

俺たち家族を養うために、ひたむきに働いて来た父さん。大学に合格した時、海苔工場へ就職が決まった時、まるで自分のことのように喜んでくれた父さん。いったい俺はあとどれくらい、父さんに甘えることができるんだろう。あとどれくらい、父さんと一緒に朝ごはんが食べられるんだろう。

…………。

「ちょ、ちょっと待ってよ父さん！」

居間へ消えようとする父を、たけしは慌てて呼び止めた。

「なんだたけし？　………ん？　どうしたおまえ。泣いてるのか？」

「う、ううん、なんでもないよ」たけしはあたふたと目頭《めがしら》を擦《こす》った。「あの、やっぱりさ……、そのマスク、もらっておくよ」

「おお、そりゃ良かった！　そうだろう。こんなものでも、工夫すればきっとなにかの時に役に立つんだから。ほら、持って行きなさい」

「ありがとう。なにかの時に、使わせてもらうよ」

たけしは2本指でニートマスクを慎重につまむと、そのまま通勤用のショルダーバッグに放り込んだ。「ニートという設定の覆面レスラー用に作られたマスク」が人生および探偵業務において役に立つ時というのはいったいどのような時なんだろうと非常に疑わしい気持ちであったが、しかしこうしてマスクをもらってあげるというのも、立派な親孝行だ。父さんが元気なうちにこうして親孝行ができて本当に良かったと、たけしは満足し晴れ晴れとした顔でなめこ汁を吸い込むのだった。


「伊藤くん。イブラヒムもデストロイヤーも、無事見つかったそうじゃないか」

重量感のない１００円湯飲みで、笹野が茶をすすっている。

猛暑日が続いた夏も、しばらく前に終幕を迎えた。トガシを除いた所員たちはみな思い思いに衣替えを済ませ、笹野探偵事務所も秋の装いである。

「はい。イブラヒムじゃなくてイブラヒモビッチですけど、昨日までに依頼されていたペット捜索はすべて終わりました」

「素晴らしいね。ペットの捜索っていうのは、半分も成功すればよくできた方なんだよ」

所長の力強い言葉にたけしは「そ、そうなんですか？」とうろたえる。

「どこの事務所でも、成功率が50％を超えることはまずないね。それをまさか全部見つけてしまうとはねえ。恐れ入った」

「あの、やっぱり、ペット担当にしてもらったからには、ちゃんと責任を果たそうと思っただけで……えへへ……」

思わず赤い顔で後頭部をかいたたけしだが、褒めてくれたのは所長だけであり、いつもの先輩2人はニコリともしない。

「おまえの場合は、どっちかっちゅうと生物として人間より動物に近い存在やからな。犬や亀の気持ちなんて、自分のことのようによくわかるんやろ」

「そうね。思考回路がペットみたいなもんだからね。自分だったらどこに逃げるか考えれば、犬と同じ発想になるんでしょ」

涙を浮かべハンカチを噛んで悔《くや》しがるたけしを、笹野がフォローする。

「おいおい、同じ事務所の後輩が活躍してるんだぞ。おまえたちも喜んでやったらどうだ」

事務所所長という最高権力者の味方を得て、たけしは珍しく便乗し先輩に悔しさをぶつけた。

「そ、そうですよ！　所長の言う通りですよ！　トガシさんも、えっ、えっ、え………、トガシさんも、もっと後輩の活躍を喜ぶ心の広さを持ってくださいよ！」

「オレだけかいっ!!!　責めるんやったらオレだけやなくもう1人も平等に責めんかい!!　先輩差別はアカンでっ!!」

「えっと、あのっ、えっと……」

「伊藤くん、言ってやれ言ってやれ」

最高権力者に背中を押され、たけしは勇気を振り絞る。

「トガシさんも、えっ、えっ、えっ………、恵梨さんもっ！　2人とも、心が狭いなあもう〜〜あはは〜〜」

今度は先輩2人が歯を食いしばる番であった。白目を剝《む》いてあはは〜と笑う後輩を採れたてのサボテンででもしばきたいところであったが、事務所の長が加勢しているだけでなく、たけしが業績を挙げたのは紛れもない事実なのだ。さすがに今回ばかりは手を出すわけにもいかず、2人はただ憎しみと悔しみを込めた殺視線を生意気な後輩へ飛ばすだけであった。

「よし伊藤くん、今月の給料は特別手当を出してやろう。依頼者から成功報酬も入るし、活躍した調査員には見返りをやらんとな」

「うぉ〜〜〜っ!!! ありがとうございます所長!! 僕、所長に一生ついて行きますっ！ あっそうだ、海苔食べてください！」

「おっ、これこれ。いつもすまんね」

秋服の袖から取り出した味付け海苔を所長に献上しつつ、先輩に向けて勝ち誇りのドヤ顔を向ける。笹野探偵事務所に就職して以来、最高に調子に乗っているたけしであった。

「伊藤。なにか忘れてない？」

腕を組んだ恵梨が、後輩に冷徹な目を向ける。

「な、なんですか恵梨さん」

「あんた、いつまで所長に100円の湯飲みを使わせる気よ。手当が出るんなら、あんたが割った湯飲み、弁償したらどうなの。自分の不始末は自分で責任を取るのが社会人でしょ」

そういえばそうだった。たけしは入所初日、初仕事でいきなり所長専用の湯飲みを落として割ってしまったのだ。それ以来笹野は近所の100円ショップで購入した格安湯飲みを細々と使っているのである。

「い、いいですよ別に。僕が割ったんですから、弁償しますよそのくらいっ」

たけしは口を尖らせて憎々しげに宣言した。

「じゃあノリ子さんに言いなさいよ」

「わかりましたよっ」答えるとたけしは小走りに離れ小島のノリ子デスクを訪れた。「あの、ノリ子さん、前に割っちゃった所長の湯飲み、僕の来月のお給料で弁償するようにしてください」

「いいの？　もう所長は今の湯飲みで馴染んじゃってるし、無理しなくても」

「いいんです！　自分の不始末は責任を取るのが社会人ですからっ」

「わかったわ。じゃあたけしくんのお給料から新しいのを買っておくわね。お給料、なくなっちゃうけど……」

「えっ……。あ、あのすいません、あの湯飲みっていくらくらいするんでしょうか……」

「あれは紀代水焼《きよみずやき》っていう京都の有名な焼き物でね。40万円もするの」

「…………」

「でもあちこち探せば、1万円くらいは割り引いてくれるところが見つかると思うから。2ヶ月だけお給料なくなるけど、我慢してね」

「…………。おおっ……おおおおっ……(号泣)」

しゃがみ込んでむせび泣くたけしを見て、恵梨が楽しそうに口笛を吹く。

ノリ子はそんな恵梨を叱るように睨みつけたが、やがて2人は声を出して笑った。

「たけしくん！　冗談よ。ごめんね、本当の値段はその20分の1くらいだから、お給料はなくならないわよ。それに、あれは事務所の経費だから、弁償なんてしないでいいわよ。私も恵梨ちゃんも、みんな一回は割ってるんだから。恵梨ちゃんだってわかってて言ってるのよ」

「おおっ……おおおっ……(涙)」

たけしは人間不信になった。まさか、上品なノリ子さんまでが自分を騙すためにそのような臨機応変な冗談を言うなんて。たけしは順番に他所員を見回し、全員が愉快そうに自分に注目しているのを確認すると、ますます号泣した。


その日の相談者は、笹塚からほど近い渋谷区に居住する年配の夫婦だった。夫、高杉勝司《たかすぎかつじ》52歳。妻、治美《はるみ》51歳。共働きなのか、夫婦揃ってぴしっとしたスーツ姿である。

恵梨はいつもの通り、笹野と共に対応するため応接スペースに入った。一見して温顔で物腰柔らかい夫に対し、妻の方はどこか落ち着かず、神経質そうな雰囲気が感じられる。

笹野の穏やかな歓迎の言葉を受けて、少しの沈黙の後に早速夫の勝司が切り出した。

「今日お伺いしたのは、息子の拓弥《たくや》を捜していただきたいと思いまして……」

「息子さんを？　家出……ですかな」

笹野の質問に、勝司は困惑顔で「それが、私たちにもわからないんです」と答えた。

息子の名は高杉拓弥、21歳。都内の某、一流大学に通う学生だという。高杉夫妻は一人息子の拓弥と3人で暮らしているが、息子が一週間前に大学に行くと言って出て行ったきり、帰って来ないらしい。

「ただ、一度だけ本人からの連絡はあったのですが……」

父曰く、行方《ゆくえ》がわからなくなった翌日に自宅の留守番電話に本人から、「帰れないが心配するな」とたったひと言だけメッセージが入っていたという。しかしその後は一切の連絡が途絶えたそうだ。

「ほう……」笹野が顎に手を当てて考え込む。「息子さんは今までも、急に外泊するようなことはあったんですか？」

「いえ、少なくともこんなに長く帰って来ないということは初めてです。警察にも届けたんですが……」

「事件性がない限り、調べられないと」

「そうなんです。部屋が荒らされているようなこともないし、本人からの連絡もあったということで、ただの家出だろうと……」

恵梨は父の言葉に耳を傾けながら考えた。通常、家出というのは家族、特に学生の場合は親に対して不満があるためになされる行動である。時が経てば里心が出ることもあろうが、家を出たいほどの不満を抱えた人間が家出の翌日に自分から家族に連絡を入れるというのは珍しい。その点では、高杉家の子息にはなにか通常の家出とは違う特殊な事情があるのかもしれない。

それまで挨拶も含めひと言も発しなかった妻の治美が、突然強い口ぶりで訴えた。

「拓弥が家出なんてするはずありません！」

警察に対してなのか夫に対してなのか、誰に向けられたものかはわからないが第一声からのヒステリックな口調に恵梨は意表を突かれた。

「だって、理由がないじゃないですか！」そのままのトーンで母親は続ける。「あの子は1人っ子だし、子どもの頃から不自由な思いをさせたことなんて一度もないんです。アルバイトだってさせたことがないんですよ!?　家を出る理由なんてあるものですか！」

夫の勝司が責任を感じたのか、笹野と恵梨に軽く目で謝りながら妻をなだめる。

「でも拓弥は伝言も残してるわけだし、自分で出て行ったとしか考えられないじゃないか」

「そんなの、誰かに無理矢理やらされたんですよ！　悪い友人に捕まっているとか……、誘拐されたのかもしれません！　家出なんかなものですかっ」

勝司がくり返し慰めても、妻は落ち着く気配がない。治美が夫に対し不安と不満をぶつける中に、笹野が割って入った。

「誘拐でしたらもっと別のアクションがあるはずですし、その心配はないと思います。ですがともかく、私たちでできるだけのことはしてみましょう。まずは調査員がお宅に伺いまして、なにか手がかりが残されていないかどうか、あらためて拓弥くんの部屋を拝見させていただきます。そういうことでよろしいでしょうか？」

「ええ、どうかお願いします」

「では本日の午後、早速お伺いしますので。大丈夫だね恵梨くん？」

恵梨に確認を取ると笹野は最後に「ぜひ、息子さんに帰って来てもらいましょう」と力強い言葉を投げかけた。その励ましに勝司は殊勝に頭を下げたが、治美はただ不満げに虚空を見つめるだけだった。

「じゃあ恵梨くん、昼食を済ませたら3人で高杉さんのお宅を訪ねてくれるかな」

「わかりました」

笹野から告げられた今回の依頼内容は、失踪人の捜索。対象者は依頼者である高杉夫妻の息子、高杉拓弥。21歳の大学生だという。ペットの捜索とは異なる「失踪人」という重々しい響きが、たけしの気持ちを引き締めた。

笹野の通達が終わると、所員はいったん解散し昼食を摂ることになった。いつものごとくたけしは、トガシの分と2人分の弁当の買い出しに行く。以前は徒歩30秒というすこぶる便利な位置の弁当屋に通っていたのだが、和食にこだわりの強いたけしはひと月ほど前に店主と味付けについて口論をしてしまい、気まずくなって今はもっぱら遠回りした別の店で弁当を調達している。

事務所のデスクで仲良く昼食を囲みながら、たけしは尋ねた。

「あのうトガシさん、ちょっとお尋ねしたいことがあるんですけど、いいですか？」

「ああ、ええぞ。まあそうやな……、オレの予想やと、次にスタン・ハリセンに挑むんはおそらくミラクル宇宙パワーマンさんやろうな。肘肩さんと立川さんも実力はあるが、ウエイト差があるから難しいやろ」

「あの、なんのお話でしょうか……？」

「なんの話って、渋谷東口プロレス略してSBYHGPヘビー級タイトルの次期挑戦者の話に決まっとるやろうが！　これだけレスラーの名前が出て来てわからんかっ⁉」

「なんとなくわかりましたけどっ！　でも、僕が聞きたかったのはタイトルのことじゃないんですよ！」

「なんや違うんかいな。ここだけのマル秘情報いっぱい知っとるでオレは。ここだけの話やけどな、来シーズンは真日本《しんにほん》プロレスから薄命戦士《はくめいせんし》・長州非力《ちょうしゅうひりき》が電撃移籍して来るっちゅー噂があるんやで」

「なんかみんな弱そうな名前ですよね……。トガシさんもまだ一緒に練習してるんですか？」

「ああ。毎週末は五反田《ごたんだ》のジムで合同練習や。今やオレの実力も認められてな、スパーリングまで参加させてもらっとるんやで。ストーカー立川さんには別途、尾行と張り込みの指導もしとる。勤務あけの風俗嬢相手に実地訓練も積んで、今やあの人も名実共に立派なストーカーや。ほんで練習後は外人レスラーも交えて、朝まで飲めや歌えやの大騒ぎよ」

「ちょっと一部聞き捨てならない発言があったような気がするんですけど……」

「ま、そんなところよ。ほいじゃ、食後のスパーリングでもするかたけし！　かかって来いや!!」

　トガシは立ち上がりたけしに向かい中腰の姿勢になると、両手を広げてファイティングポーズを取った。

「いやいやいやっ!!　ちょっと待ってくださいって!!　聞きたいことがあるんですから僕はっ！」

「なんやおまえ。男と男に、肌を合わせる以上のどんな有効な話し合いがあるっちゅうんや！」

「いやあの、いったん頭をレスリングから離していただいてですね。僕が知りたいのは失踪人調査のことなんですけど。あの、ペットならわかるんですけど、人間が失踪したらそれはさすがに警察が動くものじゃないんですか？　僕らが勝手に手伝っちゃっていいんでしょうか？」

「なんやそんなことかいな」トガシは構えを解くとオフィスチェアーに落ち着いた。「ええか、じゃあ聞くがな。行方不明者届……昔は『捜索願』と言っとったが、警察に届けられる失踪者ちゅうのは一年にどれくらいいると思う？」

「えっと、そんな聞き方をするってことは、きっとものすごく多いんですね？」

「……ごたごた言わんと、どれくらいと思うか言うてみいや」

「それじゃあ……、一年に、500万人くらいでしょうか？」

「アホかおまえはっ!!!　そんなにおるわけないやろっ!!　この狭い日本、500万人も失踪するスペースないわっ!!!」

「まあそうですよね」

「おまえなあ、普通こういう場合は先輩に気を使ってちょっと少なめに言うもんやろ！　そんで正解を聞いて必要以上に大げさに驚くもんや！　それが先輩を立てるっちゅうことちゃうか⁉　気の利かん奴やなホンマにっ‼」

「そういうまどろっこしいこと嫌いなんですよね僕……」

「ヘアッ!!!」

トガシはアントニオ猪木直伝の怒りのナックルパートを後輩の脳天に見舞った。

「おあ痛いっ‼　なにするんですかっ(涙)‼」

「目上の人間を尊重せん奴には、怒りの鉄拳制裁が下るんや。ええか、日本の警察にはな、毎年10万人近くの行方不明者届が提出されとるんや」

「ええ10万人⁉　本当に多いですねそれ‼」

「そうや。そんなもん1人ずつ丁寧に探してられると思うか？　遺書があったり血痕《けっこん》があったり、生命の危険が想定されるような場合は別やが、大人が事件性もなく失踪した場合はそれは言ってしまえば本人の自由やろ。警察もそんなんは力を入れて探しはせん。だからこそ、オレら探偵の出る幕があるっちゅうことやな」

「そうだったんですね……勉強になります……」

たけしは頷きながら、脳天にできたこぶを円を描くようにさすった。

笹塚からいったん西に出て環状七号線を南に5分ほど下り、左折して下北沢《しもきたざわ》方面に入った住宅街に高杉夫妻の住居はあった。

周辺の家に比べて坪数の多い一軒家に幅広のガレージが備えられており、先程の夫婦のスマートな服装も鑑《かんが》みて、高杉一家は非常に裕福な家庭であることがうかがわれる。

3人の調査員が訪問すると、迎え出たのは高杉勝司だ。そのまま案内を受け2階の拓弥の部屋へ。8畳の洋間はそれなりに整理されており、ベッドが入っていてもさほど窮屈さは感じられない。

恵梨がざっと室内を眺め、勝司に尋ねた。

「ご両親も部屋の中はあらためられたんですよね？」

「はい。ただ、息子のプライベートな場所でもありますし、ざっと見る以上のことは。どうも引き出しの奥まで見るようなことは気が引けてしまって……」

たしかに、息子の失踪はあくまで一瞬の気まぐれであり、今日にでもひょっこり帰って来るはずだと信じている……信じたい両親にとっては、そのプライベートの場を荒らしてしまうことには戸惑いがあるのだろう。

「では、拓弥くんの失踪時から部屋の状態はほとんど変わっていないということですね。ただこれから手がかりを探すために、引き出しもゴミ箱も、あらゆるところを確認する必要がありますが、構いませんか？」

「今となっては、お願いするしかないですね。そのあたりは全面的にお任せします」

「わかりました。ではなにかあったらお呼びしますので、お父さんは下にいらしていてください」

勝司が階下へ姿を消すのを確認すると、3人は手分けして部屋の捜索を開始した。

本棚には法学部の拓弥が授業で使っていると思われる刑法や民法のテキスト、それから六法全書など分厚い辞典とも参考書ともつかぬ本たちが並んでいる。ただしその隣にはテレビゲームの攻略本やコミックなども揃っており、それなりに若者らしい趣向もうかがえる。

たけしはベッドの下を覗いてみたが、洋画のDVDと雑誌で半分ほど埋まった収納ボックスが2つあるだけで、他にめぼしいものは見当たらない。

ゴミ箱はすでに回収されてしまったのかもともとゴミが存在しないのか空の状態で、机の引き出しにも筆記用具と電池や工具類、英単語の書かれたノートなどがあるだけで失踪人発見の糸口になりそうなものはなかった。

「伊藤、これ調べて」

恵梨が勉強机のブックエンドに挿《さ》さっていたノートパソコンの蓋《ふた》を開け、電源を入れた。

「わかりました。えーと、ログインできるといいけど…………あ、いけそうです！」

幸いログインパスワードは設定されていなかったようで、しばらくするとＷｉｎｄｏｗｓのデスクトップ画面が表示された。

「とりあえず、フォルダだけざっと見てみて。パソコンはお父さんに言って借りていくから、細かいところはあとでもいいからね」

「わかりました」

デスクトップにはいくつかフォルダがあったが、タイトルは「民法Ⅰ」「刑法Ⅱ」「刑事訴訟法」「佐橋ゼミレポート」など、大学の専攻に関わる生真面目なものが多い。偽装の可能性も考慮し中身もチェックするが、ＰＤＦ形式の資料やワードで作成されたレポートなど、タイトル通りの生真面目なファイルたちであった。プライベートなものでは学生仲間と写ったデジタルカメラの画像もあったが、一見して拓弥の所在特定に繋がりそうなものはない。

「う〜ん、ひと通り見ただけだと、これというものはなさそうなんですけど……」

「トガは？　なにかあった？」

恵梨が振り返った先では、トガシが本棚からすべての本を順番に取り出し、ざっと広げて中身を確認している。

「そうやな。謎の暗号が書かれたメモが挟まってるっちゅうこともなさそうやし……、今んところはなにもやな」

たけしはあらためて部屋を見回すと、恵梨に尋ねた。

「手がかりがなにも残ってないってことは、もしかしたら拓弥くんは家出じゃなくて、お母さんの言うように誰かに連れ去られたりしたんじゃないでしょうか。誘拐とか……」

「いや、それはない。少なくとも、彼は自分の意志で失踪しているわ」

あまりにはっきりと断言されてたけしは面食らった。

「えっなんでわかるんですか？　なにか見つけたんですか恵梨さん？」

恵梨は無言でクローゼットを開けると、拓弥の洋服のポケットを探り始めた。たけしはなにが出て来るのかと目を輝かせて待っていたが……、なにも出て来ない。その上なぜか、恵梨からの返答が返ってくる気配もない。

「ちょっと恵梨さん！　なんでわかったんですか拓弥くんが自分から失踪したって？　無視しないでくださいよもう！」

クローゼットの調査を終えると恵梨はテレビ台のガラス板を開け、ＤＶＤデッキやゲーム機の隙間を綿密に確認し出した。……やはり無言のまま。

「あのう、恵梨さんっ！　なんでわかったんですかって聞いてるのに！　意地悪しないで教えてくださいよ！」

「……………」

上司にあくまで無視を決め込まれ涙ぐむたけしであったが、後ろからトガシが助け船を出した。

「たけし、よう考えてみい。この部屋と、お前の部屋を比べてなにか違うところはないか？」

「ぼ、僕の部屋とですか？　えーと、うちより広いし、難しそうな本がたくさんありますね……」

「その逆はどうや？　おまえの部屋にあって、ここにないものがあるやろ。いや、おまえだけやないな。年頃の男の部屋やったらあって当たり前のものが、ここにはないんや」

たけしは口をぽかんと開け考えたが、なかなか見当が付かない。恵梨は相変わらず2人の会話が聞こえないかのように、部屋の捜索を黙々と続けている。

「最後のヒントや。おまえが最初に調べたベッドの下、中途半端な収納ボックスが2つあったやろ。2つが2つとも、半分しか埋まっとらん。それやったら、最初からひとつでいいと思わんか？」

「えっと……もしかして、本来はちゃんと2つとも埋まっていたけど、そこからなにかを持ち出したっていうことでしょうか」

「持ち出したっちゅうよりはな、その中にあったのは雑誌やDVDの類いやろう。そんなもん家出の時にわざわざ持って出かけんやろ。持ち出したんやなく……」

「あっ!! そうか、わかったぞ! ……エロですね!? 本やDVDなんかのエログッズを、自分で処分したんだ!」

「その通りや!」トガシはズバッ! とたけしの顔面に人差し指を突き立てた。「ここは大学生の男の部屋や。エロ本にエロゲームにエロDVD……、普通やったらなんらかのエロ的要素の物たちが隠されていて然るべきなんや。それがここには、影も形もあらへん」

「そうか……。失踪したらあとでこうやって部屋を調べられることは想像がつきますもんね。お父さんやお母さんが調べてベッドの下からエロDVDが出て来たら恥ずかしいですもんね……」

「そうや。まあたしかに時は21世紀、今はエロもデジタル化、ペーパーレスの時代や。やが仮にエロ本なんてかさばるもんは持っとらんかったとしても、少なくともパソコンにエロフォルダくらいあって当たり前やろ」

「そうですね……。まあ今の学生でビニ本とかエロマンガなんて持ってる人は少ないかもしれないけど、エロフォルダすらないってことは男ならあり得ないですよね……」

「そういうことやな。普通の成人男子なら必ずエロフォルダがあるやろうし、普通でない成人男子やとしてもゲイフォルダがあるやろうし、個人のパソコンがあるのにエロフォルダもなにもないっちゅうのはこのエロIT時代においてあり得んことや。……まあそうは言っても、なんでもITにすりゃいいっちゅうのもちょっと違うんやないかとは思うけどな。昔ながらのエロ本もなかなかええもんやで」

「あ、それは僕も思います。たしかに今時エロ画像はネットでいくらでも見れますけど、女子中高生向けのティーン誌なんかに載ってるエロ体験談コーナーは、逆に活字だけな分妄想が膨らんで興奮度がすごいんですよね。女子の視点からエロ体験を語ってるっていうのもまたエロエロで心理的にものすごいエロの昂《たか》ぶりが………」

ドーーーーーーーーーーーーーーーーーーーーーーン!!!

激しい重低音そして地響きが、拓弥の部屋を襲った。それは、恵梨が参考書の束を怒りのままに全力で机に叩きつけた音であった。

「あんたたちその下品な会話なんとかしてよっ!!!　こっちまで気分悪くなってくるでしょうがっ!!!」

しかし恵梨の睨んだ先に、たけしはいなかった。あまりの音と振動に驚きこれは大地震が来たに違いないと勘違いしたたけしは、瞬間的に這いつくばりベッドの下に避難していたのであった。床面との僅かな隙間から、くぐもった声だけが聞こえる。

「すっ、すいません恵梨さん……だってトガシさんが変なこと言うから……」

「オレのせいかいなっ!!　オレは先輩として失踪男子捜索のイロハを教えてやっただけやな

いか‼　おまえがすぐに理解せんからいかんのやろ‼」

笹野探偵事務所のエロ２人が責任のなすり合いをしていると、部屋の入り口から勝司が顔を出した。

「あの、どうかされましたか？　なんだかすごい音が聞こえてきたんですが……」

「あっ、すみません！」恵梨が慌てて姿勢を正す。「あの、そうだうちの伊藤が、ベッドの下に入る時に頭をぶつけちゃったみたいで。ほら、もういいから出て来な！　なにもなかったでしょ⁉」

「はい……特に、手がかりになりそうなものはないみたいです……」

モソモソと這いながら姿を現したたけしに勝司はギョッと身をすくめたが、気を取り直すと持っていた携帯電話を指し出した。

「あの、言い忘れてたんですが、拓弥は携帯を置いて行ったんです」

上半身だけ這い出した姿勢で、たけしが勝司を見上げる。

「えっ、携帯電話を持って行かなかったんですか？」

「はい。ただメールや通話の記録はなにも残っていないんですけど……」

長い棒のようなストラップのついたスライド式の携帯を受け取りつつ、恵梨が尋ねる。

「普段拓弥くんが外出する時には、携帯電話は持って出かけていましたよね？」

「ええ。コンビニに行く時も肌身離さず持って行っていました」

「そうですか……」恵梨は手元の端末を意味ありげに見た。「メールも、通話記録も残っていないということは、拓弥くんが自分で履歴を消したということになります。それはつまり、この失踪には計画性があるということです」

「やはり、家出ですか……」

「少なくともお母さんが心配されている、誘拐のようなものではないはずです。その点は安心してください」

「はい。しかし、拓弥が私たちになにも言わず自分から出て行ったと思うと、やはり悲しいですが……。あっみなさん、お茶を入れましたのでどうぞ召し上がってください」


高杉家の1階ダイニングに通され、「5人だとちょっと狭いですが……」と恐縮する勝司に礼を言いつつ、恵梨たちは両親と共にテーブルについた。

まずキャビネット上に置かれている電話で拓弥が残したメッセージを再生してもらったのだが、「うちには帰れないけど、心配しないで欲しい」と入っているだけ、背後に特に生活音もなく、発信元も公衆電話で参考になりそうな情報はない。

勝司は茶を運んだあともこちらに気を使い無理して笑顔も見せるが、一方母親の治美は事務所での態度と変わらず、心配と腹立ちが入り交じったような表情でただテーブルを見つめている。

「それで……、部屋の方はどうでしたか？」

探偵たちの正面に座る勝司が恵梨に向かって切り出した。

「今のところは、拓弥くんの所在がわかりそうなものは見つかっていません」

「そうですか……」

「情報が残されている可能性が一番高いのがノートパソコンと携帯電話なんですが、こちらはまだ調査し切れていないため、お借りして行ってもよろしいでしょうか？」

「もちろんです。ぜひお持ちください」

少し話が途切れると、複数人がお茶をすする音が広いダイニングにしみじみ響く。

「一般的な家出の場合、思い立ってから行動するまでの期間は一週間から3ヶ月の間だと言われています。そのくらいの時期に、拓弥くんの言動や交友関係が急に変わったようなことはありませんでしたか？」

「そうですね……」勝司は宙を見つめる。「私たちは2人とも仕事で家を空けることが多いんですが、少なくとも私が接していた限りでは、特におかしな様子はなかったと思います。友達付き合いも、もともと多い方ではなかったですし……」

「ちょっと待ってください」

落ち着きのない声で口を挟んだのは、治美だ。

「拓弥は家出をするような子じゃないって言ってるじゃないですか。この家でずっと不自由なく暮らしていたのに、なんの理由があるっていうんですか！」

取り乱しがちな妻に困惑する勝司を助けるように、トガシがよそ行きなトーンで声をかけた。

「いや、お母さんね。拓弥くんくらいの年齢の男子っちゅうのは、親が想像もできん、とんでもないことで悩んだりするもんなんですよ。特に将来への不安や、恋愛の悩みなんてのは親がどうこうできるもんでもないですしね。私も学生の頃はプロレスラーになるゆう夢があったんですが、親に話せば反対されるに決まっとるし、誰にも相談できずに1人で悩んどった時期がありました」

自らの体験も交えた、トガシの男子目線からの具体的なアドバイスを受けて、治美の顔はみるみる歪《ゆが》んでいった。

「プロレスラーって、拓弥はそんな野蛮なことを考える子じゃありません‼　一緒にしないでくださいますかっ⁉」

「す、すんません」

トガシが謝罪すると、勝司がたしなめるように妻の名を呼ぶ。

恵梨はなるべく穏やかな口ぶりをこころがけて説明した。

「拓弥くんは、自分の考えで家を出たことはたしかだと思います。先程お父さんに見せていただきましたが、携帯電話のデータを拓弥くんは自分で消して行っています。これは、彼がある程度この失踪を計画していたという証拠なんです」

治美はまだ納得がいかないように憮然《ぶぜん》としている。

そこでたけしがおずおずと、勝司と恵梨、どちらにともなく聞いた。

「あの、拓弥くんは、お金はどれくらい持っているんでしょうか。所持金次第で、家を出ていられる期間も変わってきますよね？」

恵梨も柔らかな視線で勝司に返答を促した。勝司は窓越しにガレージを眺めながら答える。

「現金は2、3万じゃないかと思うんですが、銀行のカードを持っているはずで、そこにはまだまとまった金額が入っていると思います」

「その口座は拓弥くんの名義のものでしょうか？　それともご家族の……？」

「妻の名義で作った口座です」

「でしたら、通帳はご両親が管理されていらっしゃいますか？」

「はい。あると思いますが……」

「それではできれば明日中に、通帳を記帳しに行っていただけますか？　この一週間に出金があるようでしたら、銀行に出金場所の問い合わせをします。もし全額引き出されていたら、少額ずつ入金してあげてください。出金されるタイミングで拓弥くんの行動パターンもわかるかもしれません」

わかりました、という勝司の答えを待って続ける。

「私たちはこれから事務所に戻って、パソコンのデータの調査や大学への聞き込みを行いたいと思います。お父さんお母さんも、なにか思い出したことや気付いたことがあればすぐに連絡をください」

探偵たちは再度2階へ上がると先程移動した物品をすべて元へ戻し、たけしがノートパソコンを収容すると高杉邸を辞した。

拓弥の顔写真は父親から受け取っていたが、事務所へ持ち帰ったパソコンの中にも本人の写真は数多く残されていた。大学のゼミやサークル活動のひとコマなのだろう。かわいらしい顔をしているが、他の学生と比べると若干小柄で、線も細く内気そうな少年だ。

「ダメです。インターネットの閲覧履歴も一時ファイルも、お気に入りも、Ｇｏｏｇｌｅの検索履歴までキレイさっぱり消されています」

たけしがパソコンをいじる手を止め、ため息混じりに恵梨へ報告する。

「やるわね、最近の失踪人も」恵梨が感心4割、恨めしさ6割という表情を見せる。「これはことによると、長くなるかもね……」

「でも、やっぱりお金がなくなれば戻って来るんじゃないですか？　今までアルバイトもしたことがないなら、自分で働いてまで家出を続けないだろうし」

「そうとも言えんな。問題は、携帯を置いて行ったってことや」

トガシがごっつい体をオフィスチェアーごと回転させている。

「今の若い奴らにとって、携帯やスマホはもはや体の一部や。その携帯と、パソコンまで置いて行くっちゅうことは、今までの生活を捨てる決心をしたってことや。これは並みの覚悟やないで」

「そうか……。携帯のデータをすべて消しているってことは、もう過去に未練がないってことですもんね」

「まあ、あの母親やったら、家を出たくなる気持ちもわからんでもないがな」

「たしかに、ちょっと息苦しそうですもんね……お母さん、会社のことで大変なんでしょうけど」

高杉家での雑談で聞いたところによると、拓弥の母親は都内に多数の学習塾を展開している中堅企業の役員であるとのことだった。父はごく普通のサラリーマンであるが出張が多く、夫婦共に頻繁に家を空ける代わりに治美曰く「息子に不自由させないように」、十分すぎるほどの小遣いを与えていたらしい。

しかし、当然ではあるが小遣いが多かろうがそれで学生生活が充実するわけではないということが、たけしが翌日トガシと出かけた大学での聞き込みで裏付けられた。

両親からの情報を元に所属していたゼミやサークルのメンバーに話を聞いてみたところ、拓弥は学校では常に1人で、友人と呼べるような生徒は誰もいなかったというのだ。

また、ゼミ仲間含め複数のクラスメートの証言を総合すると、拓弥は半年程前からたびたび授業を欠席することがあったらしい。毎週1日か2日は一切授業に参加しない日があり、特に失踪前一ヶ月は週の半分も大学に来ていなかったという。

聞き込み後に事務所へ戻り、結果を伝えると恵梨が難しい顔で尋ねた。

「拓弥くん、学校を休んでどこへ行ってたかはわからなかったの？」

「ゼミとサークルをあたってみたんやが、そもそも拓弥とプライベートな話をしたことがある人間がほとんどおらんのや。おぼっちゃん、かなり人付き合いが苦手だったみたいやな」

聞き込みの成果もなくなんとなく場が難しい雰囲気に包まれたところで、事務所の電話が鳴った。ノリ子が応対し、「恵梨ちゃん、高杉さんから」と依頼人からの電話である旨を告げる。

引き継いだ恵梨はしばらくメモを取りながら話していたが、受話器を置くと笹野へ報告した。

「銀行口座から出金があったそうです。4日前に全額の10万円。今日の午前中に追加でお父さんが入金した5千円も、昼過ぎに出金されたということです」

「おっ、来たな？」トガシが指を鳴らす。

続いて、恵梨は銀行のコールセンターへ電話をかけた。出金があったATMの所在地を聞き出すためだ。ただし、口座に関する質問については名義人以外では回答がもらえないため、恵梨はあらかじめ聞いておいた口座番号や治美の生年月日などの情報を元に、名義人の高杉治美本人を名乗って問い合わせを行った。

「調布です」再び受話器を置いた恵梨が報告する。「店舗は違いますが、2件とも調布市内のコンビニエンスストアのATMからの出金ということです」

笹野がすぐに全員に号令をかけた。

「よし、調布市内の捜索と聞き込みだ」

それから調査員たちは、3日間かけて京王線調布駅を中心に放射状に調査、聞き込みを行った。

失踪人調査において、滞在地域が判明している場合には調査範囲は限られたものとなる。捜索箇所はビジネスホテルやカプセルホテル、サウナやネットカフェにカラオケボックスなど。そこに高杉拓弥の写真を持参し、この一週間での利用がないかどうか聞き込みを行うのだ。

調布というのは捜索を行うには決して広い街ではない。出金があったのが渋谷や新宿などと言われたら気が遠くなるところだが、東京23区の混沌《こんとん》地帯から離れた調布が対象地域になったことで、むしろ発見は時間の問題だという雰囲気すら探偵たちには芽生えていた。

ところが……。

「目撃情報、0です」

「ぼ、僕の方も同じです。出金が行われたコンビニで張り込みもしてみましたけど、ダメでした……」

決して多くない調布市街のホテル、ネットカフェなど家出人が滞在できそうな施設をしらみつぶしにあたったが、調査員3人が3人とも、まる3日のうちになんの情報も得られなかったのである。

笹野が湯飲みに手をかけたまま、大きく息を吐く。

「残念だな。調布は難しい街じゃないはずだが」

たけしは先輩調査員と笹野を順番に見やった。

「拓弥くん、友達の家とか、彼女の家に転がり込んでるってことはないでしょうか？　それならホテルにもネットカフェにも行く必要はないですし。それか、自分でどこかに部屋を借りたとか」

「おまえも一緒に聞き込みに行ったやろ。おぼっちゃんには、そこまで親しい人間はいなかったはずや。まして学生で保証人もいないんやから、部屋を借りるなんて到底無理やな」

恵梨は充電していた拓弥の携帯電話をケーブルから外し、電源を入れた。

「そもそも、彼女の家や新しいアパートで落ち着いて暮らすつもりなら、わざわざ携帯を置いて行ったりしないでしょう。その程度の覚悟じゃないわ」

「あ、そうか……」

笹野が考え込みながら、独り言を発する。

「もう一周聞き込みを続けるか……しばらく出金を監視して行動パターンを割り出すか……」

笹野探偵事務所を沈黙が包む。みなそれぞれ頭の中で次の手を模索しているが、提案に値する考えを思い付くまでには至らないようだ。

恵梨は何度も調べ尽くした拓弥の携帯電話をなんとなくいじり始めた。しかしこれ以上なにも出て来ないことは恵梨自身もよくわかっており、端末を手に思いあぐむばかりだ。

もはや情報のない画面を見ることに飽きた恵梨は、ふと液晶から視線を外し携帯の外側に目を留めた。傷もほとんどないスライド式の携帯には、茶色の細長いストラップが付いている。

「あれ……？」自然に声が出た。「このストラップ、どっかで見たことがあるような気がするんだけど……」

恵梨が静かに記憶を探っていると、事務所内の静寂を引き裂いて後輩の絶叫が響き渡った。

「あああああ〜〜〜〜〜〜〜〜〜〜〜〜っっっっ!!!」

その不愉快なほどの声量に思わず恵梨は携帯をたけしめがけてぶん投げそうになったが、大きく振りかぶったところで後輩が目を剝いて驚いている姿を見て、かろうじて踏みとどまった。

「うるさいわねっ!!　なんなのよあんたはいったい!!」

「そ、それ!　そのストラップ!!　それって!」

「??」

言うやいなや、たけしは自分のデスクの引き出しをまさぐり始めた。味付け海苔の缶を脇によけ、ポッキーの箱も脇によけ、文房具類の中から見つけ出したのは透明なビニールで包装されたピンクの携帯ストラップであった。

「これです！　まったく同じ！」

恵梨はたけしが包装から取り出したストラップを受け取ると、2本を並べて見比べた。

「あ……、ほんとね。色違いってこと？　これってたしか……」

「僕が新宿駅で勧誘された、ハピネスの会の守護霊強化ストラップです‼」

たけしのピンクのストラップ、そして拓弥の茶色のストラップ、共に座禅の際にお坊さんが持っている「警策《きょうさく》」の形をしており、その長いプラスチックの板に白抜きで呪文のような文字が並んでいる。

「ハピネスの会っていうと……」

「調布にある、新興宗教の団体です。僕、天顕院法眼導師《てんげんいんほうがん》の本読みましたから！」

「新興宗教？」トガシが眉をひそめる。

たけしは拓弥のパソコンを開くと、キーボードを叩いた。

「これです！　ハピネスの会のサイト！」

恵梨は対面のたけしのデスクに回り、トガシと共に画面に見入った。団体の教義や活動内容、代表者の経歴など各項目を経て、3人の目が留まったのは最後の「教団本部」の項目だ。

所在地は調布市西町、本部施設一覧には集会場や購買部、食堂の他に「信者用居住棟」という文字があった。

「もしかして……」

たけしの呟きに、恵梨が「調べてみる価値がありそうね」と頷いた。

ハピネスの会についてネット上の記事を精査したところ、様々なことがわかった。

この会は正式名称を「宗教法人ハピネスの会」といい、代表の天顕院法眼によって4年前に設立された新興宗教団体だ。調布にある本部会館を中心に主に東京近郊で活動しており、信者数は公称1200人。うち、本部もしくは教団支部へ住み込みで修行を続ける出家信者が200人ほどいるということだ。

主な勧誘の手口は、まさにたけしが経験している通り。駅前などで「占いの練習台になってくれませんか？」と声をかけ、相手が人生の岐路に立っているということを大げさに主張し、「この機会をものにするために、ぜひ先生に会ってアドバイスを受けてください」とやる。そこで相手が同意すれば調布の本部を訪問させ、別働隊によるセミナーおよび勧誘、物販活動が行われるのだ。

ネット上の記事を読む限り、ハピネスの会の評判は芳《かんば》しくないようである。セミナーに参加した人間を「悪魔が憑《つ》いている」と脅し除霊のため高額な物品を売り付けたり、出家信者を取り返そうと本部に押しかけた家族と争い暴力沙汰《ざた》を起こしたり、問題が山積みの教団のようだ。

「こりゃ、いわゆるカルトって奴やな。しかし信者が1000人からおるようやが、どうやったらこんな胡散臭《うさんくさ》い教団の信者になろうとするんやろな」

「あの、ハピネスの会を作った天顕院法眼導師は、13歳の時に神の啓示を受けて、それ以来人の心の中が覗けるようになったんですよ。相談に来た人の悩みをずばり当ててしまったり、お医者さんからも見放された重病人を手をかざすだけで治してしまったりして、そういう神がかった能力が信者の人たちを引きつけてるんです」

　特になにを参考にするでもなくそらで言ってのけたたけしに、トガシは驚きの表情を見せた。

「なんでそんなこと知っとるんやおまえ⁉」

「法眼導師の本に書いてあったんです。せっかく買ったんだしもったいないと思って、全部読んだんですよ。法話集のテープも全巻聴きました。導師は、最近では超古代文明からのメッセージを受信して、近い将来のハルマゲドンを予言してるんです」

「なかなか勉強家というより、貧乏性やなおまえは……」

2人の話を尻目に恵梨は、マウスを操作しハピネスの会公式サイトを覗いている。

「調布の本部の中で部外者が入れるのは、購買部だけみたいね。仮にこのストラップが拓弥くんの信仰を示すものだとして、入信しているなら彼がいるのはこの居住棟だろうから……」

笹野が恵梨の言葉に重々しく頷いた。

「潜入だな」

潜入という単語の響きにたけしはただならぬものを感じ、恵梨に尋ねた。

「潜入って、調布の本部に潜入するっていうことですか？　どうやって。夜中に泥棒みたいにこっそり入るんですか？」

「違うわ。正面から、信者を装って潜入するのよ。私たちは警察じゃないし、許可なく私有地に入るわけにはいかない。でも信者……あっち側の人間になってしまえば、関係者として堂々と入ることができるわ。それで拓弥くんがいるかどうか確認するの」

「そうか！　信者になっちゃえば、こそこそしないでも出入りができるわけですもんね。いい考えですね！　…………。それで、誰が潜入するんですか？　ノリ子さんですか？」

たけしは振り返ってノリ子を見たが、ノリ子は聞こえているのか聞こえていないのか、知らん顔でネイルの手入れに熱中している。

視線を戻してふと気付くと、たけしはなぜだか恵梨の目が、意味ありげに自分に向けられているのを感じた。なんだろうと思いトガシの方を見てみると、なぜだかトガシの目もまた意味ありげに自分に向けられているのを感じた。困惑して笹野の方を見てみたが、なぜだか笹野の目もまた意味ありげに自分に向けられているのを感じた。

たけしはその意味を察した。

「イヤですっっ!!! 絶対イヤっ(涙)!!! 勘弁してくださいよっ!! なんで僕なんですかっっ!!!」

涙顔で叫んでみたが誰も反応しないし、誰もたけしを見ることをやめない。

「ちょっと!!! こっち見ないでくださいよっ(涙)!! 僕、危ないことをするのは死んだ父さんに止められてるんですっ!! そんな危ない教団に入るのなんて絶対危ないじゃないですかっ!!! 無理ですよ危ないんだもんっ!!」

恵梨が不機嫌そうに口を歪め、下顎を動かした。

「あんたは教祖の本も全部読んで、テープまで聴いてるんでしょうが。それだけズバ抜けて知識があるんだから、あんたが一番潜入に向いてるのよっ」

「ウソですっ!! 本なんて読んでませんっ!! テープも聴いてませんっ!! 知識なんてなんにもないです(涙)!!」

「つい今しがた教祖の生い立ちを上機嫌で語ってたでしょうがっ！」

「教祖の生い立ちなんて語ってません!!　僕が言ったのは導師のことです!!　ハピネスの会では最高位の役職は教祖じゃなくて、導師なんです!!」

笹野がひと口分残っていた茶を飲み干した。

「伊藤くん。その知識でぜひしっかり頼むよ」

「なんでですかっ(涙)!!!　知識なんて全然ないのにっ!!」

「ごたごた言ってんじゃないっ!!」恵梨が言葉にドスを利かせる。「あんたはねえ、見た目もマニアックで危ない雰囲気があるんだから、カルトの信者がお似合いなのよっ。あんた以外に適役はいないわ」

「ひどいっ!!　今のはひどいですよっ!!　人の外見のことを言うなんて!!　え、恵梨さんでも、いくら恵梨さんでも、言っていいことと悪いことがあるんですよ!!!」

無言で目を細めたけしを睨んだまま、恵梨はプラスチックの警策ストラップを2本まとめてバキッとへし折った。

「ま、まあでも、今のは、別に言ってもいいことですけどね……」

先輩のすさまじい殺気に怯《おび》えたたけしは、すぐに態度をあらためた。

結局たけしはカルト教団よりも先輩の怒りの方により強い恐怖を覚え、その恫喝《どうかつ》に屈する選択をしたのであった。

潜入の足がかりは、たけしが過去に信者と接触している新宿駅とした。

あの時の女性こそ見つけられなかったが、同様に「占いの勉強をしているんです」と道行く人々を呼び止めている別の信者を見つけ、たけしは自分から声をかけた。

しばらく前に自分は天顕院法眼の著書を何冊も購入したこと。その著書と法話の内容に、大いなる感銘を受けたこと。それを伝えると信者はすぐに本部へ連絡を入れてくれ、あっさりとたけしが調布本部でのセミナーへ参加する許可が下りた。

宗教法人ハピネスの会本部は調布市西町、東京都調布飛行場の西側の山あいの地域にある。電車ならば西調布駅や飛田給《とびたきゅう》駅という方が近いが、徒歩では距離があるため基本的には京王線調布駅からバスで向かうことになる。

指示されていた通りの午前8時半にたけしが本部前に到着すると、すでに正門付近や各建物の周辺には竹箒《たけぼうき》とちりとりを持って清掃に励む人々の姿があった。ジャージ姿の若者が多いが、特に服装が統一されているわけではないようだ。ただしそれとは別に、時折白いチャイナ服……のような衣装を身に着けた面々が建物と建物の間を移動しており、それに出くわすと清掃の若者たちはいったん手を止め「おはようございます!!」と全力で叫んでいる。

そのチャイナ服と、門柱に掲げられた「宗教法人ハピネスの会」という看板さえなければまるでどこかの工場のような……そう、どことなくたけしが働いていた千葉の海苔工場を思い出させるような、懐かしげな雰囲気の施設であった。

「伊藤さんですか？」と声をかけてきたのは、青いジャージを着たおかっぱ頭の若い女性であった。

「はっ、はい。伊藤といいます」

「講堂へご案内します。こちらへどうぞ」

女性は無表情のまま先に立って、正門から真っ直《す》ぐ進んだところにある公民館のような建物へたけしを誘導した。内側は詰め込めば１００人程は入りそうなホールになっていて、ジャージ姿および身軽な服装の人々が20人ほど座り込んでいる。

中に入ってみると正面の壁面には、無造作に伸びた長髪と顎ひげが一体化して顔を囲んでいる、仙人顔の男性の肖像写真が掛けられている。この顔は、たけしも知っている。書籍や法話テープの著者近影で何度も目にした、天顕院法眼だ。その下には、びっしりと漢字ばかりが並べられた幅2m程の大きな紙が下げられている。後に説明されたところによるとこれは「陀羅尼《だらに》」といって、もともとはサンスクリット語で書かれた呪文を漢字で表したものだということだ。

たけしもおかっぱの女性と並び、体育座りの姿勢で座る。これから隣の女性のことは心の中で親しみを込め「おかっぱちゃん」と呼ぶことにし、お近付きの印にいつもの献上品を差し出した。

「あ、あの、今日はよろしくお願いします。よかったら、味付け海苔召し上がりませんか？ これ、僕が開発に関わったんですよ」

完全にシカトされたまま、9時になると施設内のスピーカーから鐘の音が鳴り響き、先程外で清掃をしていた面々も講堂に入って来た。堂内の人間は全員あぐらを難しくしたような座り方になり、それぞれに前面の呪文を声に出して読み始めた。おかっぱちゃんも無心でぶつぶつと、よく聞いてみると「ぶっせついっさいにょらいこんごうなんやらかんやら……」という文句を繰り返し口ずさんでいる。ただし目を瞑って暗唱している者もいれば、陀羅尼の張り紙を凝視しつつ何度も引っかかりながら棒読みする人間もいる。この場の多くの人間はハピネスの会の信者なのだろうが、信仰歴や熟練度はまちまちのようだ。たけしのように、初めて参加する者もいるのかもしれない。

と、正面脇にある小さなドアが開き、2人の人間が姿を現した。2人とも同じチャイナ風の着衣だが、女性の方は白く、男性の方は緑色だ。女性はCDラジカセを小脇に抱えている。堂内の声が一斉にやんだ。

まず男性が正面に進むと、「みなさんおはようございます」ととびきりの笑顔で呼びかけた。ゴツゴツと骨張った顔にオールバックという一見ならず者のような風体であるが、逆にそんな容貌《ようぼう》から繰り出される笑顔には妙な包容力があるように感じられる。信者たちがめいめい大声で挨拶を返すが、男性は再び笑顔で「本日も法眼導師の高恩がみなさまを守護しくださっています。勤行《ごんぎょう》がんばってください」とだけ述べると、そのままドアから出て行ってしまった。

入れ替わりで、白いチャイナ風服の女性がしずしずと正面に進んだ。その僅かな隙に、囁くような声でおかっぱちゃんから説明があった。先程の緑の男性は松重律師《まつしげりっし》といい、法眼導師に次いで位の高い、教団で2番目に偉いお方だそうだ。そして白い方の女性のことは、おかっぱちゃんは「古村《こむら》先生」と呼んだ。

「それでは、15分間陀羅尼を続けてください」

古村先生の言葉で、講堂の信者たちは呪文の復唱を再開する。

先生はおそらく40代くらい、真っ黒な髪を両肩に垂らした、目のぱっちりした女性だ。どちらかというと先程の松重律師の方が若いように感じられる。先生は用意されたパイプ椅子に着席し、何枚かのコピー用紙がホッチキスでとめられた資料を読んでいる。たけしは顔を上げた先生とふと目が合ったので、軽く会釈《えしゃく》をした。

パイプ椅子の脇にはラジカセと、クリスマスツリーに飾るような金色の小さなベルが置かれている。そのベルを先生がゆっくり2回鳴らすと、辺りから呪文の声が消えた。

「では、本日の勤行を始めます」古村はアナウンサーのような、よく通る声で話す。「今日は初めての方も含め、第1ステージのブラザーが8名おります。そこで今週はみなさんで初心に返り『神魂顕現《しんこんけんげん》』を行いたいと思います」

ブラザーというのは、男女問わずこの場で修行に参加するすべての人間に対する呼称のようだ。それにしても、たけしには初めて耳にする言葉が多い。しんこんけんげんというのはいったいなんなのだろう。

隣のおかっぱちゃんから起立するようにと指示が入り、他のブラザーたちと共に正面に向かって立つ。先生がまた一度だけベルを振ると、今度は目を瞑るようにという指示。一瞬周囲に目をやると、すでにおかっぱちゃんをはじめブラザー全員が目を閉じて瞑想《めいそう》の姿勢に入っていた。

たけしも倣《なら》って瞑目すると、暗闇の中で古村の透明感のある声が響いて来た。

「これから、みなさんの魂の深淵《しんえん》にある本当の意識、神魂を探ってみましょう。神魂の状態を読み解けば、あなたの精神に害なす魔の姿が見えてくるはずです」

先生がラジカセを作動させたのだろう。民族楽器が奏《かな》でるスピリチュアル系のＢＧＭが講堂に流れ出した。

「想像してください。あなたは今、宇宙の中に1人で体を浮かべ、横たわっています。目を凝らしても星の光以外なにも見えない、広い広い宇宙に…………」

数秒おきに鳴るベルの音が、瞑想への没入を手助けする。

たけしは今はまず潜入調査のことは忘れ、勤行に専念することにした。ハピネスの会から信頼を得るためには、勤行に対し真面目に誠意を持って取り組む姿勢を見せねばならないのだ。

闇の中、古村のナレーションが脳に染み込んでくる。

「その宇宙の中で、あなたの体はどんどん若返っていきます。10代……そして幼い子どもの頃に……もっと時を遡《さかのぼ》ります……もっともっと……そして、あなたは生まれたばかりの赤ん坊の姿になります……」

なにしろ先生の声は澄み切っていて、耳ではなく、直接脳に、心に入って来るような感覚がある。

「あなたは、今まさにあなたを産んだばかりの母親の胸に抱かれています。あなたと同じ年月を遡った若き日の母親が、腕の中にあなたという宝を抱えて微笑んでいます……」

たけしはいつかアルバムの中で見た、若き母の姿を思い描いていた。そして、その母の手の中で眠る小さな自分……生まれたばかりの自分……。

BGMとベルの音、そして周囲のブラザーとの連帯感が相まって、たけしの意識は深く深く仮想空間へ落ちて行く。

ブラザーたちの瞑想の深さはたけし以上であり、すでに右から左から、しゃくりあげる音や小さな泣き声が聞こえている。

「この世に、あなたという宝物が誕生した時。母にとって、これ以上の幸福はありません。汚れのない宝……、珠玉《しゅぎょく》。そして、傍《かたわ》らからそれを見守る父親……。ご両親は心からあなたの誕生を喜び、美しい宝物を授けてくれたことを神様に感謝しています」

講堂のあちこちから、「お母さーん！」という叫び声が上がった。はっきりと聞き取れるものもあれば、嗚咽《おえつ》のせいで言葉にならないものもある。

ブラザーの声は、瞑想の中で母の胸に眠るたけしの涙腺《るいせん》をもまた刺激した。自分でも知らぬ間に、なぜか熱いしずくが次々に目からこぼれ落ちているのを感じる。次から次へ、とめどなく流れる涙。それはここ何年も流し方を忘れていた、痛みでもない、恐れでもない、紛れもない感動の涙だった。

「一切の汚れのない輝く珠玉………。それが、生まれたばかりのあなたの姿なのです」

そこで先生の語りが途切れ、しばしの沈黙が降りる。沈黙の中に響くすすり泣き、むせび泣きの声。

しかし、次に発せられた古村の声には、今までとは違う重い音調が込められていた。

「ところが。あなたがこの世に生を享《う》けて5年が経ち……、10年が経ちました。そしてさらに時は過ぎ……現在……。その輝きは、今もあの日と同じでしょうか？　今もまだ、あなたは一片の汚れもない輝く珠玉だといえるでしょうか？」

すすり泣くブラザーを叱るように、言葉が続けられる。

「あなたが現世で生きるうちに、その輝く玉には悪の心を持った者たちが群がり……。あんなに清らかだった珠玉は汚れ傷付き、光を失ってしまったんです！」講堂を覆う嗚咽に合わせ、その声も激しさを増す。「なぜですか⁉　その宝に、一番大きな傷を付けたのはいったい誰ですか？　あなたを苦しめている悪の者はいったい誰ですか‼　神魂が示す者の名を、思いのままに叫びなさい‼」

会場を絶叫が包む。どこかにたしかに存在するのであろう人々の名をブラザーは叫び、責めている。「成戸!!!　汚ねえんだよおまえのやり方は!!!」「島田テメエ部下に八つ当たりしてんじゃねえよ‼　クズヤロウッ!!!」

怨念《おんねん》の渦だ。すぐ隣からは、おかっぱちゃんの憎しみのこもった絶叫が耳に刺さる。「美幸!!!　人の彼氏に手出しやがって!!!　おまえなんて死んじまえっっ!!!」

先生もまた、人が変わったような金切り声を上げる。

「もっと‼　叫びなさい‼　おまえを苦しめる悪魔の名を、叫べーーーっ!!!」

たけしは自分の丹田《たんでん》から、熱い気がせり上がって来るのを感じた。周囲の絶叫がその熱を増幅し、膨れあがった思いは大量の涙と共に声となって爆発した。

「えっ……、恵梨のバカヤローーーーっっ(号泣)!!!　なんでもないことですぐ殴りやがって‼　この野蛮女!!!　痛いんだよあんたのパンチはっ‼　俺はなあ、褒められて伸びるタイプなんだよっっ!!!」

…………たけしは号泣していた。しかし、この涙は悔しい涙であるはずなのに、なぜだろう、心を侵していた熱が涙と共に少しずつ消えて行くのを感じる。

BGMが消え、ベルの音だけがゆっくりと5回繰り返された。5回目の余響と共に、会場を静寂が包む。そのまま静けさの中で数十秒が過ぎると、先生が穏やかな声で目を開けるように促した。

「それでは、ダイアログを行いましょう。準備が整った組からそれぞれ開始してください」

周りに倣《なら》ってたけしはおかっぱちゃんとペアを組み、2人で膝をつき合わせて座った。このダイアログでは、先程の神魂顕現で導き出された心の傷や憎しみについてブラザーへ詳細に話し、その汚れを鮮明にするということである。

「先程伊藤さんは、エリさんという方に殴られる、と叫んでおられたように聞こえましたが、詳しく教えてもらってもいいですか？」

　もはや完全に勤行に没頭しているため、膝が触れる距離に若い女性がいることも気にならずたけしは涙ながらに告白した。

「はい……。恵梨さんは、僕の会社の上司なんです。僕はまだ新米で、いつも彼女について現場に行くんですけど……、あの人は、僕がなにかミスをする度にすぐ殴ったり蹴ったり首を絞めたりするんです……」

　おかっぱちゃんが大きく目を見開いた。

「ひどい!!　部下である伊藤さんに、暴力を振るうんですね⁉」

「暴力だけじゃなく、ボールペンや携帯のストラップを折られたり、スマートフォンを投げて壊されたこともあります。仕事中に水を飲むことも許してくれないし……」

「そんな……。それはもう、虐待じゃないですか……」

「そうなんです。トイレにも行かせてくれなくて、代わりにペットボトルに出すことを強要されたこともありました」

「信じられません……そんな酷いことが……そんなことが許されていいんでしょうか……」

　しばらく恐ろしげに表情を歪めていたおかっぱちゃんだが、唇を引き締めると、なにかを確信したように頷いた。

「間違いありません。伊藤さん、その上司は…………、サタンの生まれ変わりです！」

「えっ、サタン⁉」

「そうです。サタンは天顕院法眼導師の聖導を妨害する、邪悪な存在なんです。普段は冥府《めいふ》に棲《す》んでいますが、人間の姿になって地上で悪業を為《な》すこともあるんです」

たけしは、自分の中でパズルのピースが次々に合わさっていくのを感じた。そうだったのか……。あれは、人間ではなく魔界の存在だったのだ。だとすれば今までのことも、すべて納得がいく。悪魔だからこそ、こんなにかわいい部下に平気であのような暴虐を働くことができたのだ。

「じゃ、じゃあ、今すぐ事務所を辞めた方がいいでしょうか？　このままだと、もっと僕の身に危険が及びますよね？」

「それは、まだ得策ではないと思います。今後伊藤さんが入信しても、しばらくは在家信者として勤行を続けなければいけません。生活の糧として、また導師への喜捨を行うためにも、仕事は続けるべきです」

「そんなっ。じゃあ僕はいったいどうすれば……」

「サタンの動きを封じるには、導師の法力が有効なんですけど……、あっ、先生に聞いてみましょう」

　おかっぱちゃんはたけしを立たせると、堂内を周遊していた古村先生に共に駆け寄って一部始終を話した。するとすぐに、先生は得心したように頷いた。

「間違いありません。たしかに、その女性はサタンに取り憑かれているようですね」

　驚愕《きょうがく》の事実を知り青ざめるたけしを勇気付けるように、古村は笑いかけた。

「でも、安心してください。あなたが今日ここに勤行に来たことは、まさしく導師の思し召《おぼめ》しだったのでしょう。ここには、その魔を払う手段があります。怨霊《おんりょう》退散の護符を購入し、サタンの活動域に配置するのです。そうすればサタンは次第に弱り、いずれ身動きが取れなくなることでしょう」

「本当ですか⁉　お願いしますっ、その護符、ください！」

「もちろんです。あなたはもうブラザーなのですから。後程物販の者に伝えておきますので、4万円を支払って申し込んでください」

「よよよよっ、4万円⁉　高い！　そんなにかかるんですかっ⁉」

　そのリアクションに、先生とおかっぱちゃんの表情が順に歪んだ。

「言葉を慎みなさいっ‼　怨霊退散護符には、導師自ら法力を注入してくださるんですよ‼ブラザーでなければ、どんなに大金を積んでも手に入れることができない物なんです‼」

「伊藤さん、たった4万円を惜しんで、サタンに屈する道を選ぶんですか？　伊藤さんは今日の勤行でなにを学んだんですかっ‼」

「わ、わかりました……。すいません。僕が間違っていました……。そうですよね、悪魔を封じられるんですから、金額なんかにこだわっている場合じゃないですよね……」

迷いを振り切り魔と戦うことを決意したたけしに、満面の笑みが向けられた。

「共に戦いましょう、ブラザー！」


初日の勤行は、魂の奥に隠されていた真の憎しみを明らかにすることで終わった。

それからたけしは、連絡こそ入れるものの事務所の方には出勤せず、まる一週間連続でハピネスの会本部へ通った。

通い慣れて来ると、次第に本部施設のあちこちにも目が届くようになった。本部の敷地中央には講堂があり、その左手には簡単な食堂と、導師の著作や護符などのグッズを扱う物販のプレハブがある。講堂の右側には3階建ての大きな居住施設があり、ここに出家信者が生活しているようだ。そして講堂の奥にはもうひとつ、大きな倉庫がある。倉庫には重要な法具が収められているため、出家信者以上でなければ立ち入りができないということだ。食堂や居住区含め、すべての施設は渡り廊下で繋がっている。

白いチャイナ服のような着衣は、ここでは「法衣《ほうえ》」と呼ばれている。法衣を着ているのは出家信者だが、天顕院法眼導師と、毎朝勤行の前にブラザーに励ましの言葉をかけるならず者風の松重律師だけは、位が高いために緑色の法衣を着ている。

2日目からの勤行では、徐々にハピネスの会の教義についても指導が行われるようになった。法眼導師の経歴や法力がいかに優れたものかが語られ、神魂顕現の際の先生のトークも、「珠玉が成長するにつれ汚れてしまうのは、両親がサタンの軍門に降《くだ》ってしまうからでもあります。もし珠玉を育てるのが親ではなく、天顕院法眼導師だったら。導師を親とすれば、あなたという珠玉は決して輝きを失うことはありません。今からでも遅くはありません。初《しょ》生《せい》の赤子に戻り、天顕院法眼導師に帰依しましょう！」というものにシフトしていった。

日が経つにつれたけしは、ブラザーたちとも打ち解けていった。昼食時や帰宅時など、自己紹介を行ったあとで味付け海苔を贈呈し、それをきっかけに多くのことを話すようになった。勤行には実に様々な職業の人間が集まっており、学生をはじめクリエイターから企業経営者、大学の講師という者までいた。初日の勤行の相手であるおかっぱちゃんは、渋谷の出版社に勤める編集者ということだ。

そのおかっぱちゃんを含め、同じ勤行に参加している3分の2以上はすでに入信して在家信者となっているブラザーだった。彼らは普段は週末に、何ヶ月かに一度は有給休暇を取得してこうして平日も毎日本部会館に通っているそうだ。たけしも本来は業務中であるが、建前上は有休の取得中ということになっている。

たけしは持ち前のマニアックさを発揮し、勤行3日目にして陀羅尼の呪文をすべて暗記した。教団トップの導師・天顕院法眼は4日目に一度だけ松重律師と共に姿を見せたが、その「導師顕現」の時間にはたけしも直接法眼導師から「勤行がんばってください」とご託宣《たくせん》を受け、周りのブラザーのように号泣こそしなかったものの、あまりの感動に思わず涙ぐんでしまった。

正直、たけしにはこの本部会館が居心地がよかった。ここにはたけしの知力がペットなみだとバカにしたり、リモコンを投げたり首を絞めたりキャメルクラッチをかけたりする上司はいない。それどころかブラザーはみな、たけしを「海苔の伊藤」として慕ってくれる。みなでひとつのことを追求するのは楽しい。たしかに時折見かける出家信者の面々は、おそらく勤行がハードなのだろう、頬はこけ顔は蒼《あお》く実に不健康そうな風貌《ふうぼう》になっている。しかし逆に在家信者や信者未満の勤行参加者は、むしろ日々の充足感からみな活《い》き活《い》きとした表情をしているのだ。

ある時は見知らぬ老夫婦が門を入ったところで「娘を返してください！」と訴え、それを出家信者たちが乱暴に引きずり出す光景も見られたが、ハピネスの会の居心地の良さの前にたけしはそんな余計な風景は目に入らなくなっていた。

その日たまたま普段より早く出社したトガシが事務所のドアを勢い良く開けると、目に入って来たのはたけしが恵梨のデスクの引き出しを開け、なにやらごそごそと中身をいじっている光景だった。

「おおたけし!!　久しぶりやないか!!　なんや元気そうやなあ！　生きとったんかおまえ!!」

「ごぎゃあああっ(涙)!!!　…………な、なんだ、トガシさんか。びっくりさせないでくださいよもう」

「なんだとはなんやねん!!　失礼やな！　一週間ぶりに顔を合わせた先輩に対してその物言いはなんや!!　いてまうどコラ!!」

「すいませんっ！　そういう意味じゃないんです……恵梨さんじゃなくて良かったなって……」

「なんや、まだ誰も来とらんのか。……ん？　おまえ、恵梨の引き出し開けてなにやっとんねん。なんか借りる物でもあるんか？」

「あの実は、ハピネスの会で怨霊退散護符をいただいて来たんですよ。これをどこか恵梨さんの持ち物の、見えないところに入れておこうと思って」

「なんやねんそりゃ」

「法眼導師が法力を込めてくださった護符なんです。これを悪魔の近くに仕掛けておくと、魔力を封じることができるんですよ。とりあえず、この化粧ポーチの一番下に隠しておきます」

「おほっ！　おまえ恵梨のことを悪魔とは、また思い切ったことを言うのう。最近弾《はじ》けて来たんちゃうかおまえ？　しかしな、そんなことして大丈夫かいな。あいつも形式的には女子の端《はし》くれや。他の女子同様、男にデスクをいじられることを尋常やなく嫌うからな。オレも昔、朱肉を借りようと勝手に引き出しを5㎝開けた瞬間に半殺しの目に遭《お》うたことがあるわ」

「おををを……なんと恐ろしい……(涙)。な、内緒にしておいてくださいねトガシさん。護符で魔力は弱まるのでおとなしくなるとは思いますけど、万が一のことがあったら困るので……」

たけしは首をすくめて身震いしている。

その時、トガシの背後で再びドアノブが捻られる音がした。

その音に反応したたけしはそこから扉が開くまでの0・3秒の間に、人間の能力の限界を突き破る超速スピードで残像を残しながら自分のデスクへ駆け戻った。そして恵梨が顔を出した瞬間には何ごともなかったかのように、机に向かい黙々とレポートを書いていた。

「おはよう……。あっ、伊藤じゃない！　ずいぶんお久しぶりだわね。なんか元気そうじゃない。生きてたのね」

「おはようございます恵梨さん！　ニコッ」

トガシは、眼前で展開された後輩の動きに度肝を抜かれた。そのあまりのスピードに驚愕し、無意識のうちに思わず「み、見えんかった……このオレの目にも……」と呟いていた。

人が普段、日常で使える力は、肉体の潜在能力のたった30％ほどだと言われている。しかしもしかしてたけしは、宗教団体での潜入修行において残りの70％をも意のままに操る方法を学んでしまったのではないだろうか。……ひょっとしたら、近い将来笹野探偵事務所のエースは自分ではなくたけしになっているかもしれん。トガシは背筋にうすら寒いものを覚え、これからますます毎週末のトレーニングに気合いを入れんといかんなと、決意を新たにしたのである。


ノリ子と笹野も出社すると、たけしは全員に、海苔をお供にお土産の茶をふるまった。今日の茶葉は、ハピネスの会本部会館で購入した１００g３０００円の超高級「法力茶《ほうりき》」だ。

今さら説明するまでもないと思うが、法力茶は天顕院法眼導師が勤行を行ったパキスタンの霊山で採取された、天然の法力の詰まった貴重な茶だ。これほど貴重な物を差し上げているのだから先輩方からは大いなる感謝の言葉があるに違いないと期待したのだが、寄せられた意見は「いつもの安物の茶の方がずっと美味しい」というなんとも思いやりのないものだった。

さらに、たけしが茶の領収書をノリ子に提出すると「あんた土産の代金を請求するってどういうこと⁉」「おまえなに考えとんねん‼」という誹謗《ひぼう》中傷の声まで飛んで来た。どうやらやはりこの事務所は、サタンの魔の色に染まってしまっているようだ。

「早速だが伊藤くん、拓弥くんの所在につながりそうな手がかりはなにかあったかね？」

さすが懐の広い年長者、笹野だけは文句も言わずたけしの淹れた法力茶を静かに飲んでいる。

「今のところはなにも……。とりあえず在家信者の中にはいませんでしたし、出家信者の方たちとはほとんど顔を合わせることがないんですよね」

「なんや？　修行はみんな一緒にやるんやないんか？」

「はい。僕らは本部の講堂で勤行《ごんぎょう》をするんですけど、出家信者の方は居住棟に専用の道場があるんです。ただ交代で外回り勤行があるので、その当番の方とは朝すれ違ったりしますけど……」

「なんやねんその外回りゴーギャンっちゅうんは」

「町に出て、一般家庭に物販や折伏《しゃくぶく》をして回るんです。ステージが高い信者さんになると、1人で駅で折伏をしたりもしますよ」

「駅でしゃぶしゃぶ？」

「折伏ね」ネイルに息を吹きかけながら、珍しくノリ子が口を挟んだ。「勧誘するのよね？たけしくんがたくさん本を買わされた時みたいに」

そうですそうです、とたけしは答える。護符のおかげだろうか、サタン先輩はいつもの獣性を潜めており、冷静な口調で聞いて来た。

「それで……、他になにかわかったことはあるの？」

「はい。あなたが悪魔の生まれ変わりだということがよくわかりました」などと言う勇気はさすがにまだ勤行の足りないたけしにはなかったので、その点には触れずに話を進めることにした。

「はい。来るハルマゲドンに備えて僕たちがなにをすべきかとか、天顕院法眼導師の法力のすごさがとてもよくわかりました」

サタンは不機嫌そうな顔で「なにそれ？」といなないた。

「導師は13歳の時に神の啓示を受けて解脱《げだつ》したんですけど、それからも20年以上世界中の霊場で勤行して回ったんです。ハルマゲドンのあとに築かれるユートピアでは、法眼導師がブッダ、イエス・キリストに次いで第3の救世主になるんですよ」

　何人もの敵の名前が出たからか、サタン先輩は眉をひそめて黙ってしまい、サタンの右腕であるトガシ先輩が問答を引き継いだ。

「ハルマゲドンって、なにが起こるんや？」

「おそらく核戦争だろうと言われてます。ほとんどの人類は滅びるんですけど、ハピネスの会に入信して導師に帰依している人だけが生き残って、理想郷で暮らすことができるんです」

「なんでそんな都合良く信者だけが生き残れるんや。別に教団が核シェルターを持ってるわけでもないんやろ。仮に持ってたとしても、人類が滅びるくらいの核戦争で役に立つとは到底思えんで」

「…………。でも、ハルマゲドンはまだ防げる可能性もあるんですよ。みんながハピネスの会に入信して正しい勤行を積めば、戦争も貧困も天災もなくなるし、エネルギー問題だって全部解決して、ハルマゲドンを迎えずにユートピアを建設できるかもしれないんです」

「天災もなくなるんかいな‼　そんな都合のいい話があるわけないやろ‼　まったく、完全なイカサマ宗教やな……」

「そんなことないですよ‼　だって、導師は神からの啓示を受けているんですよ？　人間の言うことには間違いがあるけど、神様の啓示が間違ってるわけないじゃないですか！」

たけしは、本部で聞いた古村先生の言葉を思い出していた。先生によると、ハピネスの会はこの世で最も神に近い団体であるため、教義を広めようとする者には敵対勢力のサタンが家族や知人の姿を借りて逆の折伏……つまり、教団の教えに難癖をつけたり、様々な妨害工作を仕掛けて来るということだった。まさに、今のこの状況がそれであろう。

「おまえなあ、修行するだけでエネルギー問題が解決するんやったら、電力会社も日本政府も苦労せんわ。本当やっちゅうんなら、なんで入信したら解決するんか、その根拠も説明してみろや」

「トガシさんも、入信しなかったら一生結婚できませんよ」

「やかましいわっ!!!　だから、なんで入信しただけでなにもかも全部解決するのかを言え言うとるやろ!!　納得いく理由やったら明日にでも信者になったるわっ!!」

「本当ですか？　じゃあ勤行に参加できるように、僕が推薦しておいてあげますね。そうだ、恵梨さんもそんなキツい性格のままじゃあ絶対婚期を逃しますから、一緒にどうですか？」

「な……に……この……」

遂にサタンがその魔性を露《あら》わにし、野獣の顔で椅子を蹴って立ち上がった。

「な、なんですかっ。また脅すんですかっ。こ、恐くなんかないぞ！　僕は、みんなのためを思って言ってるんだから‼　日本国民がみんな法眼導師の教えに従えば、必ずもっと良い社会になるんだから‼」

たけしは怯《ひる》まなかった。サタンの迫力に及び腰になりながらも、自分は正しいことを言っているのだという信念で、なんとか踏みとどまりがんばった。

そんなたけしの様子を見て、トガシがふと我に返ったように表情を変えた。そして、重々しく呼びかける。

「おいたけし、ちょっとええか？」

「な、なんですか？」

「おまえ…………。洗脳されとるやないかっ!!!」

「えっ、そんなことないですよ！」

「そんなことありまくりやっ!!!　完全に信者目線での発言になっとるやないかおまえはっ!!!」

「なんでですか！　僕はただ、真実に目覚めただけですよ！」

「なにが真実やねん!!　おまえの言うことはさっきからひとつも筋が通っとらんやないか!!　だいたいなにが法眼導師や！　法眼の教えよりなあ、ハルク・ホーガンのアックスボンバーの方がよっぽど説得力があるわっ!!!」

蹴った椅子を引き寄せて腰掛けながら、恵梨がため息をついた。

「まったく、ミイラ取りがミイラになるとはこのことね……」

「ミイラってなんですか！　僕がミイラなら、あなたは悪魔じゃないですか!!」

「なんっだとテメエ〜〜〜〜っっ!!!」

再び恵梨は鬼の形相で立ち上がると、椅子を頭上に持ち上げて大きく振りかぶった。

「待て待てっ!!　待たんかい恵梨!!　たけしはどうでもええが、事務所が壊れるやろ!!」

本気の投球動作に入った恵梨をトガシはたしなめ、たけしに向き直った。

「おいたけし。おまえが潜入調査をしとる間に、こっちも宗教法人ハピネスの会について色々と調べとったんや。でわかったのは、あいつらは教団のため、金のためなら手段を選ばん極悪な組織やってことや」

「そんなことないですよ！　法眼導師も古村先生も松重律師も、みんな心から尊敬できる人たちなんですから！」

「その松重や。松重豊吉《とよきち》な。あいつにはな、覚醒剤取締法違反での逮捕歴がある。7年前に、仲間と共同で一軒家の屋根裏部屋で覚醒剤を密造しとってパクられたんや」

「ええっ……。ま、まさか、そんなことあるわけないじゃないですか！　なにかの間違いに決まってます！」

「アホぬかせ!!　こっちは関係者の証言から当時の新聞記事まで確認しとるんや!!」

「そんな……で、でも、たとえそうだとしても、7年も前のことだし……もう今は関係ないじゃないですか」

「それだけの話やない。現在も教団の信者に対してLSDやメスカリンなどの合成麻薬、およびそれに類する薬物の投与が行われとるっちゅう疑いがある」

「疑いって……、疑いですよね？　疑いなら、本当かどうかはわかってないってことじゃないですか！」

「おい恵梨、おまえも言うたれ！」

恵梨はやれやれと呆《あき》れたような顔で引き出しを開き、調査手帳を取り出した。たけしは一瞬、護符が見つかったらどうしようとドキーンとした。

「信者の中には重い病気を患っていて、『勤行を行えば病気が治る』と言われて入信した人もいるわ。そこで特別に200万円を払って天顕院法眼による手かざしの治療を受けたけど、もちろん良くなるはずがない。その信者は病状が悪化しても法眼の言葉を信じて病院へ行くのを拒み、亡くなってしまったの」

「ウ……ウソだ……」

「他にも、教団本部で過去に2人の自殺者が出ているわ。1人は居住棟屋上からの飛び降り。もう1人は、部屋の中でタオルを巻いての首吊り。ただしどちらも体に暴行の跡があり、教団に警察の捜索が入っているわ。傷は死因に結び付くものじゃなかったし、暴行の証拠も見つからず結局うやむやになったけどね」

さすがに教団周辺に複数の死者がいるという報告は、たけしには衝撃的だった。

「それから脱会した元信者の話では、修行のために定期的に幻覚剤のようなものを飲まされていたらしい。症状からして、さっきトガが言ったような禁止薬物であることが考えられるわ」

ポカンとするたけしに、さらにトガシが追撃を加えた。

「おまえもネットで一緒に調べたやないか。なにしろあいつらは信者の家族とのいざこざが多くてな、暴力沙汰も日常茶飯事や。おまえも修行中になにか見んかったか？」

「はい……見た、ような気がします……」

そういえば、そんなことがあったような気がする。娘を返してくれと訴え、信者によって引きずり出されていた老夫婦をいつか見たような気がする。

「ほんで、最後にこれな。7年前の松重や。パクられた時の仲間と一緒に写っとるやろ」

トガシが放り投げた写真には、若き日の松重律師とその友人たちが写っていた。松重の隣にいるのは、同じくやはり若き日の。

「これって……法眼導師……」

「そうや。天顕院法眼、本名・山本泰士《やまもとひろし》。松重と山本は、同じ指定暴力団の構成員やったんや。もっとも、シャブでパクられた結果破門になっとるがな」

「そんな……。導師は5年前までエチオピアの洞窟《どうくつ》にこもって勤行をしていたはずなのに……」

「まあ、現実はそんなもんや。こんな奴らが天災とエネルギー問題を解決してユートピアを作る言うてるんやで？　お笑いぐさやな」

放心状態のたけしを部屋の端から呼んだのは笹野だ。

「伊藤くん。まあ信仰の自由というものがあるから個人的に入信するのは構わんけどな。ただ、今は高杉さんご夫妻から受けた依頼に集中しないといけないよ。キミは探偵なんだから。とはいえ、伊藤くんに潜入を指示した私にも責任はあるけどな……」

たけしは、そこで遂にすべてを理解した。真実だと思っていたことが真実でなかったこと。法眼の経歴もハルマゲドンもユートピアも神も悪魔も、まったくの出鱈目《でたらめ》だったこと。

「すすす、すいませんっ!!!」

直立し頭を下げ、デスクに額を擦りつける。

「ぼ、僕、完全に騙されてました……ごご、ごめんなさい……。トガシさん、恵梨さん、さっきは失礼なこと言ってしまってすいませんでした……(涙)」

心からの謝罪であった。ただ自分が騙されただけでなく、大事な失踪人調査のことも忘れて勤行にのめり込み、先輩方まで折伏しようとした挙げ句に得体の知れない法力茶を飲ませ、怨霊退散の護符……は気付かれていないからいいとして、結婚できないのなんだのと、数々の暴言を吐いてしまった自分のアホさ加減が本当に情けなかった。

「わかったらええんや!! 本格的に入信する前に気付いて良かったやないか。まあオレも多少はカチンと来たけどな、5分前のたけしは本当のたけしやなかったわけやしな。しょうがないわ。恵梨ももう気にしとらんやろ。な？」

「フン。仕方ないわね」

「うう……本当にすいません……」

引き続き深く頭を下げながら、しかしたけしは感動していた。

なんて理解のある先輩たちなんだろう。仕事も忘れてカルト宗教の手先となってしまったこんな愚かな自分を、こともなげに許してくれるなんて。自分は恵まれすぎている。今あらためて、この事務所でこの先輩たちと一緒に働けて、本当に良かったと思う。

「もう頭を上げえや。誰も怒っとらんから」

「はい……ありがとうございます……うう……(涙)」

「そうやたけし。あれも謝った方がええんとちゃうか？　恵梨を悪魔呼ばわりして、勝手に引き出し開けてなんか入れとったやろう。許してくれるとは思うが、一応それも詫びたらどうや」

「ちょおおおっっ(号泣)!!!!!!　トガシさんっ!!!　なんで言うんですかおおおっっ(涙)!!!」

「お、そうかすまんすまん。変にことを荒立てるより、恵梨が帰ったあとでこっそり回収した方がええか。なにしろ化粧ポーチまで広げて中身をごちゃごちゃやっとったもんな」

「あああああっ!!!　いいいいいっっ!!!　うううううっっっ!!!　えええええおおおおおおっっっ(涙)!!!」

両手をバタバタさせてトガシを遮《さえぎ》ろうとしたが適《かな》わず、どうか今のはたまたま聞かれていませんでしたようにと願いながらたけしはそっと恵梨の方を見た。

…………そこには、全身の毛という毛を逆立て、殺気の竜巻を起こしているサタンの姿があった。

「伊藤……。あんた私の引き出し、開けたの……？　しかも、化粧ポーチまで……」

「開けていません。僕がそんなことをするはずがないじゃないですか。僕が恵梨さんの引き出しを勝手に開けるようなそんな理由がいったいどこにあるというのですか。いわんや化粧ポーチまでも」

恵梨は黙って右手にあるデスクの引き出しをスライドさせた。化粧ポーチを開けて中身を確認すると……、最深部から出て来たのは、縦に長い短冊のような謎の護符であった。そこには「怨霊退散　破邪顕正《はじやけんしよう》　サタンの傀儡《かいらい》である芦田恵梨の魂魄《こんぱく》を此《こ》の護符に封じ奉《たてまつ》らん」という文句が書かれていた。

…………。

「伊藤テメエ～～～～～～～～～っっ!!!!!!」

「ぎゃ～～～～～～～～っっ(号泣)!!!　許してくださいっ(涙)!!　5分前の僕は、本当の僕じゃなかったんですもんっっ!!」

凶暴モード2・0の恵梨には、人間の言葉は通じなかった。恵梨は低い雄叫びをあげながらデスクを飛び越えると、たけしを押し倒してその首を絞めた。息の根を止める直前にヘッドロックに移行し、片方の手で以前トガシもたけしに放った猛烈な怒りのナックルパートを、吠え叫びながら連続で頭頂部に叩き込む。

たけしは頭蓋骨がメキメキと音を立てるのを感じながら、4万円の護符でも全然サタンの魔力は抑えられていないし、やっぱり法眼導師の法力はニセものだったんだなあと、薄れ行く意識の中でしみじみと思った。

「本日の勤行は、ハピネス導師賛歌の練習を行います」

朝の陀羅尼復唱を終えると、古村が講堂内の全ブラザーに向けて言った。最前列にいるブラザーたちが前方の段ボール箱からぬいぐるみのような物を取り出し、全員に配る。

「な、なんですかこれ……?」

たけしは小声でおかっぱちゃんに尋ねた。

「パペット。導師賛歌では、このパペットを両手にはめて踊るのよ」

なるほど、たしかに一見するとただの動物のぬいぐるみだが、尻の辺りに手を入れる部分があり、ぬいぐるみの腕に親指と小指をはめて動かせるようになっている。牛やカエルなど、パペットの種類は様々だ。

後列までパペットが行きわたると、6人ずつのグループに分かれるよう古村から指示があった。

「第1ステージの方は初めてだと思いますが、ハピネス導師賛歌はブラザーが出家する際の出家セレモニーと、街頭での集団折伏時にみなで行います。しっかりと覚えて、1人でも歌って踊れるようにしてください。それから今日は各グループに1名ずつ、出家信者のブラザーが指導者として付いてくださいます。どのグループが早く覚えられるか、どこが一番良く導師を讃《たた》えられているか、競うように学んでください」

古村がラジカセのスイッチを入れると、その噂のハピネス導師賛歌が会場に流れ始めた。

シンセサイザーで演奏される、童謡のようなメロディ。そこに、法眼導師を讃える男性の歌声が加わる。

続いて古村が目配《めくば》せすると、正面脇のドアから白い法衣のブラザーが7名入って来た。7名は散り散りになり、それぞれのグループへ指導者として配置につく。たけしのグループにも、薄い笑顔を浮かべたやせ細ったブラザーがやって来た。

「ではみなさん、今日はよろしくお願いします。それではまず、僕が一度曲に合わせて踊りの見本を見せます。2度目からは、みなさんもついて来てください」

言うなりブラザーは、法衣の腕にパペットをはめて踊り始めた。

ほうが～んどうし～～♪　だいさんの～きゅうせいしゅ～～♪　われらが偉大なちちに～帰依～しよう～～♪

曲が1周終わると、2周目からグループの5人も歌いながらダンスを始めた。たけしは歌詞がわからないが、とりあえず動作だけ真似てみる。それにしても、隣のおかっぱちゃんは踊りが下手だ。彼女はもう何度も練習しているはずなのに、リズム感がないばかりに1人だけ阿波《あわ》踊りのようになっている。

周りに合わせて牛とカエルのパペットを左右に振り振り踊りながら、たけしは三国一のかわいさを誇るかりんちゃんの、ねっこねこダンスのことを思い出していた。

そしてまた、たけしにはわかっていた。目の前で熱心に指導を続けるこのやせたブラザーこそが、失踪した高杉拓弥であることを。

拓弥発見の報はすぐに都を駆け巡り、翌日には笹野探偵事務所で高杉夫妻を招聘《しょうへい》しての「拓弥奪回作戦会議」が開催された。

「冗談じゃありませんよ!! なんで拓弥がそんな怪しい宗教なんかに！」

かわいい1人息子がカルト教団に入信したと聞いて取り乱さない親はいないだろう。しかし、他人の前ではなんとか気持ちを飲み込み取り乱した姿を見せまいとする父親に対して、母はまったく人目をはばかることなく感情を表立たせた。

応接スペースには、依頼者および、ノリ子以外の調査員が集合している。今回重要な役目を果たしたたけしは笹野、恵梨と並んで依頼者の正面に座り、ソファーに収まり切らないトガシは壁にもたれて立っている。

「拓弥が自分からそんなところに行くわけがないじゃないですか!! 誰があの子を連れて行ったんですかっ!?」

「あのっ、お母さん……」たけしが言葉を選びながら説明する。「ハピネスの会では、出家する前……住み込みの信者になる前に、必ず一定期間は在家信者として勤行を勤めなければいけないんです。その期間は自由に家に帰れますから、誰かに無理矢理入信させられたということはないはずなんです」

「じゃあ、拓弥が好きでそんな団体に入ったって仰るんですかあなたはっ⁉」

「は、はいぃ……」

昨日の敵は今日の友、ありがたいことに元サタンの恵梨先輩が横から助け船を出してくれた。

「たしかにカルト教団が拉致《らち》事件などを起こすこともありますが、それは敵対する人間を攻撃するために行うもので、誰かを入信させるために拉致するということはほとんどないんです。もちろんなんらかの勧誘はあったはずですが、本人が抵抗するのに強制的に信仰を植え付けるというのは、まず不可能なんです」

治美は目に怒りをたたえ、彼女からすれば小娘である恵梨を睨んだ。

次は笹野がなるべく深刻にならないように、柔らかい口調で補足する。

「実は、我々の方で大学にも聞き込みを行ったんですが、拓弥くんは定期的に授業を欠席する日があったようなんです。その時に彼は修行……彼らの言葉では勤行というようですが、自らの意志でそこに参加していたんでしょう」

しかしその補足情報は、母の怒りの表情を強くするだけだった。息子が親を欺いて学校を休み勤行に出ていたということが、彼女には大きな不満のようだ。

代わって勝司が神妙に尋ねる。

「拓弥が、自分でその教団に入ったということはわかりました。それで……、どうすれば拓弥は帰って来るんでしょうか？」

「それについてですが」笹野が表情を引き締める。「教団で他の信者と共に生活している状態では、拓弥くんが自分から信仰を捨てることは期待できないでしょう。そこで順序としては、まずは力尽くでも、なにを措いても先に彼をご両親の元に取り戻す。それから、ご家族でゆっくりと話し合いをしていけばいいでしょう。場合によってはカウンセリングなど外部の手を借りるのもいいと思います」

笹野が「伊藤くん」と声をかけ、勝司はたけしからの次の言葉を待つ。

「あの、ハピネスの会本部には部外者は立ち入ることができないんですけど、出家信者は日替わりで本部の外でも勤行を行うんです。ええと、外での勤行は、何人かのグループで住宅を訪問して法眼導師の本を売ったり、勧誘をする活動のことなんですけど」

一呼吸置いて頭の中を整理し、たけしは続ける。

「外の勤行は当番制なので、毎日メンバーが変わるんです。そこで、僕は明日から『朝の勤行』で本部施設の清掃に参加しますので、そこで掃除をしつつ、毎日出かけるメンバーの確認をします」

それから実際の奪回作戦を担当するのは、やはり笹野探偵事務所のエース調査員だ。担当者として恵梨が話を引き継ぐ。

「もし拓弥くんが外に出ることがわかれば、そこからは私が尾行を行います。そしてなるべく他の信者と離れ孤立しているところを狙い、確保します」

「あの……」勝司が不安げに聞く。「確保というのは、どういう……」

「本人がどう反応するかにもよりますが、できるだけ穏便に済ませたいと思っています。そこでご両親の協力が必要になるのですが、伊藤から報告が入り次第ご自宅に連絡を差し上げますので、すぐに私に合流していただけますでしょうか？」

「つまり、私たちも調布の現場に向かうということですね？」

「はい。ご両親が一緒なら拓弥くんも安心するでしょうし、万が一抵抗を受けて警察が出動するような事態になった場合に、ご家族が現場にいるのといないのとでは警察の対応に大きな違いが出てきます」

「わかりました。私は大丈夫です。おまえは……」勝司が隣の治美を見る。

「私は仕事があるから行けないわ」

恵梨は思わず依頼者の前で「えっ」と声を漏らしてしまった。たけしもトガシも、勝司も戸惑ったように母親を見る。

「だって、いつ拓弥が出て来るかはわからないんでしょう？　その日に連絡があって、その日に休むなんて無理だわ」

たしか治美は学習塾チェーンの企業役員をやっており、そう簡単に休むわけにはいかないのだろうがしかし今は非常事態である。

「お母さん」笹野が優しく問いかける。「できれば、お父さんと一緒に拓弥くんを迎えに行ってあげてくれませんか。息子さんもご両親の顔を見れば、きっと素直に戻って来てくれるでしょうから」

「そんなこと言われても、予定がまったくわからないんじゃあ難しいわ。それに……」治美はうんざりするようにため息をついた。「拓弥は自分からそのなんとかの会に入ったんでしょう。私たちがどれだけあの子に不自由な思いをさせないように気を使ってきたと思ってるんですか。それなのに親の気も知らないで、黙って出て行くなんて。いったいなにが不満だったって言うの？　うちがそんなにイヤなんだったら、勝手にすればいいわ！」

拓弥拓弥と、ずっと息子をかばう発言を重ねていた割には一転して今度はその拓弥を責めるような口調になっている。しかし、その気持ちもわかる。人の何倍も愛情を注いでいたという自負があるからこそ、その息子が実の親よりも怪しげな宗教の仲間と共に暮らすことを選んだことに、「裏切られた」という思いになったのだろう。

しかし、ふた言目には「なんの不自由もさせたことがない」と治美は言うが、物質的な不自由と精神的な不自由は別のものだ。たけしが本部で会ったブラザーたちは、心のどこかに空いた穴、寂しさを、勤行に没頭することで埋めていたように感じた。本当に物心共に不自由がなかったら、人は宗教など信仰しようと思わないのではないだろうか？

「あの……、実は勤行で拓弥くんが歌の指導をしてくれた日に、最後に出家信者として簡単な挨拶をしてくれたんです。その時拓弥くんは、出家を決意したのは一ヶ月前だったって言ってたんです」

トガシがなにかを思い出したように顎を触る。

「そういや拓弥くんが頻繁に学校を休むようになったのも、失踪のひと月前からってことやったな。そのタイミングでなにかあったんかな……」

勝司が含みのある表情で、妻と顔を見合わせた。

そういえば、以前たけしは恵梨に教わったことがある。依頼人というのは、常にすべての情報を話すわけではない。調査を依頼する時も、多くの依頼人は自分に都合の悪い事実は隠そうとすると。

そこを見逃さずうまく食い込んで行ったのは笹野だった。

「なにか、お心当たりがあるようですが……？」

治美は腹立たしげにパーテーションに目をやるだけだったが、勝司は首をかきながら口を開いた。

「実は、拓弥がいなくなるひと月前に、うちで飼っていたハムスターを妻の知人に譲ったんですよ」

「ハムスターですか……？」

「とは言っても、もともとその知人から一年前にもらって来たものなので、譲ったというより返したということになるのかな。拓弥は『ハム』って名前を付けて、ずいぶんかわいがっていました。ただ、ハムが来てから拓弥が毎日何時間もハムと遊ぶようになってしまって、大学の成績が落ちて来たんです。来年には院生になるための試験も控えていますし、それで妻が心配して、ハムを元の家に返すことにしたんですよ」

「勝手にやったわけじゃないですよ！」治美が不服そうに口を挟む。「ちゃんと拓弥にも話して、本人もそれでいいと言ったから返したんです！　だいたいあれは私がもらって来たものので、別に拓弥のものじゃありませんからっ」

「それでは、拓弥くんも納得はされていたということですか？」

笹野が確認すると、勝司がまた困ったように首をかいた。

「いや、最初はやっぱりイヤがっていましたけどね。おとなしい拓弥があんなに頑強に抵抗するのは初めてで、私も驚きました。でも実際学業の方に支障が出ているということで妻も退《ひ》かないものですから、最後には折れたような具合でした」

　治美が夫にヒステリックな声を投げる。

「そのことはもう終わったことでしょう！　今回のこととはなにも関係ないわよ！　そんな話、ここでしなくてもいいでしょう⁉」

「しかしな……今さら隠しごとをしたって……」

「隠しごとなんてなにもしてませんよ‼　関係ないことまで洗いざらい話す必要なんてないって言ってるんです‼」

　トガシはやや戸惑いつつ成り行きを見守っていた。

　治美は勝司を責め、勝司は強い反論こそしないが素直に引き下がりもせず、2人のやり取りはちょっとした夫婦ゲンカの様相を呈して来た。

　笹野が割って入ろうとしたが、依頼者になかなか強く言うわけにもいかず治美の勢いは収まらない。できればトガシもなにかアシストを入れて場を鎮静させたかったが、どんな言葉で割り入ればいいのかいまいち責め手を欠いていた。ふと見ると恵梨もまた同様のようだ。

「ちょ、ちょっとすいません！　あの、ちょっといいでしょうか！」

そこに飛び込んで来たのは、こういう混乱の局面で最も頼りにならないはずのひ弱な男、伊藤たけし25歳であった。場で一番の若輩者がいったいなにを言い出すのだろうと、笹野も恵梨も、高杉夫妻もまた動きを止めた。

「あの………。すいません。あの、実は僕も高校生の頃、ネズミを飼っていたことがあるんです」

トガシは思わず「ネズミ……」と小さく発してしまったが、まずは静かに後輩の話を聞くことにした。

「あの、こんなこと言うのは失礼だと思うんですけど、拓弥くんは、学校に仲の良い友達がいなかったみたいなんです。それは、高校の時の僕もまったく同じで……。子どもでも、やっぱり子どもなりに悩むこととか、毎日が苦しい時もあって。でも僕はそれを相談できる友達もいなかったし、もし両親が僕が苦しんでいることを知ったら同じように辛い気持ちになるだろうと思ったら、親に相談することもできませんでした。だけどそんな時、ただ1人味方になってくれたのが、根津《ねづ》ちゃんだったんです」

根津ちゃんというのはどうやらたけしの飼っていたネズミの名前らしい。こいつはなにが言いたいのだろうと、トガシはじめ周囲の面々もたけしに注目している。

「僕には兄がいたけど仲は良くなくて、だから、根津ちゃんが僕の一番の親友でした。学校でいじめられたり、辛いことがあった時も、根津ちゃんが側《そば》にいてくれるだけで気持ちが楽になったんです。…………拓弥くんだって、きっと僕と同じだったと思うんです。拓弥くんには、兄弟もいません。だからハムちゃんはきっと拓弥くんの弟であり、親友だったと思うんです。ハムちゃんだけは、どんなことがあっても拓弥くんの味方をしてくれる大切な存在だったと思うんです」

「ちょっとあなた、失礼じゃない！　私たちが拓弥の味方をしてなかったって言いたいの⁉」

治美が責めるようにたけし、そして他の探偵を見た。しかし誰もリアクションを返さないため、母親はさらにヒステリックに叫んだ。

「なにが友達よっ。たかがネズミでしょう！　ハムだって同じよ。犬や猫ならまだしも、あんな小さいハムスターなんて、ぬいぐるみと変わりゃしないじゃない‼」

「すいません……」たけしの謝罪には、全然心がこもっていなかった。「でも、たとえぬいぐるみだとしても、同じだと思うんです。自分が心から信頼できる、心を許せる相手なら、ぬいぐるみだって兄弟だし、友達なんです。大切な家族なんです。その大事な家族を引き離してしまう権利は、たとえお父さんやお母さんでも、ないと思うんです」

「…………」

治美は、ふてくされたように押し黙ってしまった。

トガシが今までに見たことがない真剣さで、たけしは治美を見ている。ほう、あいつもあんな顔をするんやなあと新鮮な気持ちになったが、なにを隠そうトガシは同じくらい、いや、それ以上に新鮮なものをその隣に発見してしまった。これは風のいたずらなのだろうか？

隣で話を聞く恵梨の目に、涙が光っているように見えるではないか。

そうか……。トガシは以前たけしが提出した、エリカ様の生態に関する調査報告書を思い出した。そうか、そうやったな。そういえばあいつは、毎晩ぬいぐるみと一緒に寝とるんやったな。

それからしばらく誰も言葉を発しなかったが、最後に笹野が明るく一同を取りまとめた。

「いやあ、うちの若いのが出しゃばったことを言ってすみません。ともかく高杉さん、拓弥くんが帰って来たら、時間をかけて話を聞いてあげてください。私たちは、息子さんを無事に家に帰すよう全力を尽くしますので」

返事をしたのは勝司だった。治美はまだ不満げな様子だったが、父が丁重に「それでは、どうぞよろしくお願いします」と挨拶をし、夫婦は共に帰って行った。

ノリ子も加わり、調査員たちは勢揃いして依頼者を見送った。ドアが閉まると恵梨はすぐに他のメンバーに背を向けたが、トガシは同僚が素早く涙を拭《ぬぐ》う姿を見逃さなかった。思わず嬉しくなり、力を使い果たし腑《ふ》抜《ぬ》けているたけしの背中をつつく。

「おいたけし。見たか？　恵梨、おまえの言葉で泣いとったで」

「まっ、まさか！　本当ですか⁉」さすがに耳を疑う情報だったのだろう、たけしはいきなりシャキッとなった。

「おう。見てみい、ああやって手帳を見とるふりしてごまかしとるが、グズグズいっとるやないか。この名探偵の目はそう簡単に欺けんで」

「恵梨さん……。なんか、僕、嬉しいです。高杉さんは怒ってたけど、恵梨さんはちゃんと聞いてくれていたんですね……」

「オレもたまげたわ。まさかあの恵梨が泣くとは、びっくりくりくりくりっくりやな！」

「なんですかそのくりくりって」

「なんやおまえ、びっくりくりくりくりっくりを知らんとはモグリやな！　まあともかく、ええもん見せてもろうたわ」

「はい、たしかに衝撃的ですよね……」

「写真撮っといた方がええんちゃうか？　鬼の目にも涙ならぬ、『エリカ様の目にも涙』や。かっかっかっかっか…………ぐおうっっ(涙)!!!」

かっかっかと悪代官のように笑ったところで、空の湯飲みが空中を滑走しトガシの額を直撃した。敵が泣いていると思い油断していたところの唐突な一撃。トガシはあまりの痛みに患部を押さえて悶絶《もんぜつ》した。

後輩が心配そうに覗き込んでくる。

「だ、大丈夫ですかトガシさぎょあああーーーーっっ(号泣)!!!」

続いてたけしの額にも、見事に100円湯飲みがクリーンヒットした。所長用の湯飲みは最近新しい紀代水焼が補充されたが、ちゃんと安い方を選んで投げているというのが恵梨のできるところだ。

「ど、どうして僕まで……(号泣)」

トガシは泣きながら床に倒れ込んだ後輩を見て、この場面で自分と同じようにしばかれるのはいくらたけしとはいえさすがに気の毒やなと、先輩として同情した。

洗脳が解けてからも、あくまでたけしは熱心な信者見習いを装って、本部会館での勤行に通い続けた。

おかっぱちゃんをはじめブラザーの面々や古村先生、時には松重律師から直接「そろそろ正式に入信したらどうか」と勧誘があったが、今ではもう教団のハルマゲドン思想を信じる気にはなれないし、正式な入会手続きのためには法眼導師の全書籍、法話集にＤＶＤの購入および10万円の喜捨が義務付けられているため、なに不自由なく育てられた拓弥とは違い零細事務所に勤めるたけしにとってそれはおいそれと応じられるものではなかった。

ただし信心がないことを悟られるわけにはいかないので、たけしは朝夕の追加勤行にも積極的に参加し、毎日朝早くから夕方遅くまで本部会館の施設清掃に精を出した。

毎朝、出家信者が10人ずつ外での勤行のために本部を出て行く。たけしは他の在家ブラザーと共に「おはようございます‼」と直立で挨拶をしながら、白い法衣の面々を注意深く観察した。在家信者と比べると、出家信者は明らかにやつれた顔をしている。頬がこけて目元は青黒く変色し、グループの半分はどこを見ているのかわからないうつろな目を、半分は反対にギラギラとした鋭い眼光を辺りに放っている。この違いは、恵梨の言っていた幻覚剤との相性なのだろうか？

その日が来たのは、４日目の朝だった。

いつも通り朝の勤行を務めていると、やはりいつもの時間に現れた10人の白い集団。いつものように直立し挨拶を叫んだあとで、たけしは周囲に人気がないことを確認すると食堂棟にあるトイレへ駆け込んだ。

ジャージの下に仕込んでいたスマートフォンを発信すると、ワンコールですぐに恵梨の応答がある。

「恵梨さん、拓弥くんです！　拓弥くんのいるグループが、本部を出ました‼」

「了解。尾行を開始します」という返答を受け、たけしは何食わぬ顔で本日の勤行に参加するため講堂へ向かった。

10人の白いグループは本部を出ると5分程歩き、調布飛行場付近のバス停から市営バスに乗った。行き先は西方面だ。

そう遠くない、電車でなら調布から3駅先の京王線武蔵野台《むさしのだい》駅、その南側で集団はバスを降りた。さらにそこから徒歩で南に向かい、信者一同は団地が立ち並ぶ住宅街へ入って行く。

武蔵野台駅の南側は府中市白糸台《しらいとだい》という地名であり、小中高と合計5つの学校に囲まれるように住宅街が配置されている。住宅街は団地やマンションが集中する地区と一戸建ての多い地区に分かれ、その隙間には都内にもかかわらず畑の緑も目にすることができる。

たけしから報告を受けてすぐ、付近で待機していた恵梨は事務所のミニバンで尾行を行いながら勝司へ連絡を入れた。高杉家のある渋谷区から調布周辺まではさほど遠くないため、まめに連絡を交わし、白糸台の外れにあるドラッグストアの駐車場で勝司とは無事に合流を果たすことができた。

バンの後部座席に身を隠すように勝司が乗り込むと、恵梨はざっと現在の状況を説明した。少し遠方になったが数百m先に、寄り合って歩く白い一群が小さく見えている。

「お父さん、一度彼らの正面から接近しますから、拓弥くんがいるかどうか確認してください」

緊張で色を失っている勝司に言葉をかけつつ、車を走らせて集団の前方に回り込む。不自然すぎない程度にまで速度を落とし、２人はゆっくりと信者の一団とすれ違った。

交差点を曲がり路肩に停車するより早く、父は反応した。

「間違いありません……。拓弥です」

恵梨もまた同様に、集団の中程で肩から大きなカバンを下げる拓弥を面取っていた。ただし、写真から頭の中にインプットした姿と比べると、目に覇気がなくずいぶんやせているように見える。

短期間で変わり果てた息子の容貌は、勝司にも大きな不安を与えたようだ。

「いつ、拓弥を連れて帰れるんでしょうか。早く家に帰してあげないと……」

「まだ今は、人数が多すぎます。団結して抵抗されたら私たちだけでは難しくなります。分散するまで待ちましょう」

住宅街の中に入ってしまうと車での尾行は目立つため、恵梨は勝司に車で待つように命じると、単身徒歩での追跡を始めた。

団地が立ち並ぶエリアの入り口で、10人の信者たちは立ち止まって打ち合わせをしていた。中の1人がプリントされた紙を見ながら、他のメンバーに行き先を指示している。どうやら団地での勤行は2人でひとつの建物を担当するようで、指示を受けた者から順に2人ずつ集団を離脱し、近隣の団地の中へ攻め込んで行った。

その場に残されたのは、紙を持ったリーダーと思しき男と、そして拓弥だ。

2人はすぐ目の前にあった団地の敷地に入り、軽く声を掛け合うとそこでさらに二手に分かれ、それぞれ団地両端の階段を上り各部屋を訪ね物販活動を始めた。

他の信者たちも近隣にいることは間違いないが、少なくとも担当を割り当てられた団地、マンションを回り終えるまでは再び合流することはないだろう。となれば……、動くのは今だ。

「お父さん、拓弥くんを迎えに行きましょう！」

車に駆け戻った恵梨は、そのまま運転し今しがたの団地へ向かうと「居住者以外進入禁止」の表示にも目をくれず、拓弥の上って行った階段前にミニバンを横付けした。

「ちょうど今、拓弥くんは1人で部屋を回っています。見えますよね？」

この集合住宅は、他の多くの団地と同じように一部の部屋の入り口と階段部分が外からも見えるようになっている。死角になる位置もあるものの、防犯上の理由もあり誰かが階段を上り下りする際にはほぼ必ず外から姿が確認できる構造になっている。

勝司は車窓から息子を見上げ、はい、と小さく頷いた。

「しばらく車内で待機します。拓弥くんが階段を下りて来るのが確認できたら、外に出て待ちましょう」

今度は返事がない。勝司は青ざめた顔で窓の外に目をやっている。家を飛び出しカルト宗教に駆け込んだ家族を、どんな態度で迎えればいいのか。白装束に身を包み、やせこけた息子にどんな言葉をかけてやればいいのか。恵梨の倍も人生経験を積んできた父親にも、今はそんな迷いが駆け巡っているのだろう。


平日の午前10時、専業主婦ならば家族を送り出しもっぱら家事に勤《いそ》しむ時間だ。

しかし東京では共働きの家庭も多く、また買い物に出かけたり中には居留守を使う住人もいるのだろう、これだけの戸数がある割には、拓弥が割り当てられた部屋の訪問を終えるまでさほど時間はかからなかった。恵梨が勝司と共に団地に入ってから20分後には、いったん最上階まで達した拓弥はうつろな表情のままゆっくりと階段を下りて来た。

恵梨は勝司を促し、車から出て待ち構える。

相手はただ1人の少年とはいえ、父親の知っているかつての息子ではなく、相対した時にどのような反応を見せるかはわからない。恵梨もまた、勝司と共に複雑な緊張感に包まれていた。

階段を下りる足音が徐々に大きく迫って来る。しかしその足音ひとつひとつの間隔は長く、歩く人間の無気力さが伝わって来るようだ。

そして、対象者は姿を現した。おそらく一切中身が減っていないであろう黒いカバンを抱え、ぼんやりと歩く拓弥。

恵梨がその前に立ちはだかった。

「高杉拓弥くんね？」

白装束の拓弥はビクッとして歩みを止め、恵梨を見る。もちろん拓弥にとって恵梨は見知らぬ人物だ。たじろぎ、混乱の様相で一歩後方へ下がる。

「拓弥!!」

すかさず、勝司も走り寄った。

「拓弥、迎えに来たぞ。帰って来い！」

拓弥は呆気にとられて立ちすくんでいる。しかし恵梨はその口からかすかな「父さん……」という声を聞いた。

「ごめんな拓弥。父さんも母さんも、おまえの気持ちを全然わかってやれてなかった。でも、これからはちゃんと拓弥の話を聞くから。うちに帰って、ゆっくり話そう」

恵梨は交互に2人の様子を見た。拓弥は父が自分を迎えに来たということは把握したようだが、まだ混乱からは抜け切っていない。勝司も重圧の中で精一杯親としての誠意を伝えようとしているがしかし、今はその十分な時間がない。

「お父さん、あまりゆっくりしていられません」

そのひと言と、恵梨からのアイコンタクトで勝司は少し冷静になった。

「拓弥、今からおまえをうちに連れて帰るから。それから母さんと3人でゆっくり話し合おう。いいな？」

恵梨が横から上腕を支え、「行こう拓弥くん」と促す。父親の気持ちが伝わったのか、抵抗する素振りは見せず、拓弥は誘導されるまま歩き出した。

その時………。

「やーーーーーめーーーーーろーーーーーーーーっっ!!!」

絶叫を響かせて、1人の信者が走り寄って来た。同じ団地を回っていたリーダー格の男だ。

その姿を見た途端、拓弥の体は硬直し足が止まった。

恵梨は思わず舌打ちをした。男は息を切らせて3人に迫ると、拓弥に向けて金切り声を上げる。

「高杉ブラザー!!　そいつらは、サタンの手先だぞ!!　わからないのか!!!」

拓弥の腕が僅かに震える。勝司は、男のあまりの面容に驚き萎縮《いしゅく》している。

「サタンから離れろ!!　こいつらは、導師の敵なんだぞ!!」

男の睨みを受けて、拓弥の呼吸が荒くなった。そして一瞬の後、恵梨の手は強引に振り払われた。

「ぼ、僕はっ、帰らない……！」

「拓弥!!」

叫ぶ父に、息子ははっきりと攻撃的な視線を向けた。

「僕はもう、あんたの家族じゃないんだ!!　今は、ハピネスの会の人間なんだっ!!」

狼狽《うろた》える父に畳みかけるように、男もまた声を重ねる。

「そうだ!!　我々は、法眼導師以外に親などいないんだよ!!　教団員だけが我々の家族なんだ!!　帰れ！　帰れよ!!」

この男に構っている暇はない。さっさとことを進めたいが、しかし問題は拓弥本人が頑《かたく》なになってしまっていることだ。こうなったら、勝司の手も借りて強引に車に押し込むしかないか……。ただ本人の抵抗の上に、もう1人の男に手を出されるとかなり面倒だ。

恵梨が勝司に強行突破を告げようとした時、団地入り口から1台のタクシーが滑り込んで来た。恵梨はそれを見て、軽く息を吐いた。

タクシーは真っ直《す》ぐこちらに向かって来ると、ミニバンのすぐ後ろに停車した。勝司と恵梨そして2人の信者の目が注がれる中、ドアが開くとごっつい男が降りて来た。

「すまんすまん！　なかなかの通勤渋滞でな、ちょっと遅くなったわ。どうや拓弥くんの状況は？」

トガシは勝司の表情と、警戒して後ずさる2人の信者を見て眉をひそめた。

「……残念ながら、あまり良くないようやな」

新しく現れた敵に対して、拓弥は体を固くして身構える。しかし……、後部座席から降り立ったもう1人の人物を見ると、ハッと目を見開いた。

「拓弥‼」

治美だ。着のみ着のままの姿の治美が拓弥の名を叫ぶ。

母親もまた数週間ぶりに見る息子……やつれ青ざめ奇妙な衣装に身を包んだ息子の姿に戸惑っているようだが、しかしその目は、しっかりと家族を見据える目であった。

「拓弥、お願い。戻って来て！」

恵梨は、身構える拓弥の重心の位置から、その心の迷いを感じ取った。強硬な拒否の姿勢ではない。今まで探偵たちの前では一度も見せることのなかった、治美の純粋な母親としての姿。その言葉は、息子の心に届いているようだ。

治美はなにかを思い出したように後部座席をのぞき込むと、ワイヤーの張り巡らされた白いケージを取り出した。針金の隙間から、小さく動くものが見える。

「拓弥、ハムちゃんよ！　お母さんもう一度先方に謝って、ハムちゃんを引き取って来たの」

「ハムちゃん‼」

そのケージが見えた途端、拓弥は駆け出していた。トガシの目の前を猛スピードで突っ切り、治美の持つケージにすがりつく。

「ハムちゃん……ハムちゃんっ！」

拓弥を縛っていた鎖が断ち切られたようだった。涙を流し呼びかけているその姿は、もはやブラザーではなく1人の無邪気な子どもだ。ワイヤーの隙間から指を入れ、その指をかりかりと小さくかじられながら何度もハムちゃんハムちゃんと呼ぶ。

息子の肩に優しく手を置く治美も、こぼれる涙を隠そうとはしなかった。

「ごめんね拓弥……。ハムちゃん、拓弥の大事な友達だったんだね。お母さん、なにもわかってあげられなくて。ごめんね……。これからは、ハムちゃんと一緒に4人で暮らしましょうね」

母の言葉には答えずただむせぶばかりの拓弥だったが、もう返事を聞く必要はないはずだ。恵梨も胸の奥から熱くこみ上げるものを感じ、少しだけ自分も一緒に泣こうという気持ちになった。

「おおおおおっ(涙)!!!　なんてええ家族なんやっ!!　うぐううっ(涙)!!　拓弥、お母さんのこともハムちゃんのことも……、大事にしてやるんやぞおおっっ(号泣)!!!」

自分より先に同僚の暑苦しい男に号泣されたせいで、熱いものは胸の奥に下がり恵梨は泣けなくなった。しかし、おかげで冷静さは失わずに済んだ。

「じゃあお父さん、行きましょう。トガ!　行くよ!!」

トガシは「おおそうやな」と呟き、ピンクの花柄のハンカチでしっとりと涙を拭った。

しかし……、母親に促され、車に乗るため体を返した拓弥に、横から襲いかかるものがあった。

「裏切り者おおおおっっ!!!」

いつの間に引き抜いたのか、男は植え込みにあった木の杭《くい》を抱え、拓弥に向かい鋭い突端を向けていた。

その凶器が突き出された瞬間、親子の体をごっつい腕が力強く引いた。間一髪、親子&ハムはトガシの手の中に救われた。狂乱の声を上げて二撃目を加えようとする男の腕をなぎ払ったのは、恵梨の高速の上段蹴りだった。ぐあっと叫び杭を取り落とした男の手首を取り、恵梨がそのまま後ろ手に締め上げる。

「ぐっ、放せキサマあっ!!!　悪魔!!　この悪魔が!!!　おまえはいずれ法眼導師の法力によって制裁を受けることになるぞ!!!」

「ごめんね、私無宗教だから、法力もパワースポットも信じてないの。拓弥くん、返してもらうわね♪」

恵梨はうめく男に背後からソフトに言葉を投げかけた。

高杉一家をミニバンに避難させ、自分も後部座席に乗り込んだトガシが恵梨に向かって叫ぶ。

「おい、悪魔!!　いや悪魔ちゃうわ、恵梨!!　…………ぐぷっ、悪魔やて……ぶププッ(笑)。オホンッ、そろそろ行くで!　他の奴らも帰って来たようや!」

なんだかイラッと来る呼び方をされた気がしたがふと見ると、団地入り口には他の信者も戻って来ており、それぞれ困惑した面持ちでこちらの様子をうかがっている。退きどきだ。

背中を軽くポーンと押すと、男は「いぎー」と声を上げて植え込みに転がった。

恵梨はミニバンに向かって走ると、途中でドアから身を乗り出していたトガシにもひと蹴りお見舞いした。ぬおっ!!　と叫んで車の中でひっくり返る同僚を尻目に、運転席に乗り込むとそのまま勢い良く発進させる。
後部座席で同僚がごろごろと転がる気配を感じながら、白装束の男たちの間を突っ切って
恵梨は車を飛ばした。バックミラーの中では、白い信者たちが憎々しげに探偵たちを見送っていた。

それからおよそ一時間後、家族3人＋1匹と調査員たちは無事に事務所へ帰還し、笹野に奪還成功の報告を行うことができた。

拓弥は車内からほとんど無言のままだが、両親の問いかけに頷きながら絶え間なくハムちゃんに手を差し伸べる姿は、恵梨から見てももう邪悪な信仰に支配されたものの姿ではなかった。

憑きものが落ちたような、という表現がよく当てはまる人物はここには2人いて、拓弥の他にもう1人は母親の治美だ。

「みなさん、本当にありがとうございました……。みなさんのおかげで、拓弥が帰って来てくれました」

事務所の面々に深々と頭を下げる治美に、代表して笹野が応える。

「いやいや、ともかく無事でなによりでした。拓弥くんは疲れているでしょうから、まずは

ゆっくり休ませてあげてください」

「はい。これからはちゃんと時間をかけて、家族全員が向き合っていけるような関係を作っていきたいと思います」

恵梨はその母の姿に、今の両親の下でなら、拓弥が元の拓弥に戻るのにもそう時間はかからないだろうと感じた。

勝司に促され3人と1匹は、あらためて所員一同に丁寧に感謝の言葉を述べて帰って行った。

久しぶりに、笹野探偵事務所に平穏な時が戻った。探偵たちもほっとひと息つく。

「……ん、そういえば」笹野が思い出したようにトガシを見る。「伊藤くんは今どこにいるんだ?」

「あいつは、途中では抜け出せんみたいで、今日いっぱいは教団本部で修行しとるはずですわ。まあ拓弥くんは戻って来たことやし、別にこのまま帰って来んでもええんですけどね」

「おい、そりゃ困るよ。伊藤くんの海苔が食べられなくなるのは寂しいじゃないか。恵梨くんだって、伊藤くんがいなくなったら寂しいと思うだろう?」

恵梨は報告書にペンを走らせながら、笹野に目を向けることもなく「思わないです」と言い放った。

調査期間がなかなか長期にわたったため、その日の午後はまるまる調査報告書の作成に充てられた。ただし担当するのは恵梨であり、トガシは電話番と称してデスクに待機しながら「魅せる秋の旬アイテムで男度アップ！」などという理解し難い文言が表紙に躍るファッション雑誌に見入っている。人不足の笹野探偵事務所にはたけしという人員が補充されたはずなのだが、なぜか恵梨が1人で3人分働くという傾向は入社以来変わっていない。

とはいえ、実際の調査業務があるうちは夜遅くの行動が多くなるが、依頼が一段落している期間は探偵事務所の解散は早い。6時過ぎには、恵梨を含め全員が事務所を出て帰路につくことができた。

恵梨の住まいは、笹塚駅から都営地下鉄に乗り新宿を過ぎてほんの数駅先の区域にある。都心近隣のため通勤にも買い物にも女子会にも絶好の位置なのだが、それだけに家賃を抑えるため駅からずいぶんな距離を歩く必要があるというところがネックだ。

ここ数年関東地方は夏から秋を省略していきなり冬になるような季節の変遷を見せており、午後6時とはいえ吹く風を夜風と呼ばなければいけないほど最近の日暮れは早い。駅前から住宅地に入ると街灯の数も減り、前を歩く見知らぬ近隣住民も街灯の位置に合わせてその姿を現したり消したりしている。

恵梨が今歩いているのは、実は自宅マンションとは逆方向へ延びる旧道だ。自宅を知られることは勘弁して欲しかったし、もしかしたら顔見知りの住人がいるかもしれない場所でトラブルを起こすのは避けたかったし、あとは正直、たまには邪魔の入らない場所で思い切り暴れてみたいという気持ちもあった。

駅の改札を出た時から、恵梨は尾行に気付いていた。

入り組んだ旧道を進み、辺りにまともな人間の影がなくなったことを確認すると恵梨は立ち止まって振り返り、まともでない人影に向かって呼びかけた。

「ねえ、私になにか用なの？　こそこそしてないで、出て来れば？　…………………。あのね、わかってんだって！　早く出て来い‼」

つかの間躊躇《ちゅうちょ》したようだが、覚悟して路地の角から姿を現した尾行者が1人。彼なりの変装のつもりなのか上着を羽織ってはいるものの、短い裾の下からは白い法衣がきっちりと姿を覗かせている。

「あのねえ、私をおちょくってんの？　そんな不気味な恰好でつけられたらド素人でも気付くっつーの！」

こっちが笹野探偵事務所のナンバーワン調査員だとわかっているはずなのに、服装のカモフラージュすらできていない油断しまくりの尾行を仕掛けられて恵梨のプライドは傷付いていた。尾行の基本すらわかっていない奴らめ……。風景より存在感の薄いうちの後輩の見事な尾行を見せてやりたいわ。

「いい？　誰かを尾行する時に、一番大事なのは周りの景色に溶け込むこと。そんな目立つ恰好して、どうして気付かれないと……」

「うごーーーーーっ!!!」

振り向きざま恵梨は背後から忍び寄っていた2人目の、武器を持つ手を蹴り上げた。打ち落とされた金属がアスファルトにぶつかる音が響く。

前方にいた男も右手をひと振りすると、そこに同じような黒光りする武器が現れた。どうやら、伸縮性の警棒のようだ。男は恵梨へ向かい突撃して来る。

恵梨は戦闘体勢を取った。上段から真っ直ぐ振り下ろされる警棒を左に素早く跳んでかわす。空振りした位置から顔をめがけてバックスイングで凶器が襲い来るが、先に恵梨は間合いを詰めてその肘を押さえた。左手で肘を後方から押し込み、右手は警棒を持つ手首を摑む。その隙に武器を拾い再び飛びかかって来た2人目のみぞおちに踵《かかと》を蹴込み、うめき声と共に取り落とされたその警棒を路地の向こうまで蹴り飛ばした。

もう1人いた。

背後からの攻撃の気配を感じ、捕らえている男の腕を固めたまま恵梨は身を屈めて一撃をかわした。3人目は2人よりも一回りガタイのいい大男だ。やはり、他の2人と同じように目がどこかに飛んでいる。

「このサタンが!!! 法眼導師に仇《あだ》なす魔物め!! キサマは地獄に帰れ!!!」

「その、サタンとか悪魔っていうのやめてくれるっ!? あんたらのおかげで私は職場でも悪魔呼ばわりされたのよっ!!」

「黙れ悪魔っ!!!」

「悪魔はやめろって言ってんでしょうがっ!!! せめて小悪魔とかにしてよっ!!!」

恵梨だってレディだ。先頃たけしとトガシに立て続けに悪魔と呼ばれたことに、実は本気で傷付いていたのである。

が今はそんなことを言っている場合ではないし、男3人相手となれば手加減をしている余裕もない。まず捕らえている男に膝をぶち込んでから勢い良く転がすと、大男が放った二撃目をバックステップで避ける。相手が次の攻撃に移行する前に後ろ足で地面を蹴り、懐に踏み込むと左のフルパワーの上段突きを顎に叩き込んだ。さらに膝をついた大男の側頭部に至近距離から回し蹴りを入れる。

先程みぞおちに踵を入れた2人目の男が、顔を苦痛に歪めながらも両腕を広げて迫って来たので、落ちていた警棒をぶん投げてノックアウトしておいた。

騒音は消え、静かな夜になった。

「あれ、終わっちゃったみたいね……。痛そう……。じゃあそろそろ帰っていいかしら？」

恵梨が乱れた上着の裾をパシッと整え歩き出そうとしたところで、大男が這いつくばりながら足首を摑んできた。今日は足首が出るパンツ……昔風に言うとズボンを穿《は》いているため、男の手の平のじめっとした、生温かい感触が直接伝わって来る。

「ひぇっ、ちょっと気持ち悪いって！　なんなのっ(涙)!?　もう勝ち目はないってわかってるでしょ！　放してってもうっ！」

足元の男の向こうで、先程転がって行った1人目の男が息も絶え絶えに懐から小さな機械を取り出すのが見えた。

あれ…………、ヒゲ剃り？

いや違う……。スタンガンだ！　まずい、あれを喰らったら一撃だ。いや……、でも、今さらねえ……。

リーチのある警棒が相手でもすべての打撃をかわし切った恵梨が、遥かに間合いの狭いスタンガンなどにやられるはずがない。しかも、もはや追っ手は3人とも亀のように転がっている状態だ。

本当なら危ない物は取り上げてお仕置きするべきだが、できれば近付くことも避けたい。

とりあえず恵梨は足にかかった腕をふりほどくため、足元の男を一発蹴ろうとした。

その時スタンガンの男が、亀のままゆっくりと蠢《うごめ》くのが見えた。そいつが狙っていたのは、恵梨の足……ではない。恵梨の足を、摑んでいる男の足だった。その狙いに気付いた時にはもう手遅れだった。スタンガンが光を放ち、空間が弾ける音がして足元の男がのけぞった。その男を通して自らの足首が破裂するような衝撃を感じ、恵梨の意識もまた、闇に消えていった。


潜入調査のためとはいえ、日中の勤行に加えて朝夕の清掃勤行は元ニートのたけしにとってなかなかハードなものであった。

とはいえ、そんな精進の日々も今日で最後だ。恵梨から拓弥奪還成功のメールも入っていたし、これでハピネスの会ともさよならである。在家信者のブラザーたちとお別れするのは辛いけど、時間だよ、仕方がない。また会う日まで、ごきげんよう。

いよいよ夜の勤行も終え信仰から解放されたたけしは自分が一番ごきげんになり、竹箒を片付ける足取りも軽やかであった。回収したゴミをポリバケツに廃棄すると、いったん講堂に戻って帰宅のため自分のショルダーバッグを持ち出す。おっと、帰る前にトイレに寄って行こう。

在家信者および信者見習いが利用できるトイレは、講堂の隣の食堂棟にある。講堂から連絡通路を渡り食堂へ向かうのだが……。ふと後方から人のざわめきが聞こえ、たけしは振り返った。

正門から見て講堂の裏側には、重要な法具が収められている、と教えられている倉庫がある。出家信者以上のステージの者しか入ることが許されていないためたけしは中を確認したことはないのだが、その倉庫の前に、裏門から入って来たシルバーのワゴン車が横付けされるのが見えた。

気になったのは、そのワゴン車をかなりの数の信者が迎えに出ているということだ。もしかして、誰か名のある人でもやって来たのだろうか？　ひょっとしてテレビで見かけるあの女優さんやこの芸人さんも入信していて、ハピネスの会の広告塔になっているのだろうか？

そんなミーハー心を抑え切れずに、たけしは連絡通路に隠れてこっそりワゴンを覗き、有名人の登場を待ち構えた。

車のドアが開き、信者たちがいそいそと駆け寄る。なんだかこれは期待できそうだ。きっと、よっぽどの大物の登場に違いない！

……………。

「えぇーーーーーーーっっ!!!　…………おっ、あっ、おっ！」

思わず叫び声を上げてしまい、慌てて通路の仕切りに隠れながら自らの手で口を塞ぐ。

もう一度、ゆっくりと顔を出して確認した。

…………。

間違いない。

恵梨だ。

気を失いゴム人形のように力の抜けた恵梨が、仰向けになったまま法衣のブラザーの一団に抱えられ、倉庫に運び込まれて行く。続いて今度は同じ法衣の大男も1人、気絶した状態で車から運び出された。しばらくあとに信者に先導されて倉庫に入って行ったのは、緑色の法衣……、あれは、松重律師だ。

どどどどどどどどどどどどどどどど、どうしよう…………。おおおお…………。

いったいなんで恵梨さんがこんなところに……いや今はそんなことどうでもよくて、まずは助けに行かなきゃ……。いや、でも自分1人が行ったところでどうにかできるんだろうか……できるわけがない！　そ、そうだ、トガシさんに連絡して、来てくれるのを待とう。でも、あれだけの人数がいるのにたとえトガシさんが来てくれたとしてもなんとかなるものだろうか……。じゃ、じゃあ110番に……！　いや、でも僕の通報だけで警察が教団の敷地内まで家捜しをしてくれるだろうか？　たしか家宅捜索って裁判所が発行する令状がないとできないんじゃあ……ドラマで観たもん……そんなモタモタしてる間に恵梨さんはきっと酷い目に……でも……。

ああ、どうすればいいんだ(涙)。

たけしはショルダーバッグを抱えながら、頭も抱えた。


自分もとうとう酒を飲んで記憶が飛ぶような年になってしまったかと思うと、恵梨は悲しいやら情けないやらで泣きたい気分になった。

生まれて初めて味わう、目覚めると行きずりの空間で着替えもせずに寝ていたというこの感じ。年を取ると、酔って記憶がなくなることが多いという話はよく耳にする。ああ、自分だけはいつまでも若くいられると信じていたのに、老いっていうのは誰にでも平等にやって来るものなのね……悲しい……頭痛い……。

でも、妙に人の気配が多いし腕も首もお尻も痛いし、いったい私はどこで寝てしまったのかしら……、と考えながら顔を上げたところで、恵梨は白い法衣の軍団にギョッとした。

「松重律師！　目を覚ましました!!」

男の声で、恵梨は我に返った。

そうだった……、そういえば、こいつらに電撃を喰らって気を失っていたんだ……。そうか、酔っ払って記憶が飛んだわけじゃなかったんだ。そうよ！　だってまだそんな年じゃないもん私は！　まだまだ若いんだもん！　と胸を撫で下ろしたのもつかの間、恵梨は自分の置かれている状況を把握し不穏な気分になった。

どこかの物流倉庫のような風景。用途の違いなのか倉庫内は半分に区切られており、恵梨がいる側は特に物も置かれておらず広々としていて、ところどころに天井を支える柱が立っているだけだ。逆にもう半分は、奥側には段ボール箱が詰め込まれたスチールの棚がいくつも配置され、手前にはガラス戸の付いた薬品棚や長い電卓のような器具が置かれた机、また小型のタンクなどが所狭しと並んでいる。白い姿の信者たちが何人も机の前に陣取り、容器に入った粉末を電卓の上に載せている。……いや、あれは電卓じゃなく、電子ばかりで重さを量っているみたいだ。

恵梨は心の中で呟いた。この景色……見たことがある。映画「サイクロンZ」のクライマックスシーンで、ジャッキー・チェンが元全米マーシャルアーツチャンピオンのベニー・ユキーデと一騎打ちを繰り広げた場所にそっくりだわ。そう、あれはたしか……、麻薬工場……。いや、でもさすがにちょっとあからさますぎない？　こんなわかりやすくていいのかしら……。でも単に私が内側にいるからわかりやすく感じるだけで、別にこいつらはあからさまにやっているわけじゃないのか……。

白い男が何人も周りを取り囲む中で、パイプ椅子に座っていた緑の服の男が立ち上がり歩み寄って来た。

「気分はどうですか、お嬢さん？」

緑の男は笑みを浮かべて見下ろしている。しかしその丁寧な口調の中に、恵梨は冷たい闇の気配を感じた。

「最悪よ……素人に不覚を取るなんて、ほんっとに自分が情けないわ」

「そんなに落ち込むことはないでしょう。うちの若いのを3人も相手に立ち回ったんですから。立派なものですよ」

男は目以外の顔のパーツで作った笑みを崩さない。

「ところでおたく、うちの大事な高杉ブラザーを誘拐してくれたらしいじゃないですか」

「冗談やめてよ。私は拓弥くんをご両親の元に帰しただけよ」答えてから、男に殺気を込めた視線をぶつけた。「あんたたちねえ、こんなことしてタダで済むと思ってるのっ⁉」

威勢良く啖呵《たんか》を切ってはみたものの、後ろ手に縛られている状態ではどうも説得力が出ない。縄が締まって手首がヒリヒリするし、ずっと鉄筋の柱にもたれかかっているから背骨も痛いし、セメントの床に座っているからお尻も痛い。

「高杉はねえ、うちの大事なブラザーなんですよ。熱心に折伏して喜捨も続けて、ユートピアに行くために一生懸命功徳を積んでいたのに、おたくのせいで地獄に逆戻りじゃないですか」

能面のような笑顔を崩さない角張った顔の男に、恵梨は見覚えがあった。たしか、トガシが写真を持っていた……。

「あんた、松重ね？　一回捕まったのにまだ飽きずに麻薬なんて作ってるの？」

松重の片眉がぴくりと震えた気がするが、周りの白い信者たちは特に表情は変えない。

「とんでもない。たしかに、私も若気の至りでね、過去には多少の悪ふざけもしていましたが。今は改心して、こうして法眼導師の下で真理の普及のために精進しているんですよ」

「改心したなら、帰してくれないかしら？」

「残念ですが、お帰しすることはできないんですよ」松重は同情の顔つきになった。「あなたのお友達や同業者さんに、うちの教団に手を出したらどうなるかというのを、お知らせしなきゃいけないんですよ。車からおたくの事務所を照会するだけでもずいぶんお金がかかりましたからね。その分お嬢さんには、これから同業者のみなさんがうちの名前を聞くだけで震え上がるような、良い見せしめになっていただかないといけないんです。お気の毒ですが」

恵梨は、どうしてこいつらに自分の所在がばれたのかを理解した。個人で調査することはできないが、興信所へ大金を払って依頼をかければ、車のナンバープレートから住所等の所有者情報を割り出すことは可能だ。おそらく拓弥の奪回時に集まって来ていた信者がナンバーを記憶していたのだろう。

たしかにそこまでして、なおかつ信者の身を犠牲にしてまで恵梨を捕らえているのだ。ただで帰すつもりはなさそうだ。いや……、むしろ部外者には絶対にシークレットであろうこんな場所にまで連れて来ているということは、未来永劫《えいごう》にわたって帰すつもりはないのかもしれない。

恵梨の脳裏に、教団について調査した際に自分で手帳に書き込んだ「自殺者2人　遺体には暴行の痕あり」という文字がよぎった。

残念ながら、体の自由が奪われている上に多勢に無勢、これは自分ではどうしようもなさそうな状況だ。明日になれば「あの真面目で仕事のできる恵梨が無断欠勤するなんて、おかしいぞ」と事務所の連中が気付いてくれるかもしれないが、それまで無事でいられるかどうか。

松重は身を屈めると、能面の笑顔をさらに近付けて来た。

「それにしてもお嬢さん、キレイな顔ですねえ。もっと他に、いくらでも向いている仕事はあったでしょうに」

「ちょっと、気持ち悪い顔近付けないでよ！　キモいっておじさん‼」

松重の両眉がぴくりと震えた気がするが、恵梨は続けた。

「あっち行ってって！　前科者のキモい顔近付けないで‼」

「…………。」

松重は突然顔色と声色を激しく変え、恵梨の腹を思い切り蹴った。ぐうっと悲鳴を上げて恵梨が体を折る。

「おい、身の程をっ、わきまえろよお嬢ちゃん‼!」

またも「ゴラッ‼」と叫びながら、つま先を脇腹に突き刺す。内臓が潰れるような痛み。声にならず、息だけを吐きながら恵梨は横向きに倒れた。さらに松重はその頰に靴底を押し付けると、体重をかけながら左右に捻り、踏みにじる。

恵梨は経験したことのない痛みにもがいた。セメントの床面に強烈に圧迫され、頰骨が割れそうだ。

「おたくはどうやら、状況をわかっていないみたいですねっ」

踏みつける靴底の上から松重の声が聞こえて来る。頭全体が万力で締め付けられているようだ。頰骨を覆う皮膚が地面に擦れ破れていくのを感じる。脳の圧迫感が酷く、次第に意識も淀《よど》み、視界に白くもやがかかって来た。

数秒ののちにやっと男の重みがなくなっても、恵梨は起き上がることができなかった。

「お嬢さん。どういう態度でいるのが一番利口なのか、考えてみた方がいいですね。その低い知能で」

冷酷な目で見下ろす松重に対し、恵梨もかろうじて声を絞り出した。

「悪かったわね低能で……。でもその私に拓弥くんを簡単に渡しちゃうんだから……あんたらの知能もたいがいよね……」

「…………」

無言で松重は、後方に向かって手を差し出した。信者の1人が法衣から警棒を取り出し、ひと振りしてからその手の平に載せる。

松重は物言わぬまま恵梨の肩口に、警棒で一撃を入れた。漏れ出るうめき声を聞き流しながら、横たわる恵梨の周囲を攻撃点を見定めるようにゆっくりと一周すると、続いて大腿部《だいたいぶ》に力いっぱい武器を振り下ろした。警棒が空気を切る音、そして体が打たれる乾いた音、小さな悲鳴が順番に響く。

後方に向かって警棒を投げ捨てると、松重は恵梨の頭髪を荒々しく摑み、そのまま引き起こした。血の滲《にじ》んだ顔が、無抵抗に持ち上げられる。

「痛いですよね、お嬢さん。痛かったら、少しは勉強しましょうか。私を怒らせたらね、楽に死ねませんよ？　お願いだから早く殺してくださいって頼みたくなるくらい、もっともっともっと痛いことをされちゃいますよ？　わかってますかお嬢さん？　………わかってるのかって聞いてんだよテメエっ!!　オイッ!!」

握った髪を松重が乱暴に振り回すと、恵梨は体ごと床に叩きつけられた。しかし倒れていることは許されず、横から白い服の信者が1人進み出て来ると、松重の代わりに恵梨の頭髪を摑み上体を引き上げた。無理矢理に松重の方へ顔を向けられる。

朦朧《もうろう》としながら、恵梨は天井の照明のまぶしさに目を細めた。ああ、痛いのは、イヤだなあ……。楽にやって欲しいけど、でも私は素直じゃないからなあ……。きっと、もっと怒らせちゃうんだろうなあ……。

天井をぼーっと眺めながら思いを巡らせていた時……、視界の端で、倉庫の入り口からなにかが勢い良く飛び込んで来るのが見えた。

「待て〜〜〜〜っっ!!」

あれはなに……？　幽霊……？

ドス黒い顔をした小さな男が、長髪を振り乱しながら駆けて来る。なんだろう。信者ではないのだろうか？　白い法衣の集団も、その男の容姿のあまりの異様さに思わず道を空けている。

松重の前まで来ると、不気味な男は声高らかに叫んだ。

「ニート仮面、参上!!!」

その場にいる、全員が呆気にとられている。

恵梨は、予期しなかった展開にやや正気を取り戻した。痛んでいても寝ぼけていても、さすがに幽霊を見たら人はショックで頭がクリアになるようだ。

よく見ると、その生物の顔色は地肌ではなく、長髪は地毛ではなく、何者かがそういう形の覆面を被っているようである。なんておどろおどろしい……。こんな姿の怪人が電気ノコギリで若者を襲っているシーンを、オカルト映画で見たことがある気がするわ……。なんなのいったい。敵対宗派の殴り込み？　恐い……。

男は松重とその周りの信者に向かい、手に持ったハサミを振り回し始めた。先の丸い、事務用の安全バサミだ。

「てめえ、何者だ!!」

「せせせ、正義の使者、ニート仮面だ!!」

安全ばさみではあるが、ハサミである以上は安全とは名ばかり、ちゃんと切ろうと思えば肉も切れる危ない刃物であるため、松重も取り巻きたちも男が凶器を繰り出すと距離を空けて下がる。恵梨も怪人から身を守るため少しでも動けるようにと、痛みを堪《こら》え背中を柱に押し付けながら立ち上がった。

「恵梨さんっ、僕です！　大丈夫ですか⁉」

怪人がこちらに向かいなにか言っているようだが、なにぶんマスク越しのため声がくぐもっていてよく聞き取れない。

そのままハサミを振りかざし、男が迫って来る。

「恵梨さん！　今助けますからね‼」

「ちょっと、なにっ⁉　近付かないでっ(涙)！　いやああ気持ち悪いっ‼」

「落ち着いて！　今縄を切ってあげますから！　じっとしててください‼」

怪人は信者たちの隙を突いて恵梨のすぐ脇へ寄ると、ハサミを大きく広げて「動かないで動かないで～」と呟きながら、恵梨を切り刻もうとして来た。

「イヤ～～～～～～～～～～～～ッ(号泣)!!!」

叫ぶやいなや、恵梨の渾身《こんしん》のハイキックが男の頭部を直撃した。

怪人は両手をだらーんと垂らし、伐採された樹木のように見事に横倒しにズドンと倒れた。

信者たちが一斉に駆け寄ると、男のホラーマスクをはぎ取る。……恵梨はその素顔を見て、驚きで顎が外れそうになった。

「いいいいっっ、伊藤っ!!!　なんでっ⁉」

その言葉を聞いて、信者の中にも男の素性に気付いた者がいた。

「あっ！　こいつ、勤行に参加してる伊藤じゃないか！　ほら、朝の勤行でよく海苔を配ってる奴!!」

松重が近寄り、たけしと恵梨の顔を交互に見て笑った。

「なぁるほどなあ……」

意識を取り戻したたけしの目に最初に入って来たのは、自分の隣で同様に緊縛されながらも、擦り傷だらけの顔で心配そうにこちらを覗き込んでいる恵梨の姿だった。

恵梨はたけしが目を覚ますと、ホッとしたような表情を見せた。同時に、やや距離を置いたパイプ椅子から2人を監視していた吊り目の出家信者が「おい、起きたぞ！　松重律師にお知らせしろ！」と叫び、近くの1人が倉庫の外へ駆けて行く。

先程恵梨を囲んでいた信者たちはいったん片側の作業スペースの方に散っており、ラック内の段ボールの仕分けをしたり薬品タンクを運び出したりとせわしなく実務を行っている。松重も席を外しており、2人の近くにいるのは吊り目の男と他数名の目のうつろな信者だけだ。とはいえ、両手が背中で縛られている状態では走ることもできないし、逃げ出すことが不可能な状況に変わりはない。

「伊藤、気分はどう？」

まだなんとなく混濁していたたけしは、頭を左右に素早く10回ほど振ってみたところやっと意識が鮮明になった。

「はい、なんとか大丈夫です」

「そう！　良かった……」

「でも、意識ははっきりしてるんですけどなんかすごく頭が痛いんですよね………。はっ！」たけしは開いた目と口を恵梨の方へ向けた。「ちょっと、なんで蹴ったんですか恵梨さんっ!!!」

「だ、だって、あんな気味悪い恰好してるからよ！　恐いじゃないのよ！　なんなのよあれは!!」

「なんなのよって、ニート仮面ですよっ!!」

「知るわけないでしょそんなのっっ!!」

いつもの勢いで怒鳴った恵梨だったが、一瞬痛みを堪えるようにうめくと、殊勝な顔つきで前方の床を見つめた。

「なんで……、助けに来たのよ。あんたは連中に顔が割れてるんだから、今までずっと奴らを騙してたことがわかったら、私より酷い目に遭うかもしれないのよ？」

「あはは。だから顔がわからないようにニートマスクを被って来たんですけど、やっぱりやられちゃいました」

「そうよ。どうせ1人で敵《かな》うわけないんだから……。さっさと逃げればよかったのに」

「逃げるって、恵梨さんを置いてですか？」

「だって、見せしめは私1人でいいんだし。伊藤まで無駄に痛い目に遭うことはないよ。だから私なんて放っておいて、逃げれば良かったのよ……」

「そんなことできませんよ!!」

いつになく、いや、洗脳されていない状態ではほぼ初めてのたけしの真剣な反論に、恵梨は驚きの表情を見せた。

「そんなこと、できませんっ。僕は……、ぼ、僕は、恵梨さんに、お礼がしたかったんです……」

「な、なによそれ……」

「あの、僕は……。恵梨さんがいなければ、今の僕はいないんです……」

たけしは至近距離からの先輩の眼差しに動揺しながらも、ひと言ずつ続けた。

「僕は、一年前に海苔工場を辞めてから、ずっとニートで……。一年間毎日、部屋にこもって1人でパソコンやテレビゲームに向かう日々でした。寂しかったけど、もうずっとこのままでいいやって思ってました。もう僕の人生なんて終わったようなものだって」

先輩の見守る中、ひとつ息を飲んでたけしは続ける。

「でも、笹野探偵事務所に入って、恵梨さんや、みんなに出会って……。僕は、ちょっとずつだけど、変われたんです。辛いことも多いけど、先輩たちと一緒に仕事ができることが嬉しかったんです。恵梨さんにしごかれていた毎日は、痛かったけど僕にとってはすごく充実した日々で……。もう普通を目指すことも諦めていた僕に、恵梨さんは人生ってそんなに絶望的なものじゃないってことを教えてくれたんです。恵梨さんは……、僕の恩人なんです！　そんな恵梨さんがキモい奴らに捕まっているのに、見捨てて逃げるなんてできるわけないじゃないですか!!」

……………。

感情のままに言葉を並べて、ふと我に返りたけしは少し心配になった。ちょっと、言いすぎちゃったかな。もしかしたらまた先輩を怒らせちゃったかも……。

しかしチラッと横目を向けてみると、あまりにも予想だにしなかった、予想などできようはずがない、あろうことかあの恵梨が顔をくしゃくしゃに歪めて、激しく泣き出しているではないか。

「いっ……、伊藤〜〜〜〜〜〜〜〜っ（涙）!!　あんたはもう……あんたはっ……ふえぇぇぇっ……」

たけしは「号泣する恵梨」という、「草食系のティラノサウルス」のような生物学上矛盾した存在の登場に激しく混乱し、身を硬直させた。

「伊藤っ‼」

「はいっすいませんっ‼」

「ごめんね……。今までいっぱい、乱暴なことして……」

たけしは、自分が夢でも見ているのではないかと思った。いくら弱っているとはいえ、あの恵梨が、あのサド美さんが自分に向かって、元ニートのモテない新人探偵伊藤たけし25歳に向かって、謝罪の言葉を述べているなんて。

恵梨は泣き声のまま言葉を続ける。

「私も……、嬉しかったの。今まで入って来た新人は、ちょっときつく叱るとすぐに逃げ出しちゃってさ……。でも伊藤は、叱っても叱ってもめげないから私、嬉しくって。でも私、そういうのを素直に伝えるのが下手だから、嬉しいと思ったら余計に手が出ちゃって……」

「そんな……恵梨さん……」

たけしもまた、涙を堪えるのに必死だった。いつも傍若無人に振る舞っているくせに、たまにこんな女らしい姿を見せるなんて、恵梨さん……、ずるいよっ！

「ごめんね伊藤……私がドジったばっかりにあんたまでこんな目に遭わせて……ごめん……

うぅっ、ゴホッ！」

　恵梨は苦しそうに咳《せき》をすると体を折り曲げた。

「大丈夫ですかっ⁉　い、痛みますか恵梨さん⁉」

「だ、大丈夫……、それより、私、まだ伊藤に謝らなきゃいけないこと、あるよね……。もう、言えなくなっちゃうかもしれないから……」

「そんなっ‼　これからいつでも話せますよそんなの‼」

「いいの。言わせて……。伊藤の、スマートフォン……。私、投げて割っちゃったでしょ……。あと、ストラップも折っちゃった。本当にごめん……」

「そんなのいいですよもうっ(涙)‼　全然気にしてないですから！　そんなことで謝るなんて、恵梨さんらしくないですよっ‼」

「本当？　良かった……。それから……、伊藤の引き出しに隠してある、ポッキーとか海苔とか、勝手に食べてごめん……」

「えっ……？」

「あと、コホッ、コーヒーを買いに行く時、ちょくちょく伊藤の財布から黙って小銭を盗《ぬす》んじゃってごめん……」

「ちょっとっ‼　それ全然聞いてないんですけどっっ(涙)‼　あのね、人の財布からお金盗《と》るって結構シビアな悪事ですよ⁉　もうっ、ポッキーと海苔も妙に減りが早いと思ったら、恵梨さんが食べてたんですねっ‼」

「それから先月くらいに伊藤が買って来たお弁当、食べる前にこっそりお塩を目一杯振りかけたのも私なの……ごめんなさい……」

「あれもですかぁっ(涙)‼!　あれ、味付けの失敗だと思ってお弁当屋に文句言いに行ったんですよっ⁉　店長さんとケンカして、もう店に行けなくなっちゃったんですから‼　どうしてくれるんですかっ‼!」

「許して……ごめんね伊藤……ううっ、ゴホッ、ゴホゴホッ‼」

「わかりましたからっ(涙)‼　全部全部、許してあげます！　もう！　だからしっかりしてくださいよっ‼」

「良かった……。ちょっと元気になったわ」

　恵梨は上半身を起こすといったんフウと息を吐き、信者が溜まって作業をしている、薬品タンクの辺りを顎で示した。

「伊藤、あれ見てよ。なんだと思う？」

「元気になるの早っ‼　え……んん……なんでしょう？　なんか白い粉を量ってるように見えますけど……」

たけしは「あっ」と声を上げると、少し先にいる吊り目のブラザーに聞こえないようにヒソヒソと囁いた。

「もしかして、7年前に松重律師が逮捕されたっていう、麻薬でしょうか……。あ、覚醒剤か……」

「トガの調べでは両方の疑いがあるってことだけど……まあ私も専門家じゃないから、見ただけじゃわかんないけどね。こいつらのどこか飛んでるような目も、あれが原因じゃないかな」

「そういえば、拓弥くんも妙に力のない目をしてましたもんね……。あっ、そうだっ！」

たけしは両手を縛られた不自由な姿勢のまま、上半身を捻って付近を見回した。2人がもたれている支柱のすぐ後ろに廃棄用と思われる発泡スチロールの破片がいくつも積んであり、その中にニートマスクが無造作に投げ捨てられていた。

「ねえ、ちょっと！　そこのあんた‼」

たけしは、パイプ椅子に座ってあくびをしている吊り目の男に呼びかけた。

「そこにある、マスクを取って欲しいんだけど。俺が被ってたやつ！」

「なんだ？」

「あれはただのマスクじゃないんだ。俺の、持病の発作を抑えるためのマスクなんだよ！

あれがないと、息ができないんだ！　取ってくれ！　取って、俺に被せてくれ！　頼む‼」

吊り目の男は「理解に苦しむ」という表情を見せている。当然、隣の恵梨も同じだ。

「おまえ、なに言ってんだ？」

「死んじゃう！　早くマスクつけないと死んじゃうっ‼　ここで俺が死んだら、あんたが殺したってことになるぞ！　松重律師の指示もないのに、勝手にそんなことしたら大変なことになるぞ！　早く被せてくれ‼」

「おまえ、今まで勤行しててあんなの一度も被ってたことないじゃないか」

「いつもはいいんだ！　でも、月末はやばいんだよ‼　月末になると発作が出るんだ‼　あっ……、出る、やばい！　うぎっ、ぎっ、ぐぎぎぎぎっぎ、ぎぎぎっぎ………」

たけしはぐぎぎぎとうめきながら、白目を剝いて頭をガクガクと震わせた。恵梨がその姿を見て取り乱し、たけしの名を叫ぶ。

吊り目の男もまた、尋常でない事態に慌てた。急いで発泡スチロールの山からニートマスクを拾い上げると、たけしに駆け寄ってすっぽりと被せた。すると痙攣《けいれん》は治まり、たけしは「ふう……ふう……」と深い息をする。

「あ、ありがとう。助かった……」

男は、実に不思議そうにマスクに注目している。それもそのはず、ニートマスクにはどう見ても人工呼吸器などは付いていない。ただの1枚布のマスクなのだ。

おそらく自分の中で納得がいかなかったのだろう、男は首を傾《かし》げながら、今一度たけしのマスクをスポッと取り外した。

「うごっ‼　苦しいっ‼、あごあっ‼!　ぐぎっ、ぐぎぎぎぎっぎ…………‼」

再び錯乱を始めたたけしを見て、また慌ててマスクを被せる。やはりまったく納得がいっていない様子だったが、医学に明るいわけでもない自分がこれ以上考えても仕方がないと判断したのだろう、男はたけしがおとなしくなったのを見届けるとパイプ椅子に戻ってまた呑《のん》気《き》にあくびを始めた。

「伊藤……」恵梨が悲愴《ひそう》な顔つきになっている。「知らなかった……あんたにそんな持病があったなんて……。そんなに重い病気を持ってるのに、みんなを心配させないように隠して働いてたのね……あんたって奴は……うう っ……」

「違います、違うんですよ恵梨さん！」

またも涙を流し始めた恵梨に、ホラー男と化したたけしが周りに注意を払いながら、声を落として囁く。

「これ、髪の毛に隠して、カメラとピンマイクが埋め込んであるんですよ」

「えっ……マジで⁉」

「はい。これ僕の父が作ったレスラーマスクなんですけどね、なんか別の用途に使えないかトガシさんに相談したら、盗撮用の機材にしようってことになって。念のために持ち歩いてたんですよ。あの怪しい作業の風景、録《と》っておかなきゃ」

たけしはマスクをつけたままゆっくりと倉庫全体を見回し、辺りの様子を収録した。

「私、それ思い切り蹴っちゃったけど大丈夫？」

「カメラには当たってないので大丈夫だと思います。毛糸と緩衝材で覆われてるので多少のショックなら平気ですし。さっきスイッチを入れたばっかりなので、あと2時間は作動し続けられるはずです」

「そう……。ところで、トガには連絡取ってあるの？」

「はい、一応突撃する前にメールを入れておきました。今までお世話になりましたって付け添えて」

「弱気ねあんたも！　まあ……、このままじゃ、覚悟しなきゃいけないかもしれないけどね……」

そのメールに対する、トガシからの返信は「時間を稼げ！」だった。言いつけ通り自分なりにがんばったつもりだが、少しは役に立てたのだろうか。

そのままこそこそと話をしていると、そこに10人ばかりの信者を従えて、緑の法衣を着た男が2人やって来た。1人はもちろん松重だ。

たけしの前まで来ると、松重は監視役の吊り目の信者に強い口調で言った。

「なんだこりゃ？　気持ち悪い覆面、取れよ‼」

「あっ、でも、覆面がないと伊藤の発作が……」

「おまえ。俺に口答えか？　ごたごた言ってんのか俺に対しておまえはっ‼」

「うあっ、すいませんっ！」

吊り目の男は松重に膝を力一杯蹴られ、悲鳴を上げると慌ててたけしに駆け寄りマスクを外した。今度は発作は出ない。男は泣きそうな顔でニートマスクを手に佇《たたず》んでいる。

松重は2人に向かいひと息つくと、再び不気味に笑顔を作った。

「おふたりとも、お元気なようですね」信者への態度とは違う、わざとらしく上品な口調だ。

「私はね、感動したんですよ。危険を顧みずに上司を助けに来るとは、実に美しい師弟愛じゃないですか。その気持ちに免じて、伊藤くんが目覚めるまで待っていてあげましたよ。愛しい上司と、愛しい部下が苦しみ抜く姿を、お互いにちゃんと見たいでしょうから」

目力を取り戻している恵梨が無言で松重を睨む。それを意に介さず、松重は隣のもう1人の緑の男に馴れ馴れしく声をかけた。

「こいつ、男の方は見たことあるだろ？　伊藤っていって、在家の勤行に通ってたんだよ」

「うーん、わからんなあ。見たような気がしないでもないが……」

たけしは、その男の普段の姿が変装だったことに多少なりとも驚いた。髪も短く、ヒゲも生えていない。講堂に掲げられている肖像写真と比べて20歳は若く見える、すっきりした顔だちの男。松重の他に唯一緑の法衣を着る男………、こいつがハピネスの会導師、天顕院法眼だ。

「そうか。ともかく他の宗教の奴らやこいつら探偵……うちの邪魔になりそうな人間にだけはうちの仕業ってことがわかるように、うまい具合に始末しようと思うんだが」

「うん、まあ見せしめは必要だろうな」法眼の口ぶりはおよそ宗教者とは思えない無慈悲なものだ。「おまえに任せるよ。足がつかなきゃなんでもいい」

「そうだな……。いつものように派手にやるか。いや、いつも以上がいいかな」

恵梨がその言葉に反応した。

「いつものようにって、どういうこと？　教団で自殺した、2人の信者のようにっていうこと？」

「ほう。ご存じなんですね。意外とよく調べてらっしゃる」

感心する口ぶりの松重に、恵梨は挑戦的な目を向ける。

「1人は居住棟からの飛び降り。1人は部屋で首を吊っての縊死《いし》。でも、本当は違うんでしょう？　あなたたちが、自殺に見せかけたのよね」

「…………………。ふむ。あなたを低能だと言ったのは、間違いだったかもしれませんね。むしろなかなかの慧眼《けいがん》をお持ちのようです。ご明察の通りです」

法眼が制するように「おい」と声をかけたが、松重は落ち着いた様子で恵梨に笑いかけている。

「まあいいでしょう。同じ運命をたどるんですから、少しくらい知っておいてもいいんじゃないでしょうか」なにかを思い出すように、松重は目を細めた。「もう、名前も忘れましたがね……。あの2人ですか。懐かしい。彼らは教団で面倒を見てやっているにもかかわらず、我々のやり方に不満を持ち、他のブラザーまでそそのかして本部から逃亡しようとしたんですよ」

「そんなことで……、殺したの？」

「言葉が悪いですね。我々は、少し彼らの頭を冷やすために仕置きを与えただけですよ。よく悔い改めればチャンスを与えるつもりでしたが。残念ながら、あの2人は苦行に耐えきれず、とどめをさしてくれと自ら懇願することになってしまいました」

たけしは眼前で交わされる会話に膝が自然にガクガクと震え始めるのを感じたが、敬愛する先輩に見損なわれないために、必死で気合いを入れ震えを抑えた。

「それで、屋上から突き落として、首を絞めたのね。2人にだって、大事な家族がいたでしょうに……」

「正確に言えば、2人というのは少し違う。他にもいつの間にか姿が見えなくなった者はいるみたいですね。まあ、その人数を把握することに意味があるとも思えませんが」

「なんですって……。じゃあまさか、他にも……」

　たけしにも、その意味がわかった。他にも犠牲者がいるのだ。

　たしかにそうだ。高杉拓弥がそうだったように、信者たちはみな、出家時には行き先も告げずに突然家を出ているはず。つまり、白い法衣のブラザーたちは教団にいる時点でほとんどが失踪人の扱いになっているのだ。もともと失踪している人間が失踪先でさらに不可解に姿を消したとしても、2番目の失踪が事件として取り上げられる可能性はほぼ0だろう。

　たけしは、隣にいる吊り目の信者に目をやった。まだニートマスクを抱えて立っている。カメラの角度はずれているかもしれないが、会話はずっと録音されているはずだ。

　たけしは震えの混じった声を、腹から振り絞った。

「す、姿が見えなくなった人というのは、やっぱり殺した人っていうことですかっ。じじ自殺に見せかけることができない場合には、死体まで自分たちで処分したんですねっ」

　松重はたけしにも大きな笑みを向けた。

「伊藤ブラザー。あなたもなかなか理解が早いようですね。あなたのような名探偵と一緒に勤行ができたこと、私も嬉しいですよ。ただ、私や導師が直接手を下したことは少ないのでね……うちはある程度、信者の自主性に任せてもいるんですよ」

「それも、あんたらが洗脳してやらせてるんでしょう！　麻薬を使って‼」

「たびたび良くない言葉を使いますねえお嬢さん。洗脳ではない。真理を伝えるために、薬の力を借りているだけです。真理に目覚めた彼らは、導師の教えに逆らう背教者や悪魔に対しては容赦なく制裁を加えるんですよ。彼らは真理のためなら敵の命を奪うことも恐れません。お見せしましょうか？　…………おい、おまえらっ！」

倉庫の片面で仕事をしている信者たちに向かって松重が大きく呼びかけた。ぞろぞろと、作業を中断した面々が集まって来る。その手には各々、重量のありそうな大小の木片が握られている。

恵梨がキッと眉を上げ、松重をスルーし後方の白い軍団に向かって叫んだ。

「あんたたちは騙されてるのよ‼　そこにいる男が法眼なのよ⁉　あんたたちの知ってる姿とは全然違うじゃない！　目を覚ましなさいよっ‼」

しかし軍団からの反応はない。代わりに天顕院法眼が苦笑し、松重は口を歪めて笑った。

「相変わらず威勢がいいですねお嬢さん。でも、無駄ですよ。今ここにいるのは出家信者の中でもステージが高い、とてもお薬が効いたブラザーたちですから。なにもかも見た結果、法眼導師と松重律師の本当の姿をあがめ奉ってくれる、実に信仰心の厚い、できた奴らなんだよっ。わっかったかあ、小娘ぇ!!!」

松重は走り寄って恵梨の腹に思い切り靴をめり込ませた。恵梨は悲鳴を上げ、倒れる。先輩をかばうようにたけしが叫ぶ。

「やめろよっ!!　女の人になんてことするんだっ!!!」

「じゃあおまえを蹴るっ!!!」

松重はたけしの顎を下から蹴り上げた。弾みで後頭部を支柱にぶつけうめくたけしをさらに蹴倒すと、縛られている手首の下、指の部分を狙って踵をねじり込んだ。

「うううううわあああああーーーーーっっ!!」

細かく狙いを定め1本ずつ指を踏みしだかれ、たけしは叫び声を上げる。セメントの床に骨がゴリゴリと押し付けられ、指が砕けるような痛さだ。

「スパイのために勤行に入り込むとは、なめた真似してくれたなあブラザー。ただでは殺さんぞ貴様っっ!!」

今度は肩を蹴られ仰向けに転がると、みぞおちに踵を突っ込まれる。体重をかけられて息ができず、あまりの苦しさに身をよじらせてもがくが後ろ手の縄がきつく逃げられない。

「おい、やれ。手加減する奴は地獄行きだぞ」

松重が信者たちに目配せすると、白い集団が2人ににじり寄る。

探偵を取り囲みながら信者たちは、口々に呪文のようなものを呟き始めた。……………陀羅尼だ。陀羅尼を復唱しながら、信者は1人ずつ、手に持った木片を力いっぱい投げ始めた。大小の塊が順番にたけしに襲いかかる。

たけしは上体を持ち上げなんとか体を捻ってかわそうとするが、次第に多方向から同時に木片が投げ込まれるようになり、いよいよひとつの塊が派手な音を立てて頭を直撃した。

「ぐえっ」

たけしは声を上げて倒れ込んだ。それでも意識のある限り身動きし逃げようとするが、この体勢でできることはせいぜい急所を外す程度である。硬い凶器が次々に、肩に、足に、腕に頭に、痛みで動きを止めると次の一撃が的確に急所にヒットする。両腕が背中に回っているため、頭部をかばうこともできない。

「伊藤ーーーー!!!」

悲しげに絶叫する恵梨にも、全力で木片が投げつけられる。信者の唱える陀羅尼が一層激しくなった。木が骨に当たり、ゴツッと鈍い音を立てる。そのうちの1本が恵梨の額を割り、鮮やかな血を流した。

2人が身動きできなくなったところで、松重が手を挙げると攻撃と呪文が止んだ。

「1人ずつ死んでもらうが……、順番にいこう。どっちからがいい？　希望があれば聞くぞ」

2人に尋ねる松重に、恵梨が転がったまま声を上げた。

「私からやりなさい‼　伊藤は、私の指示で動いてただけなの！　こいつは放してやって‼」

「そうかわかった。じゃあ、伊藤からにしようか。……おい」

リンチに加わっていなかった取り巻きに松重が指示を出すと、信者が2人、麻縄を持ってたけしに歩み寄る。

「なにか言い残すことはあるか？　もしあれば……、言えずに死ねやあっ！」

1人がたけしの髪を摑んで引き起こすと、もう1人が首に縄を回す。そこで再び、信者による陀羅尼の合唱が始まった。

たけしは覚悟を決めた。

これも、自分で選んだ道。

流血し横たわっている恵梨が、泣きながらたけしの名を呼んでいるのが見える。声は呪文にかき消されているが、あの涙が自分のために流されているものだと思うと、たけしは恵梨のためにこの場に飛び込んだことにまったく後悔はなかった。

………その時。

どこか遠くから、鉄製のドアが蹴り開けられるような音がした。

「おーーいちょっと待て〜〜〜〜い!!!」

聞いたことのある声だ。再び、呪文の音がかき消える。

「たけし！　恵梨！　待たせたな!!　…………おい、生きとるか？　息しとるかっ!?」

柔道選手のようなごっつい体格で坊主頭、サングラスに無精ヒゲの強面《こわもて》。「ヤクザの外見」の条件をすべて備えた鬼気迫る姿の男。

よく知るその姿を見てたけしは思った。トガシさん……、そんなサングラスかけてかっこつけてる暇があったら、もっと早く助けに来てくださいよ……。

肩で風を切り倉庫内に歩を進めるトガシに、松重の声が飛ぶ。

「なんだおまえ？　もしかして、おまえも探偵事務所のお友達か？」

「そうや。笹野探偵事務所のエースそして、業界随一のチョイ悪イケメンダンディ探偵トガシとは、オレのことや!!」

「おい伊藤、おまえの事務所の探偵はバカばっかだな」もはや丁寧口調も消えた松重は、一度伊藤を侮辱してからトガシの方に向き直る。「1人ずつ登場して1人ずつやられていくのがおまえの事務所の方針か？　この人数の中で1人でなにができると思ってんだ？」

チッチチッチッチ！　トガシはサングラスを外すと、口づけでもするかのようなセクシーな容貌で人差し指を横に振った。

「それが、1人やないんやな」

倉庫の外でなにかが激しく壁にぶつかる音、そして「うぎゃーー」という悲鳴が響いた。そして……、開いたドアから転がって来た白い信者に続いて、4人の男が入って来た。小柄な男が2人。そしてトガシと同じがっしりとした、長髪の男が1人。そしてもう1人は、首の太い金髪の外国人だ。

「オレの業界コネクションをなめたらアカンで。何年探偵やってると思っとるんや!! この方たちはなあ、数多くの現場でオレと修羅場を共にして来た同業者、頼れる探偵仲間さんたちや!!!」

「なんだと……?」

信者たちが一斉に4人の方を見る。4人も声こそ出さないが、白い軍団を激しく睨み返している。

たけしを囲んでいた信者2人は絞殺の体勢を解き、松重の脇へ戻って行った。たけしは一度深呼吸して正気を取り戻すと、恵梨の額の傷に目をやった。

「恵梨さん、大丈夫ですか……? 血が出てますよ……」

「平気よっ、このくらい。あんたこそ人の心配してる場合じゃないでしょっ」恵梨は苦しげにもそもそと、上体を起こした。「でも、トガこそ大丈夫かしらあんな人数で。探偵仲間っていっても、別に格闘が強いわけじゃないでしょうに……」

たけしはそれには返事をせずに、頭を左右に素早く10回ほど振って意識をはっきりさせると、トガシの後ろに控える面々を眺めた。

「あの人たちって、もしかして……」

「えっ？」

「僕の予想通りなら。きっとあの人たち、格闘、強いと思います……」

数人の信者が、パイプ椅子を折り畳んで両手に持ち、構えた。

松重はまだ余裕の笑みを浮かべている。

「5人になったところで、同じことだろ？　そんなひょろひょろな奴まで揃えて……、今時の探偵ってのは女みたいな男でも務まるんだなあ」

小柄な男が2人、トガシの脇からずいと前に進み出た。恐い顔になっている。相当、怒っているようだ。

トガシ軍は5人。松重軍は、およそ30人。あとから入って来た信者の中には、身長2mに達しようかという大男までいる。しかしトガシ軍団は大勢の敵を前にしても動じる気配はない。

「おい」

冷酷に松重が言い放った。１人の信者がパイプ椅子を振りかざし、小柄な男めがけて襲いかかる。

「死ね〜〜〜〜〜〜〜〜っっ!!!」

直後、パイプ椅子と、信者の動きが止まった。５人以外の全員が、呆気にとられ沈黙を作る。

小柄な男は、片手でやすやすと椅子を受け止めていた。

「ヘアッ!!」

そのまま男が足の裏でひと蹴りすると、信者はもんどりうって倒れた。トガシが低い美声で怒鳴る。

「おいおい、オレらにパイプ椅子で挑むほど身の程知らずなことはないで。パイプ椅子バトルは、我々の主戦場や!!」

「くそっ……、行けっ!!　潰せ!!」

信者たちは全員武器を取った。同じくパイプ椅子を持っている者、長い木片を構える者、懐から警棒を出して振り上げる者。

戦いの幕が上がった。

「ぐおおおおお〜〜〜〜〜〜〜〜!!!」

雄叫びが倉庫内を駆け巡る。

いきなりトガシの怒濤《どとう》のタックルで、2人の信者が吹き飛んだ。次の相手が振り下ろしたパイプ椅子を身動きもせず頭頂部で受け止め、その強靭《きょうじん》さにおののいている相手に「ヘアアッ!!」と怒りのナックルパートをお見舞いする。

白い集団も、怯まず数に物を言わせ突っ込んで行く。

トガシ軍の小柄な2人はスペースを使い縦横無尽に動き回り、次々と信者を蹴倒している。

長髪の男が信者をまとめて捕らえると、小柄な2人が宙を舞い強烈なドロップキックを放つ。

ダウンした一群に、長髪男がさらに体重を乗せたボディプレスで追撃を加える。

単身で暴れ回る外国人の背中に、後方から忍び寄った信者が警棒で全力の一撃を見舞ったが、その肉体はコンクリートのようだ。ビクともしない。

「ウィーーーーーーー!!!」

ダンプカーのように突進する外国人のラリアットで信者が吹っ飛び、後方の仲間も巻き込んで崩れる。あっという間に10人からがKOされたが、しかしその隙にさらに追加の信者たちが手に手に武器を取り倉庫になだれ込んで来た。

長髪の男が倒れている信者の両足を脇に挟み、回転しながらぶん回し周りの敵をなぎ払う。

外国人は連続エルボーを繰り出して敵を蹴散らし、小柄な男たちは空中殺法で思いのままに飛び回る。ちょっとした戦場のような、豪快な大乱闘だ。

「おい、たけし‼　しっかりせんかい‼」

トガシは走り寄ってたけしを助け起こすと、付近に落ちていた安全バサミで手の縄を切った。そのハサミをたけしの手に握らせる。

「ええか、恵梨の縄をほどくのはおまえや‼　おまえが時間を稼いだおかげであいつの命もつながっとるんやで！　最後まで恵梨を助けてやらんかい‼　シャキっとせえや‼」

「はいっ‼」

顔を腫らしたたけしはよろめきながら立ち上がると恵梨の縄に手を掛けたが、「あっそうだ！」と近くでオロオロしていた吊り目の男に駆け寄った。

「すいません、そのマスク返してください！　発作が出ちゃうんで！　あっそれから、怪我したくなかったらどこかに隠れていた方がいいですよ！　それか、やられたふりして倒れていてください！」

吊り目の男が寝そべって狸寝入り《たぬきねい》をしたのを脇に見ながら、たけしは再びニートマスクを被った。

「恵梨さん！　今切りますからね‼」

「だからそのマスク気持ち悪いんだって‼　それで私に迫らないでよっ‼　やめてもうっ(涙)‼」

「でも、一部始終を撮影しといた方がいいでしょ！　証拠になるんだから！」

「別にあんたが被ってる必要はないでしょうが!!　その辺で寝てる奴に被せりゃいいでしょ!!」

「そっそうか！　恵梨さん、頭いい!!」

再びたけしは恵梨の縄から手を放すと、付近でのびている信者を１人捕まえ壁にもたれさせ、倉庫が見渡せる位置でニートマスクを被せた。

「ねえちょっと！　早くほどいてよ!!　もう我慢できない!!」

「えっ、なにが？　おしっこですか？」

「違うわアホっ!!!　感情的に我慢できないってことよ!!」

「あらすいません」

恵梨の両手を結んでいる縄を、安全バサミでシャキーン！　と切り離した。

「うううぬあおおおお〜〜〜〜〜〜〜〜〜〜〜〜〜〜〜〜〜〜〜っっ!!!!!!」

一筋の咆哮《ほうこう》が、倉庫を貫いた。

全身から魔の法力を爆発させながら、恵梨が集団に飛び込んで行く。まず１人を跳び蹴りで10m程ぶっ飛ばすと、高速フットワークで警棒をかわしながら渾身の連続ストレートを放ち、信者を２人３人とぶちのめす。

いったい、どこにそんな力が残っていたのだろう。

たけしは思った。これが「見た者は死ぬ」と言われている、恵梨の最終形態・凶暴モード3・0……。世に言う「スーパーエリカ様」だ!!!

たけしもまた、指の痛みを堪えながら木片を抱え恵梨の後方から殴り込んで行く。白い奴らの腕を捕ってどんどんぶん投げているスーパーエリカ様、そのエリカ様に背後から襲いかかろうとする敵を、たけしが木片で殴りアシストする。投げられた信者が起き上がりそうならば軽くとどめを刺しつつ、スーパーエリカ様の進行方向にある椅子や薬品タンクを蹴飛ばし進路を空ける。ご主人様に余計な気を使わせることなく暴れさせてあげるのが、しもべの役割なのです。

トガシが片膝をつき、白い男をヘッドロックで締め上げている。その前方からトガシを狙って身長2mの巨漢信者が、パイプ椅子を5脚まとめて振り上げ襲いかかろうとしていた。

その姿に気付いた恵梨は、トガシの立てた方の膝頭に飛び乗り、それを踏み台にしてさらに上空へ跳ねた。そのままひとっ飛びに巨漢信者の顔面へ、強烈な膝蹴りを叩き込む。巨人が音を立てて崩れた。

その破壊力を見て、近くで四の字固めを決めていた小柄な男から「ひゅ～～っ」という歓声が上がった。うめき声を上げながら起き上がろうとする巨漢信者の頭を、たけしが一撃する。

さらに恵梨は勢いをとどめず突き蹴りの連打で1秒に1人ずつ、武器を持つ男たちを葬っていく。スーパーエリカ様、そしてトガシ軍団の働きにより庫内の人間の密度は薄くなってきた。

恵梨は騒乱の中央に立つと周囲をぐるりと見回した。そして一方向で視線を止めると、腹から殺気のこもった雄叫びを上げた。

「ま〜〜つ〜〜し〜〜げ〜〜〜っっ!!!」

緑の法衣の男2人を、5人の信者が警棒を持って守っている。トガシと外国人が肩からのタックルで突っ込むと、4人分の壁が消えた。残った1人を長髪の男がバックドロップで失神させる。タックルで崩れた4人のうち抵抗の意志がありそうな者を、小柄な2人とたけしがタコ殴りにした。

恵梨と松重の間に、すべての障害は取り除かれた。

足を前後に開き、構えを取る恵梨。

「こぉのアマ〜〜〜〜っっ!!!」

松重はダウンした信者から警棒を取り上げ、いきり立って恵梨に向かっていく。恵梨は後方へ跳び一撃を避け、次の打撃も身を屈めてかわす。

　3度目の攻撃のために飛びかかって来る松重に、恵梨は踏み込んで回転し踵蹴りを合わせた。恵梨が今日、一番痛くさせられた場所。松重の腹に、恵梨の足が足首までめり込む。肺のすべての息を吐き出しながら上半身を折る松重。しかしまだ倒れることは許さない。その顔面を膝蹴りで蹴り上げると、再び松重の体はふらふらと立ち上がった。

「うぬあおおおお〜〜〜〜〜〜〜〜〜〜〜〜〜〜〜〜〜っっ!!!!!!」

　一歩下がり、雄叫びと共に全体重を乗せた右ストレートを叩き込む。「げふっ」というかすれた声を出しながら、松重は倒れた。

「きょえええ〜〜〜っ!!!」

　最後に嬌声《きょうせい》を上げながらたけしが飛び上がり、尻から松重の腹に落下し完全なるとどめを刺した。松重は泡を吹いている。

　恵梨は構えを取ったまま、大きく息を吐いた。


　トガシたちは、唯一無傷で生き残った敵の大将である、天顕院法眼を囲んだ。たけしは再びニートマスクを身に着け、導師に迫っている。

「た、助けてくれ!!　金ならやるから!!」

　腰を抜かして逃げようとする法眼を、恵梨が腕を組んで見下ろす。

「今時そんな古くさい台詞を言う悪党がいるのね……。それより、この倉庫で作っているものはなに？　あの薬は⁉」

「ああれは、メスカリンとＬＳＤ……、それから、松重の指示で覚醒剤も作っています……」

「やっぱり麻薬プラントやったか」トガシが頷く。「ほんで、その薬を信者に飲ませとったんやな？」

「はい……、出家信者には全員、勤行のために使っていました……」

「たけし、バッチリ録ってるか⁉」

「バッチリです。松重が信者の殺害について話してたところから、ずっと録れてると思います」

「殺害って、そんな重々しい話しとったんかいなっ‼　シャレんならんなっ‼　……しかし、よく録ったなたけし」

「多分、機械自体が壊れてなければですけど」

「オレの作った秘密兵器がそう簡単に壊れるわけないやろ‼　なめたらアカンでっ‼」

「すすっ、すいませんっ(涙)‼」

　恵梨が顔を上げ、２人の同僚を見る。

「ま、このくらいでいいでしょ。あとは私たちの仕事じゃないし」

「そうやな……そんじゃ、行くか。まずは病院やな」

倉庫を出て車に向かう途中で、たけしが思い出したように後ろの4人に目をやり聞いた。

「ところでトガシさん、この方たちはいったいどちら様なのでしょうか……？」

「おお、紹介がまだやったな」トガシは立ち止まり、しばしもったいをつけた。「ええか、聞いて驚くな！　こちらのみなさまはなあ、右から順番にミラクル宇宙パワーマンさん、肘肩腰三さん、SBYHGPへビー級チャンピオンのスタン・ハリセンさんに、最後は『自宅から通勤先まで』、ストーカー立川さんや!!!」

「やっぱり！　絶対そうだと思った！　すごい!!　プロレスラーって、本当に強いんですね……！　立川さんなんて僕とそんなに身長変わらないのに……」

立川が笑顔で手を差し出した。

「どうも、いつもトガシさんにはご指導いただいてます」

たけしは慌ててマスクを外し、その手を握り返す。

「いえっ、こちらこそ!!　うちのトガシがお世話になっております」

「いえいえこちらこそ」

「いえいえそんなこちらこそっ。だって、危ないところを助けていただいたんですから……

ねえ、恵梨さん」

　恵梨も4人に向かい深々と頭を下げ、礼を言った。ハリセンが懐から取り出し被っていたテンガロンハットを持ち上げ、陽気に「イッツマイプレジャー！」と応える。

「でも、みなさんプロレスラーなのに、こんな揉めごとに関わって大丈夫なんでしょうか？」

　心配げなたけしの疑問に答えたのは立川だった。

「僕らはみんなリングに上がる時も、メディアに出る時も必ず覆面やペイントをしているからね。今日顔を合わせた人間の中で、僕らの正体がわかった奴は誰もいないと思うよ。それに、トガシさんの仲間がどうなるかわからないって時に、そんなこと言ってる場合じゃないからね」

　たけしがあらためて礼を述べると、立川は恵梨に名刺を差し出した。

「エリカ様、ですよね。いつもトガシさんからお話は伺っています。先程の大男を倒したシャイニング・ウィザード、見事でした。よろしければ、僕たちの道場に来てご指導いただけないでしょうか？」

「…………」

　恵梨は名刺を手に、顔を引きつらせて固まっている。「シャイニング・ウィザード」というのは、おそらく恵梨が2m男をKOしたあの膝蹴りをプロレス技風に言うとそういう名前になるのだろう。

「恵梨さんすごいじゃないですかっ！　プロレスラーの人たちから指導を頼まれるなんて!!　恵梨さんの強さがプロにも認められたってことですよ！　でも、当然ですよね。だって今日なんて、プロの方たちを差し置いて恵梨さんの暴れ方が一番凶暴で恐ろしかったですもん！」

恵梨はたけしの足の甲を踏み抜いて黙らせると、「そんな畏《おそ》れ多いこと、勘弁してください。でも、今日のお礼には必ず伺いますね」と丁重にうやむやな返答をした。

しゃがみ込んで足を抱え悶絶しているたけしに、駆け寄って来る女性がいた。

「たけしくん大丈夫っ!?」

「あっ……、ノリ子さん！」

救急箱を抱えたノリ子、その後ろには笹野の姿もある。

「たけしくん、恵梨ちゃん！　すぐ病院に行くからね。所長のお友達のお医者さんに連絡を入れてあるから。まず、ここで応急処置だけするわね」

ノリ子はたけしと恵梨を並ばせると、ガーゼに消毒液をよく染み込ませ顔の傷を拭いた。

2人とも染みる痛さに叫び声を上げ抵抗したが、「そのくらい我慢しなさいっ！　男でしょっ!!」「そのくらい我慢しなさいっ！　恵梨ちゃんでしょっ!!」と順番に活を入れられ静かになった。治療をするノリ子の顔が目前に、もう間もなく顔と顔がくっ付こうかというところまで迫って来て、たけしは興奮で血圧が上がり傷口から血を噴き出した。

その艶《なま》めかしい光景を見て、トガシがノリ子を呼んだ。

「あの、ノリ子さん。オレも手当をしてくれへんかな」

「トガちゃんっ、あなたも怪我したの⁉」

「はい。ちょっと顔を殴られてもうて。診てください」

「……………」

ノリ子は心配そうな顔で近付いたが、傷ひとつない艶《つや》やかな肌のトガシが口づけをせがむかのように目を閉じて唇を尖らせているのに気付くと、救急箱で力の限り殴った。

「はおうっっ(号泣)!!!」

「今は冗談言っていい時じゃないでしょっ!!! 2人は大怪我してるのよっ⁉ ちょっとは仲間の心配したらどうなのっ!!!」

トガシは救急箱の角に当たって流血した口の端を押さえながら、「心配したから助けに来たんやないですか……」と涙声で呟いた。

「よくやってくれたな、トガシ。2人が助かったのはおまえのおかげだぞ」

代わりにトガシを讃えたのは笹野だった。

「最高の働きだったようだな。とにかく、みんな無事でなによりだ。良かった。恵梨くんと伊藤くんは、今から東京一の名医が診てくれるから安心しなさい」

探偵たちが所長に向かい少し襟を正す。笹野は顔面にガーゼを貼り付けたたけしに微笑んだ。

「伊藤くん、トガシから連絡は受けたぞ。彼らが着くまでよくがんばった」

「そ、そんな……えへっ……」

「もうキミは、立派な、一人前の探偵だ。キミを採用して良かった。これからも、先輩を助けてやってくれ」

「は、はいっ‼」

たけしは、少しの間だけ顔の痛みも足の痛みも指の痛みも忘れた。

一人前の探偵。こんなに嬉しい言葉はない。ニートたけしは、今や立派に一人前の探偵へとクラスチェンジを遂げたのだ。

続いて笹野がレスラーたちに礼を言う中、たけしは激しい戦闘が行われた倉庫と、その向こうにある講堂を振り返った。

ああ、長い勤行だったなあ。ハピネスの会…………、これで本当に、さよならだ。

宗教法人ハピネスの会本部に大がかりな捜索が入ったのは、翌日のことだった。

たけしの録っていた映像はその日のうちにノリ子によって編集、警察への提出がなされ、まず当日の深夜に教団の2トップである松重と天顕院法眼が、恵梨たちに対する逮捕監禁および暴行容疑で逮捕された。翌日には居住棟を含めた教団の全施設に捜索の手が入り、薬物の製造に関わる大量の証拠品も押収された。

松重と法眼には余罪、なんといっても複数の信者の殺害、失踪に関わった疑いがあるが、それはこれから警察の手によって追及されていくことだろう。

「もう教団はもたんだろう。おまえたちのおかげで、他の出家信者の面々も家族の元へ帰ることができそうだな」

たけしが運んだ、紀代水焼の高級湯飲みに入った安い茶を飲みながら笹野が労《ねぎら》いの言葉をかけた。

事務所に出勤した面々はみな活き活きとした表情だが、たけしは左手の中指にヒビが入っていたため包帯でぐるぐる巻きで、また恵梨とともに顔にも絆創膏《ばんそうこう》が貼られていて外見はやや痛々しい。

「なんといっても、声と映像を押さえていたのが大きいな。お手柄だったぞ伊藤くん」

「はいあの、トガシさんがニートマスクを進化させてくれたおかげです。これがなかったら、証拠は記録できませんでしたから」

「わかっとるやないかたけし！　どうやらおまえも、やっと先輩を立てることを学んだようやな！　成長したなおい‼」

トガシが「魅せる秋の旬アイテムで男度アップ！」のファッション雑誌を丸めてたけしの頭をぶっ叩いた。

「いだあっ(涙)‼　なんで叩くんですかっ‼　もう、叱られても褒められても、結局叩かれるんだもんなあ……」

たけしのデスクに置かれた、はぎ取られた皮膚のようなニートマスクに恵梨が嫌悪感を示す。

「それにしても、そのデザインもうちょっとどうにかならなかったの？　センス悪いにも程があるでしょ！」

勤務中もネイルの手入れに命をかけるノリ子もまた、同調する。

「そうよね。なんかそれ、エクアドルの首狩り族が作った干し首みたい……」

マニアックすぎるノリ子の喩《たと》えには、たけしだけでなく誰もついて行けなかった。

「そんなこと言われても、これ作ったの僕じゃないですし……」

「まあともかく、結果的に彼らの悪事を暴くことができたんだ。拓弥くんも元気にやっているそうだし。おまえたちの素晴らしい手柄だ」

笹野は満足げに味付け海苔の小袋をピリリと引き裂いた。

しばし、笹野探偵事務所を静寂が包んだ。たけしは微笑みながら、先輩の姿を見つめた。

もうすぐ、マフラーの必要な季節だ。窓の外には、西風に吹かれて飛んで来た黄色い木の葉が駅前の歩道に舞い落ちるのが見える。

まだダリの絵の借金も残っているし、怨霊退散の護符にも大金を支払ったせいで相変わらずたけしの懐は冬だ。しかし、今年は寒さに凍えることはないような気がする。だって、懐よりももっと内側が…………心が暖かいのだから。

笹野探偵事務所を、静寂が包む。たけしは微笑みながら、先輩の姿を見つめた。先輩が、両手で力強くデスクを叩いた。

バーーーーンッッ!!!

「ちょっと!!! なんなのよあんたはっっ!!! さっきから不気味な顔でジロジロジロジロ見て!! なにか用なのっ!? 気持ち悪いわねもうっっ!!!」

「ひえっ、す、すいません恵梨さん……。あの、ちょっと、倉庫でのことを思い出したら、嬉しくなって」

「なによっ。あんたあいつらにボコられたのが嬉しかったの？ あんたマゾ？」

へへーん違いますよ、という笑みをたけしは恵梨に向けた。

「恵梨さんあの時、僕に今までのこと謝ってくれたじゃないですか。松重たちに捕まったのはイヤでしたけど、でも僕、恵梨さんの本当の気持ちが聞けてすごく嬉しかったんです」

「なんのこと？　全然覚えてないんだけど。なにも言ってないわよ私」

「またまた～！　照れないでくださいよ。僕はちゃんと覚えてるんですからね。だって僕、本当に嬉しかったから絶対に忘れないように、家に帰ってすぐパソコンに打ち込んだんですもん。プリントアウトもして、カバンの中に入れて持ち歩いてるんですよ。じゃあ、ちょっと読んでみますね」

たけしはショルダーバッグから、1枚の紙が挟まったクリアファイルを取り出した。トガシ、そして笹野とノリ子が身を乗り出して聞き耳を立てる。

恵梨の両眉がピクリと震えたのにも気付かず、たけしは第一級資料の朗読を始めた。

「……私、嬉しかったの。今までの新人は叱るとすぐに逃げ出しちゃったけど、でも伊藤は叱ってもめげないから嬉しくて。でも私、そういうのを素直に伝えるのが下手だから……」

「うぬあおおおお～～～～～～～～～っっ!!!!!!」

恵梨はいつかのたけしを超えるスピードで残像を残し事務所を駆け、対面の後輩に突撃した。体当たりで椅子ごとひっくり返し、台詞の書かれた紙を八つ裂きにしてたけしの口にねじ込むと、全力でキャメルクラッチを決める。

「いい度胸してるじゃないのっっ!!　覚悟はできてるんでしょうねっ!?　なめんなよっっ!!!」

「ぐぐっ……や、やめっ、ぐぐ、ぐるじい～～～っ」

「あんたは私にしごかれてる時が充実の日々なんだろっ!!　その言葉忘れたとは言わせないからねっ!!!」

「おおっ、覚えてるじゃないですが～～～っ(涙)」

「私はなにも言ってないわよっ!!　あんたがずっとひとり言を喋ってたのっ!!!」

常人の想像を絶する凄惨なパワーハラスメントを目にしたノリ子の、甲高い悲鳴がオフィスビルに響く。

ああ、あの日の素直な先輩の姿は幻だったのだろうか。もう二度と、あんなかわいい恵梨さんには会えないのだろうか？

………いや、たしかに女らしく涙を見せる恵梨さんも魅力的だったけど、やっぱりいつものサタンに取り憑かれた凶暴な恵梨さん、怪我だらけの後輩も容赦なくしばくこの恵梨さんの下で働けることが、僕にとっては幸せなんだよなあと、たけしは薄れ行く意識の中で思った。

この作品は二〇一三年三月ワニブックスより刊行されたものです。

俺《おれ》は絶対《ぜったい》探偵《たんてい》に向《む》いてない

さくら剛《つよし》

平成27年11月10日　初版発行

発行人——石原正康
編集人——袖山満一子
発行所——株式会社幻冬舎
〒151-0051東京都渋谷区千駄ヶ谷4-9-7
電話　03(5411)6222(営業)
　　　03(5411)6211(編集)
振替00120-8-767643
印刷・製本—図書印刷株式会社
装丁者——高橋雅之

検印廃止

幻冬舎文庫

ISBN978-4-344-42408-1　C0193　さ-29-7

幻冬舎ホームページアドレス　http://www.gentosha.co.jp/
この本に関するご意見・ご感想をメールでお寄せいただく場合は、
comment@gentosha.co.jpまで。